W0364396

COLLECTION FOLIO

Serge Mestre

La Lumière et l'Oubli

Denoël

© Éditions Denoël, 2009.

Serge Mestre est né dans le sud-ouest de la France de parents républicains espagnols, réfugiés politiques. Écrivain et traducteur, il réside depuis 1975 à Paris. Il a traduit notamment Jorge Semprún et Manuel Rivas. Après *Les Plages du silence* (1991) et *Le Livre des rives* (1995), *La Lumière et l'Oubli* est son sixième ouvrage.

À Véronique.
À Prune et Amélie

« Allons, venez ! Il nous faut gagner l'hôtel Falcón. » (L'hôtel Falcón était une sorte de pension de famille dont le POUM avait pris les frais d'entretien à sa charge, où descendaient des miliciens en permission.) « Les camarades du POUM vont s'y réunir. La bagarre est déclenchée. Nous devons nous serrer les coudes.

— De quoi diable s'agit-il au juste ? » demandai-je.

GEORGE ORWELL,
Hommage à la Catalogne

JULIA, ESTHER

Un battement de cils

Août 1953

À la gare de France, à Barcelone, sur un quai à l'écart de la foule des voyageurs agglutinés sous les deux monumentales marquises métalliques qui couvrent les voies, le train est de ferraille, de bois. Une odeur de graisse mêlée à celle du goudron masque la puanteur insoutenable du petit groupe de fillettes catarrheuses que plusieurs gardes civils en armes mènent vers un orphelinat, dans une autre région d'Espagne.

Julia se demande pour quelle raison elle a été rattachée à ce convoi en compagnie d'Esther. Les choses semblent avoir été décidées à la dernière minute. Les deux jeunes filles pressentent que ce sera bientôt la chance qu'elles attendent, cela fait si longtemps. Elles sont plus âgées que les autres orphelines, dont les parents ont disparu après leur arrestation, au milieu des années quarante. Julia va bientôt avoir quatorze ans, Esther dix-huit. Elles se sont rencontrées plusieurs mois auparavant dans un ancien couvent de bonnes sœurs dominicaines, devenu une des prisons de Barcelone.

Épaulées par les gardes civils, deux religieuses poussent le petit groupe dans le seul wagon de voyageurs accroché à un train transportant différentes marchandises, des rouleaux de textiles, d'imposants métiers à tisser, à filer. Les autres fillettes, la plus jeune a cinq ans, la plus âgée pas même huit, se sont entassées sur les deux premières banquettes de bois usé indiquées par la mère supérieure, qui ne se sépare jamais de sœur Catalina. À l'intérieur, le wagon vide résonne, sent le vernis, la sciure trop sèche. Il fait encore sombre. Le soleil se lève à peine. La matinée s'annonce brûlante, en ce mois d'août cinquante-trois. Les gamines fixent le bout troué de leurs sandales, évitant de croiser le regard venimeux des religieuses. Mère Monica invite Julia à prendre place avec Esther sur une banquette à part, dans l'autre aile du couloir, au même niveau que les fillettes moins âgées. Ôtant leur tricorne verni, deux gardes civils s'assoient en face des deux jeunes filles pour escorter le groupe, ils serrent une mitraillette entre leurs mains, leur index erre sur la détente. Muets, les autres policiers restent sur le quai, se balancent d'un pied sur l'autre. On entend le crissement du cuir de leurs bottes, le cliquetis de leurs armes.

La sœur dominicaine, que tout le monde s'accorde à appeler ma mère, insiste pour la énième fois : Vous ne partez qu'à deux ? ce n'est pas une escorte ça ; vous ne prenez même pas la peine de leur lier les poignets ? entravez-les au moins.

Inutile, ma mère, réplique un des gardes civils ; je vous le garantis, ajoute-t-il en pointant sa mitraillette vers les enfants.

Les fillettes n'ont jamais vu de fuyards mourir. Elles perçoivent cependant que le sourire jaune de cet homme sent le cuivre brûlant des douilles. La religieuse toise, l'un après l'autre, les deux gardes civils. Le plus jeune, Francisco, semble peu aguerri. Il n'est guère plus âgé qu'Esther. Si c'est votre façon de penser ; je vous souhaite un excellent voyage, mon fils, se résigne la supérieure tout en les saluant ; maintenant le train ne devrait plus tarder à partir, ne perdez personne en chemin, que le Seigneur soit avec vous.

Les hommes se lèvent dans un même mouvement, lui adressant un salut militaire : Ainsi soit-il ; au revoir, ma mère ; au revoir, ma sœur, lancent-ils aux religieuses en train de foudroyer du regard les sept petits visages terrorisés, pour se poser ensuite sur celui d'Esther, puis de Julia. Mère Monica, qui ne lâche jamais prise, les menace une nouvelle fois : Vous êtes devenues muettes ? il me semble avoir dit... que le Seigneur soit avec vous ; avec vous ! avec vous ! insiste-t-elle en écho, pointant son doigt sur les fillettes ; vous avez oublié ce qu'on doit répondre ? vous avez oublié, n'est-ce pas ? maudites soient ces pestes rouges.

Ainsi soit-il, ma mère ! au revoir, ma mère, au revoir, sœur Catalina, psalmodient les fillettes en chœur, à l'unisson de Julia, d'Esther.

Vierge Marie, comme elles sont sottes ; de la vermine, mon Dieu, de la vermine, lancent les deux religieuses en se frappant la poitrine.

Le train démarre dans un tintamarre de grincements de ferraille, de planches couinant. Le convoi longe ensuite la plage. Le soleil continue sa progression dans le ciel, étame chaque contour de la mer, rehaussant d'un trait d'argent la crête des vagues. À y regarder de près, il accroche aussi l'imperceptible relief, le microscopique chaos des grains de sable. Plus loin dans le port, alors que le train se dirige vers l'intérieur des terres, la mer est lumineuse, calme. Elle lèche les pannes de mouillage au balancement alangui, reflète les silhouettes tremblotantes de plusieurs voiliers en bois, lançant une singulière cacophonie de drisses qui pianotent à contretemps syncopés sur les grands mâts pointés vers le bleu étale du ciel.

Voilà une demi-heure que le train roule à petite vitesse dans la campagne brûlante. Il s'arrête net. Les fillettes qui se trouvent dans le sens de la marche sont catapultées sur leurs sœurs d'infortune assises en face d'elles. Les gardes civils, eux, sont projetés sur Julia, sur Esther, qui ont un instant le souffle coupé par le canon de la mitraillette planté dans le ventre.

On arrive à l'aiguillage, c'est ça ? demande le premier garde civil ; c'est ici que le machiniste doit laisser passer le train qui vient de France ? Le second le rassure : Je crois bien que oui, c'est ce qu'a expliqué le lieutenant-colonel, juste avant le départ, tu te souviens ? il est presque huit heures, ça peut être que ça, mon vieux, ce sera pas long. Se tournant vers les orphelines, les deux hommes ricanent avec le même rictus que les religieuses tout à l'heure : On bouge surtout pas, les enfants !

Baissant la vitre, l'un d'eux passe la tête par la fenêtre pour inspecter les alentours de la voie. Un décor de haies, de ronces assoiffées dresse une palissade végétale sur les versants argileux du fossé, au fond duquel on a éparpillé une couche plutôt mince de ballast. Dans le wagon, le silence devient entêtant. Les gamines osent juste échanger un regard. Tandis que Julia conserve les yeux rivés sur le canon de l'arme du garde civil penché à la fenêtre, Esther se tourne vers une des fillettes crottées qui vient de se mettre à pleurer sans bruit, comme si l'immobilité du train lui était devenue insupportable, comme si la trépidation désordonnée du wagon chahuté avait rendu jusqu'ici moins angoissant leur transfert dans un de ces centres de détention que sont en réalité les pensionnats du Secours social.

Les larmes grossissent, gonflent le renflement des paupières. Elles explosent avant de noyer les cils, de rouler sur la joue, s'arrêtant de-ci de-là, sur une aspérité de la peau, afin de poursuivre leur course qui se finit sur le menton, où elles gouttent enfin. Bientôt, parce que le désespoir pousse à la contagion, y compris chez les enfants de la guerre, tout le groupe commence à pleurer en silence, sans le moindre hoquet, la plus minime plainte, un infime sanglot. Le garde civil resté assis tire sur la veste de son collègue dont le buste est tout entier passé à travers la fenêtre du wagon : José Antonio, regarde-moi ça ; regarde les gamines, je te dis ; reviens par ici, nom de Dieu ; arrête de lorgner dehors, fait-il tandis que l'angoisse grignote sa voix. Puis il se tourne à nouveau vers les fillettes en pleurs. Devant le dégoût que les silhouettes chétives lui inspirent, une moue ourle ses lèvres.

Se décidant à réagir aux injonctions de son complice, le dénommé José Antonio rentre la tête à l'intérieur du wagon. Découvrant la scène avec la même répulsion, il écarquille les yeux, avale la salive, tandis que sa pomme d'Adam monte, redescend bruyamment dans son grand cou : Toi, la grande, oui, toi, fais quelque chose, lance-t-il à Esther sur un ton menaçant ; à ton âge, on sait s'y prendre ; débrouille-toi ; je supporte pas de voir un gosse chialer.

Les gardes civils ne digèrent pas de se sentir impuissants. La logique autoritaire, les méthodes brutales, auxquelles ils sont rompus, se révèlent inefficaces devant les petits visages trempés. Francisco, lui aussi, se désespère : Un enfant qui pleure, c'est imprévisible ; je me suis jamais retrouvé dans un pétrin pareil, moi, c'est la première fois ; fais quelque chose, José Antonio, supplie-t-il en se malaxant les doigts d'une main avec l'autre, écartée en tarentule. À ton âge, tu dois bien savoir ce qu'il faut faire quand les gosses chialent, répète José Antonio à l'adresse d'Esther ; trouve une solution, ajoute-t-il en se frappant plusieurs fois la poitrine. Pétrifiée, la jeune fille regarde le militaire au fond des yeux. Elle ne sait comment s'y prendre. Peut-être qu'en chantant, se dit-elle ; oui, voilà ; bien sûr ; en chantant ; quelle chanson ? les trois petits cochons ; elle aurait dû y penser plus tôt ; les trois petits cochons, répète-t-elle dans sa tête. Elle se lève, frappe plusieurs fois dans ses mains pour attirer le regard noyé des fillettes, commence à fredonner la chanson des cochons. Les enfants dirigent leurs yeux vers Esther. Toujours assise sur la longue banquette de bois, Julia chantonne à l'unisson avec sa compagne de cellule. Elle fait mine de se lever pour tester la réaction des deux hommes qui l'encouragent à épauler sa camarade dans sa tâche. Julia bat la mesure avec Esther. Elles se balancent en rythme. Les fillettes essuient, du bout des doigts, leur petit visage noirci par la poussière délayée dans les larmes, elles reniflent fort, toussent, reprennent le couplet en chœur. Qui sait par quel sinistre enchantement soudain on sourit dans ce wagon de tragédie ?

Surveille les gosses, lance José Antonio ; je vais pas être long ; il faut que je cause au machiniste ; on va pas moisir ici.

Francisco se passe la main sur le front, proteste : Tu reviens tout de suite ; me laisse pas seul avec cette marmaille ; je sais pas quoi faire, moi.

Sous la direction de Julia accompagnée d'Esther, les fillettes recommencent pour la énième fois à chanter les mêmes couplets des trois petits cochons que le loup tente de dévorer dans leur maison de pierre. On entend plusieurs coups de feu tirés à l'avant du train. La vitre est restée baissée. Francisco se jette sans réfléchir sur la fenêtre, passe tout le buste au-dehors, manque plonger sur la voie. Il hurle : José Antonio, José Antonio, qu'est-ce que tu fous, merde ? qu'est-ce qui se passe ? merde, quoi !

Julia cesse de battre la mesure, Esther l'imite. Les fillettes continuent à chanter. Le regard des deux jeunes filles se fixe sur Francisco qui leur tourne le dos. Elles pensent toutes les deux à la même chose, n'y croient pas. C'est inimaginable, terrifiant de simplicité. Ça semble trop beau. Il s'agit d'un piège, bien sûr. Non, pas vraiment, tout a l'air si fortuit. En l'absence de réponse de son complice, le garde civil continue à beugler sans s'occuper de ce qui se passe dans le wagon : José Antonio, José Antonio, putain, où tu es, bordel ? c'est pas possible ! José Antonio ?

Le garde civil continue à offrir son dos aux deux jeunes filles qui fixent la porte du wagon restée grand ouverte. Il suffirait de marcher deux, trois, peut-être quatre pas pour l'atteindre. Julia réfléchit, Esther également : Nous n'oserons pas, se dit la plus jeune. Esther semble lui répondre : Il faut saisir cette chance, elle ne se représentera pas. Pendant plusieurs minutes leurs yeux s'interrogent, se répondent. Les regards parlent, échangent leur point de vue. Bientôt, dans un battement de cils, la décision est presque prise. Il faut encore un temps avant que l'idée de l'évasion se concrétise. Elles se disent : Non, ce n'est pas un traquenard ! Puis soudain : On y va !

Trop occupé à interroger son collègue, qui vient de lui répondre à l'autre extrémité du train, Francisco a oublié le petit groupe de fillettes. Il entend José Antonio hurler : C'est rien.

Comment rien ?

L'autre continue à brailler : Le machiniste, il a tiré un lièvre.

Un silence, puis : Qu'est-ce que tu dis ?

José Antonio répète : Le machiniste, il a tiré

un sacré morceau de lièvre ; trois kilos ; du premier coup.

Enfin rassuré, Francisco ricane, se passe la main dans les cheveux : On va se le bouffer, grillé, avec de l'aïoli. On repart ? on repart bientôt ? insiste-t-il.

La voix lointaine de José Antonio lui arrive par bribes : Le machiniste dit que le train de France est annoncé ; tu entends pas les sifflets ? dans quelques minutes...

Les voix des gardes civils mêlées aux coups de sifflet du train reliant la frontière française à Barcelone parviennent distordues aux oreilles d'Esther qui, après avoir aidé Julia à franchir le talus de ronces brûlées par le soleil, aux épines cassantes comme le verre, s'enfonce dans les terres. Comme si rien ne s'était passé, les fillettes continuent à chanter dans le wagon. Il semble que personne n'ait repéré les fugitives.

Écorchée par les cailloux, par les buissons, Julia court devant Esther, vers la route toute proche. Les deux gardes civils ne se sont aperçus de rien. Voilà que, tapies dans le fossé, le visage griffé, elles observent une fourgonnette, arrêtée sur le bord du talus. Son propriétaire, un homme jeune, est occupé à vérifier la carrosserie autour du véhicule. Se couchant sur le bas-côté, il se glisse, en rampant sur le dos, sous le châssis, bricole la rotule de direction, peut-être autre chose, fait semblant, n'a pas l'air doué pour la mécanique, il ressort en se tortillant, remonte dans la fourgonnette en se faisant un signe de croix conclu par un baiser sur l'ongle du pouce. Il baisse la vitre, prend son temps pour allumer une cigarette Celta, aspire la première bouffée. Au même moment, plusieurs longues rafales de mitraillette toussent, là-bas, près de la voie.

Piensa en mí

Avril 1989

Si tienes un hondo penar, piensa en mí / si tienes ganas de llorar, piensa en mí. Depuis combien de temps Julia avait-elle laissé filer sa rêverie ? Elle se rappelait juste la chanson de Luz Casal que, dans son réduit vitré de régie, Emmanuel avait diffusée en guise de jingle, puis le souvenir de son évasion, il y avait plus de trente ans, s'était superposé à l'histoire du roman qu'elle présentait ce midi, pour sa dernière émission, juste avant son départ pour l'Espagne. Elle ne reviendrait ensuite qu'en visiteuse, en amie bien sûr.

Derrière la large vitre qui le séparait de la journaliste, l'ingénieur du son gesticulait en articulant dans le vide : On reprend, Julia. Sans le retour-casque, la femme n'entendait rien. Emmanuel lui indiquait qu'il allait lancer une nouvelle fois la chanson de Luz Casal, *Si tienes un hondo penar, piensa en mí*… Julia, tu rêves ? demandait-il dans le casque, tandis que le bobineau de la bande magnétique se dévidait. J'étais ailleurs, mimait-elle avec ses mains.

Ailleurs, c'était le train, d'autres parfums qu'elle aurait voulus perdus, oubliés sans doute, pour son bonheur, occultés à jamais derrière l'éclipse programmée de son existence, ailleurs c'était l'odeur âcre d'une minuscule cellule où étaient entassées une dizaine de femmes aux sourcils broussailleux, hérissés, hirsutes, aux guenilles terreuses, souillées, dans un couvent de Barcelone. Elle n'entendait pas Emmanuel insister derrière la vitre. Julia, que se passe-t-il ? *Tu párvula boca, que siendo tan niña / me enseñó a pecar.* Le magnétophone égrenant sa mélancolique complainte, Julia reprenait peu à peu ses esprits. Dans moins d'une minute, musique finie, silence revenu, l'enregistrement devait reprendre. Il était impératif de libérer le studio.

Elle arrangeait sa coiffure, comme si les auditeurs pouvaient la voir, puis attendait les dernières notes de la chanson, expliquant par gestes à Emmanuel qu'elle était prête, qu'il pouvait compter sur elle cette fois, qu'elle ne raterait pas le raccord. Puis elle avait commencé à parler dans le micro : Chers auditeurs, je voudrais vous remercier de m'avoir accompagnée durant toutes ces années ; c'est ma dernière émission ; vous n'imaginez pas tout ce que cela représente pour moi ; le roman d'aujourd'hui, *Le Pianiste,* se passe à Barcelone ; son sujet est la mémoire, bredouillait-elle en souriant à Emmanuel, derrière la vitre.

La fin d'Yseult

Avril 1955

Large d'épaules, grand de taille, chevelure épaisse, bouclée, encadrant un visage anguleux, Louis menait une existence d'homme déçu. Désillusion rivée au corps, désenchantement au coin des lèvres, il arpentait les rues de Toulouse en se tenant si raide qu'on avait l'impression qu'il pouvait à tout moment se briser. Il avait les mains dans le dos, le regard vers le sol, parfois la tête dans les nuages, jamais en position citadine.

Lorsqu'il ne sillonnait pas les rues de la ville, ne buvait pas une bière sous les arcades de la place du Capitole, Louis peignait des tableaux dans son appartement au quatrième étage d'un des immeubles les plus anciens du centre. Il s'y était installé juste à son retour de Paris.

Après avoir passé son adolescence à Carcassonne, où avaient émigré ses parents vénitiens à l'arrivée au pouvoir de Mussolini, il avait consacré plusieurs années à courir, sans succès, les galeries parisiennes, avec la rage au ventre de ne pas être reconnu, ravalant son ambition, les façades aussi pour subsister dans le milieu hostile de la capitale. Influencé par l'abstraction du début du XXe siècle, il peignait des *180 paysage*, qu'il orientait dans le sens de la hauteur, sur lesquels il combinait des lignes droites, des traits courbes, pour délimiter des plans s'entrecroisant, se fondant les uns dans les autres, en vertu d'un jeu de dégradés subtils qui entendaient se jouer de l'éternelle controverse du moment : la forme/le fond.

Le peintre dépité recevait tous les jours dans son appartement. Le temps passant, il se demandait ce qui pouvait fasciner ces jeunes aspirants artistes, venus sonner à sa porte pour s'installer, parfois l'après-midi entier, dans son atelier à l'écouter parler de choses aussi diverses que l'enseignement de la peinture, l'écriture, la marche du monde, les mystères de la science… qu'importe… tout était discuté.

Pendant ce temps, absente de cet univers étrange, Esther dépliait le journal, lisait des livres dans sa langue, souvent les textes de Federico Garcia Lorca, assassiné aux premiers jours de la guerre, à qui Antonio Machado avait dédié un poème déchirant qu'elle se récitait quelquefois dans la tête. *Federico tomba mort / — du sang sur le front, du plomb dans le ventre. / … Le crime eut lieu à Grenade / sachez-le — pauvre Grenade ! —, dans sa ville de Grenade*… Esther, une fois de plus tu rêves ; à quoi penses-tu ? murmurait Louis. Puis, sans se soucier de la réponse, il poursuivait sa discussion, faisant froncer les sourcils à tout le groupe de jeunes artistes, comme chaque fois que celui-ci touchait à un sujet mystérieux, en prenant l'air savant d'un gourou des villes.

À l'époque de sa première rencontre avec le peintre, Esther fréquentait la pension pour jeunes filles qu'elle avait intégrée à Carcassonne, après son arrivée en France. Elle avait alors dix-neuf ans. Le rang des internes dans lequel elle se trouvait passant devant la porte entrouverte d'une des nombreuses galeries de peinture installées dans les ruelles de la Cité, elle avait déjoué la vigilance de la surveillante d'internat, puis s'était engouffrée dans le vaste local.

Hormis la propriétaire, il n'y avait personne dans cette galerie qui ressemblait plutôt à un atelier d'encadreur proposant du matériel pour artistes peintres : couteaux, pinceaux, poudres, pigments, tubes de peinture à l'huile, de peinture acrylique, godets d'aquarelle, bâtons de pastel, châssis, rouleaux de toile, papiers, durcisseurs, vernis. La propriétaire, lunettes en forme d'ailes de papillon, les cheveux teints en blond quasiment platine, avait à peine levé les yeux vers Esther lorsque la jeune fille s'était plantée devant un tableau accroché à une cimaise. Sur un fond plutôt géométrique, la toile était nervurée par l'empreinte de longs boyaux s'ouvrant un chemin par-dessus la combinaison de droites concourantes qui emprisonnaient un triangle jaune sur l'angle inférieur droit, réservé d'ordinaire à la signature. Cette peinture s'intitulait *Sulfure de cadmium.*

Esther avait eu le sentiment que le contraste chromatique des empreintes, réalisées au rouleau imprégné d'encre d'imprimerie bleu magenta, par rapport au petit triangle jaune cadmium, conférait à cette toile une atmosphère sulfureuse qui lui rappelait ses années les plus terrifiantes, ainsi que le climat étouffant qui régnait dans cet internat où Marceline, la cousine retrouvée de Julia, avait insisté pour les inscrire.

La discipline de la pension n'avait rien de commun avec l'expérience tragique qu'elle avait subie à Barcelone. Cependant, si l'on exceptait les sévices endurés à la prison, elle y éprouvait une privation de liberté qui lui semblait pareillement insupportable, la poursuivant de façon presque maladive, toutes les fois qu'on tentait, de quelque façon que ce fût, de l'attacher à un lieu, de lui imposer une situation, d'entretenir une relation : Trop oppressante, expliquait-elle avec l'accent espagnol dont elle n'était jamais parvenue, y compris des années plus tard, à se défaire.

C'est dans cette galerie-atelier d'encadrement qu'Esther avait entendu pour la première fois la voix de Louis parler dans son dos, à hauteur de son épaule, son haleine lui balayant l'oreille, le cou. Se retournant, elle avait sursauté : Ça te plaît ? lui demandait le garçon, en la tutoyant d'emblée. Elle avait attendu avant de répondre : C'est... surprenant. Elle ne lui avait pas dit que la toile dégageait pour elle une atmosphère plutôt troublante, d'une certaine façon inquiétante.

Derrière le comptoir, à l'autre bout de la galerie, la propriétaire était en train de déballer avec soin une commande de pigments en poudre, enveloppés dans de gros paquets de papier résistant. Elle versait ensuite leur contenu dans des bocaux étiquetés, semblables à ceux qu'on utilisait parfois encore dans les pharmacies pour les préparations. Lorsque Louis s'était approché, elle avait reposé le paquet presque vide sur le long plateau de bois verni, puis elle avait ôté ses ailes de papillon. Elle avait ensuite froncé son nez un rien retroussé : Qu'est-ce que tu veux ? lui demandait-elle. Voilà, expliquait le garçon sur un ton de confidence, il n'y aura personne dans la boutique, à cette heure-ci, je m'absente juste cinq minutes ; le temps de prendre un verre, au bar d'à côté, sur la terrasse ; vous avez remarqué qu'ils ont sorti les tables, ce matin ?

C'était la fin du mois d'avril, peut-être le mois de mai. À Carcassonne, dans les ruelles de la cité médiévale, un capiteux parfum de vacances circulait dans la tiédeur de l'air. Esther surveillait, à travers la vitrine encombrée de la galerie d'art, le rang de ses camarades en train de disparaître à l'angle de l'ancienne voie équestre. Louis revenait vers elle : Je t'invite à prendre un verre ; tu es obligée d'accepter ! Esther ne répondait pas, se contentait de sourire, emboîtant le pas au garçon qui, sortant du local sans refermer la porte, la précédait, allait prendre place autour d'une table de la terrasse jouxtant la galerie. Louis était vêtu d'un costume de velours noir. Il avait noué autour de son cou un foulard léger, d'étoffe rouge, qu'il troquerait quelques années plus tard pour une écharpe. Il portait une chemise blanche, large, avec des pans, comme cela se faisait : On s'installe ici ? demandait-il en indiquant une table libre au soleil, isolée des autres consommateurs qui, en cette fin du long hiver cinquante-cinq, avaient tout de même préféré l'ombre d'une treille malingre. Tu bois un Pschitt ? C'était la nouvelle boisson à la mode, Esther n'y avait jamais goûté : Pourquoi pas. Louis était entré à l'intérieur du café, puis en était ressorti avec deux bouteilles de soda, deux verres à orangeade. Il avait servi Esther, s'était servi lui-même, puis avait invité la jeune fille à trinquer : À l'Espagne !

La fille hésitait.

Il avait ajouté : À ton accent, j'ai cru comprendre que tu venais d'Espagne, je me trompe ?

Esther avait lancé un non renfrogné, il ne se trompait pas.

Saisissant ce qui se passait dans l'esprit de la jeune fille, le garçon avait corrigé dans la foulée : À l'Espagne... sans Franco bien entendu.

Elle avait souri : Sans bourreaux... sans curés... sans bonnes sœurs surtout, murmurait-elle.

Alors il lui avait demandé : Je ne connais pas encore ton prénom.

Du tac au tac, elle avait répondu : Esther.

À ta santé, Esther ; merde aux fascistes, comme on dit chez nous : *Bandiera rossa.*

Il avait actionné sa main en supination au-dessus de sa tête, puis il avait renchéri : *Trionferà.* Ensuite il avait cogné son verre contre celui de la jeune fille.

Si Louis avait eu vent de ce qu'Esther avait subi, il n'aurait pas plaisanté avec la même légèreté. De son côté, la jeune fille n'avait aucune raison de ternir leur rencontre avec les horreurs de son passé.

Mes parents aussi se sont réfugiés en France, ils sont italiens, anarchistes italiens ; toute la famille a fui Mussolini ; je n'ai plus qu'un vieil oncle resté à Venise, expliquait le garçon pour tenter de la circonvenir tout à fait. Il avait tiré un paquet de Gauloises de la poche de sa veste, tapoté l'extrémité de la cigarette sans filtre sur la table en fer, peinte en vert, l'avait portée à sa bouche. Craquant l'allumette d'un geste malheureux, il avait renversé le verre d'Esther. La jeune fille avait réagi à sa maladresse avec une certaine causticité : Comment tu appelles ça ? du Pschitt, souriait-elle en essuyant sa jupe.

Absolument désolé, faisait Louis en versant le fond de sa bouteille dans le verre d'Esther.

Ça pétille dans les yeux, riait-elle en trempant ses lèvres dans le soda.

C'est la nouvelle boisson à la page, poursuivait Louis tandis qu'il épongeait tant bien que mal la table. Il avait reposé la bouteille près de son verre.

J'aime, avouait-elle en épiant le bout de la rue.

Depuis quelques minutes, on la sentait nerveuse. Louis tentait bien d'attirer son regard, cependant les yeux noirs d'Esther, aussi lumineux que le vernis noir de ses cheveux, scrutaient un horizon qui n'existait pas à l'angle de la ruelle tortueuse. Louis avait cru déceler un rien de strabisme chez la jeune fille. Il trouvait le défaut attirant : Au fait, je ne t'ai pas dit mon prénom, lançait-il, frôlant la main d'Esther du bout des doigts.

Elle avait cligné des yeux avec un air complice : Je le connais.

Louis battait à son tour des paupières : Comment ça ?

Je l'ai lu sur l'affiche de l'exposition, souriait-elle ; c'est déjà l'heure, je dois m'en aller, Louis ; mes camarades ne vont pas tarder à repasser, concluait-elle.

Tes camarades, de qui veux-tu parler ?

Louis tentait de prendre ses mains dans les siennes, tandis qu'elle expliquait : Je suis au pensionnat de jeunes filles ; aujourd'hui, c'est jeudi, jour de sortie surveillée pour celles qui ne sont pas collées ; comme tu peux le voir, je ne suis pas collée ; pourvu que la surveillante ne se soit aperçue de rien, sinon…

Esther, il faut absolument qu'on se revoie, protestait Louis.

La jeune fille ne savait pas : Ce ne sera pas si facile.

Pourquoi, Esther ? protestait-il ; je me ferai prêter un vélomoteur, je viendrai jusque chez toi, dimanche ; tu rentres bien chez toi, le dimanche ?

Elle répondait dans un murmure : J'habite à Villerouge ; c'est loin de Carcassonne ; j'y reviens une fois par mois ; le dernier dimanche du mois ; à vélomoteur, c'est une expédition.

Louis râlait à nouveau : Esther, tu ne peux pas.

Elle avait fini par céder : Jeudi prochain, peut-être ; ici, proposait-elle ; si ça se passe bien tout à l'heure ; si on s'est aperçu de quelque chose, c'est sûr que je serai collée.

Louis avait réussi à prendre la main d'Esther dans la sienne. La jeune fille ne l'avait pas retirée, un léger sourire s'était dessiné sur ses lèvres. Trop timide, elle se taisait. Louis non plus ne soufflait mot. Son visage s'était approché de celui d'Esther, qui était à certains endroits, en particulier les tempes, comme translucide, laiteux. Maintenant ses pommettes avaient rougi. Ses lèvres s'étaient mises à trembler : N'insiste pas, je t'en prie, protestait-elle sans conviction, le regard rivé à l'angle de la ruelle. Il répétait : Esther, il faut absolument qu'on se revoie ; Villerouge, ce n'est pas si loin ; j'ai fait des trajets bien plus longs. Esther avait sursauté : Les voilà ! va-t'en, je t'en prie ; il ne faut pas que je me fasse prendre ; ce serait terrible ; tu ne peux pas comprendre, insistait-elle ; c'est sûr qu'on ne se verrait plus ; tu peux me croire, Louis.

Le rang des pensionnaires avait repris le chemin en sens inverse. L'air absent de la surveillante semblait indiquer qu'elle n'avait pas découvert la supercherie d'Esther. Celle-ci était allée se cacher sous le porche ouvrant sur une courette, face à la terrasse du café. Louis l'avait suivie. Les internes approchaient. Le garçon se demandait comment Esther allait s'y prendre pour réintégrer le rang sans se faire pincer.

Il est sans doute plus facile de s'éclipser, de se

couler dans l'absence, de plonger dans l'oubli que de retrouver sa place dans ce qui a un jour été un monde familier, la ville où l'on est né par exemple, une famille peut-être, à défaut un rang, y compris un rang d'internes où l'on a enfin réussi à se réfugier.

Au moment où les jeunes pensionnaires s'apprêtaient à doubler la courette dans laquelle ils s'étaient cachés, une des internes avait chuté sur les pavés de la cité médiévale. La formation s'était disloquée pour s'organiser en cercle autour de la malheureuse. Esther en avait profité, s'était précipitée hors du porche où personne, surtout pas la surveillante, ne l'avait remarquée. Elle avait écarté plusieurs de ses camarades pensionnaires en uniforme bleu, puis s'était jetée sur Julia, restée à terre, qui se massait la cheville en grimaçant : Julia, tu t'es fait mal ; tu n'as rien, réponds-moi ? lançait Esther à celle qui était devenue sa sœur à la vie.

Ça va aller, Esther, répondait-elle en lui adressant un clin d'œil complice ; c'est ce pavé qui…

Comme d'habitude, la surveillante grognait : Mademoiselle Flores, ressaisissez-vous je vous prie, n'allez pas nous interpréter la fin d'Yseult, votre camarade a dérapé, un point c'est tout, elle n'est diantre pas morte.

Dernière émission

Avril 1989

J'enchaîne à la citation du *Pianiste*; tu arranges ça au montage? demandait Julia à Emmanuel, derrière la vitre qui isolait le studio. Concentré sur ses appareils d'enregistrement, le garçon lui avait souri: Très bien, j'allais te proposer de mettre de la musique juste en suivant; peut-être le *Concerto pour la main gauche*, qu'en penses-tu? voilà; c'est à toi. Emmanuel avait libéré la pause du magnétophone. On entendait la voix de Julia citer le roman de Manuel Vázquez Montalbán: «J'ai quitté le Parti communiste pour devenir révolutionnaire...» Le garçon ne l'écoutait pas, se contentait de la regarder, ne pouvait se faire à l'idée que c'était sa dernière émission, qu'elle avait choisi une ironie si grinçante pour la conclure.

Emmanuel travaillait avec elle depuis une vingtaine d'années. Il avait l'impression de connaître presque tout de la vie de Julia. Il se sentait proche, avait suivi plusieurs fois le récit de son évasion en compagnie d'Esther alors que, tapies dans le fossé, transies de peur, de faim aussi, les deux jeunes filles observaient l'homme à la fourgonnette garée sur le bord de la route. Emmanuel se souvenait du moindre détail raconté.

Un paysage distordu

Août 1953

Alors que l'automobiliste reprend place au volant de son véhicule, s'assoit, se signe, embrassant pour conclure l'ongle de son pouce, une rafale de mitraillette crépite dans le lointain. Julia interroge Esther du regard. Bien entendu, la meilleure solution serait de se cacher parmi le chargement de la fourgonnette. C'est l'alternative à laquelle on pense spontanément. Le chauffeur va s'en apercevoir. Pourquoi serait-il dupe ? Quelle sera sa réaction ? On ne peut pas l'anticiper. Les jeunes filles risquent tout à fait de mettre un terme à leur fraîche évasion.

On entend une deuxième rafale de mitraillette bégayer près de la voie de chemin de fer. Plutôt que de démarrer, l'homme ouvre la portière, il n'a pas plus de trente ans. Quittant le siège rembourré du conducteur, il s'approche du fossé, le nez en l'air, humant le vent comme pour repérer l'odeur acide, âcre de la poudre. Ses chaussures épaisses ne sont plus qu'à quelques centimètres du visage des deux jeunes filles, enfoui dans l'herbe sèche, tiède, sentant la poussière, la craie.

La scène dure plusieurs secondes interminables, qui représentent une vie. L'homme s'accroupit. Une inflexion chantante dans la voix, il murmure ce poème que les jeunes filles n'ont jamais oublié par la suite : *On le vit cheminer entre des fusils / le long d'une rue infinie, / atteindre la campagne glaciale, / encore tout étoilée, en cette aurore. / Ils ont tué Federico / tandis que pointait la lumière.* Les vers sont à peine audibles. Malgré le soleil plombant sur la trajectoire de son zénith, la peau des deux jeunes filles se hérisse en chair de poule. Terrorisées, elles sentent la main de l'inconnu fouiller dans leur chevelure rêche. Elles entendent sa voix tentant de les rassurer : Je vous en prie, n'ayez pas peur, dit l'automobiliste ; vous n'avez rien à craindre ; il faut vous cacher dans la fourgonnette ; je ne vous veux aucun mal ; dépêchez-vous ; nous allons quitter cet endroit avant que la garde civile… relevez-vous ; vite ; vous ne pouvez pas rester ici.

Les deux corps inertes commencent par frémir, se mettent à bouger de façon imperceptible. Puis, plus franchement, les visages des jeunes filles apparaissent. Leur regard effrayé accroche celui de l'homme qui les observe, les yeux plissés, avec une moue incrédule : Elles sont si jeunes ! comment ces salopards peuvent-ils ? quatorze ans après, se dit-il. Le temps presse, il s'adresse aux deux inconnues : Il ne faut pas rester ici, insiste-t-il ; ça claque de tous les côtés ; dans quelques heures, ce sera rempli de gardes civils, de bergers allemands ; peut-être de soldats de l'armée. Le visage des jeunes filles se froisse, elles ne parviennent pas à parler. Grimpez dans le fourgon, commande le garçon ; je vais à Gérone ; je dois récupérer une livraison ; j'ai de bons amis là-bas ; il ne faut pas s'inquiéter ; Celedonia prendra soin de vous. Il examine leurs traits de façon plus attentive, puis il ajoute : Vous en avez besoin. À ces mots, Julia tente d'esquisser un sourire, croise son regard avec celui d'Esther.

La fourgonnette est chargée de casiers en bois contenant des bouteilles d'eau de Seltz. Il y a aussi plusieurs pains de glace enveloppés dans des sacs de toile de jute. On peut faire un peu de place, juste dans le fond, où les deux jeunes filles n'auront plus qu'à se glisser. Il restera à empiler quelques casiers les uns au-dessus des autres pour cacher les fugitives. Si une patrouille de gardes civils arrête le livreur d'eau, avec la glace qu'il transporte, ils ne lui demanderont sans doute pas de vider la fourgonnette, en plein soleil, pour vérifier la totalité du chargement. Ce n'est pas si sûr. On ne peut jamais savoir. Cela lui est déjà arrivé par le passé.

Esther se redresse, aide Julia à se lever. Sans prendre la peine de brosser leurs hardes, elles se dirigent vers le véhicule à la suite du livreur. Elles sont bien forcées de lui faire confiance. Apeurées, elles s'accroupissent dans le fond de la fourgonnette, comme l'homme le leur a demandé, elles observent les casiers de siphons formant un mur devant leur visage à mesure que le garçon les entasse.

Le paysage qui s'ouvre à l'arrière de la fourgonnette se distord. Les jeunes filles l'aperçoivent à travers le verre sculpté, coloré, des bouteilles ouvragées avec de légers guillochis courbes qui tentent de reproduire les ondulations du vent, peut-être le mouvement souple de la mer. Tout se passe comme si le verrier, plutôt que de creuser les sillons spiralés, avait réussi à tordre le corps des siphons de la même façon qu'on tord un drap pour l'essorer. La plupart des bouteilles sont bleu océan, d'autres sont vert d'eau, roses, transparentes même. Sorti d'on ne sait où, un vilain chien errant, les poils tout hérissés, fait irruption, langue pendante, dégoulinant de bave, agitant joyeusement la queue en signe d'amitié.

Il entreprend de zigzaguer en reniflant pour s'approcher de l'homme en train d'entasser les casiers. Sans doute espère-t-il un os, n'importe quelle autre pitance, le moment est mal choisi. On tente de l'éloigner: Allez va-t'en, nom de Dieu, murmure le livreur en lui jetant un caillou que l'animal poursuit, renifle un instant, rapporte aux pieds du lanceur. Elle est malade, cette bête, grommelle l'homme en balançant un coup de pied circulaire, qui se contente de balayer l'air devant lui. Il fait de longs moulinets avec les bras pour tenter de faire fuir l'animal, qui s'éloigne, ne lâchant cependant pas l'affaire. Il continue à rôder autour de la fourgonnette, en décrivant de grands arcs de cercle centrés sur les portes arrière. Les jeunes filles sont recroquevillées, dissimulées derrière l'eau de Seltz. Tandis que le chien continue de renifler, au-dehors, Esther applique son doigt sur un bouchon à levier, prend le bec du dispositif aspirateur entre ses lèvres, s'apprête à appuyer pour boire. L'animal commence à aboyer, à hurler. L'homme s'affole, regarde autour de lui : Il faut s'en aller tout de suite, nom de Dieu, peste-t-il en faisant un signe de croix en guise d'absolution ; Seigneur, il ne manquerait plus qu'on m'entende jurer, regrette-t-il dans la foulée.

Ils sont nombreux dans cette Espagne catholico-fasciste à avoir purgé plusieurs mois de prison pour avoir blasphémé contre Dieu, la Vierge, parfois les saints. L'histoire de ce Valencien, se rendant à Alicante avec un groupe de petits maraîchers en laissant échapper sur les Ramblas un pet bien gras de paysan parfaitement nourri, a déjà fait le tour de l'Espagne. L'homme s'exclame pour amuser la galerie : Vive Franco, qu'il l'attrape, puis qu'il se le peigne en rouge !

Cependant les Valenciens ne sont pas seuls. Une patrouille passe par là. Les gardes civils s'emparent du pétomane, le conduisent séance tenante au commissariat, où on le jette dans les caves insalubres quadrillant les sous-sols de la Direction générale de la Sûreté. Il demeure plusieurs heures à même la terre battue, avant qu'un policier ne vienne tourner la clé dans la serrure : Lève-toi, fils de pute, hurle-t-il. À peine debout, le Valencien reçoit une énorme gifle qui le projette au sol, le visage contre terre. Sans lui laisser le temps de reprendre ses esprits, un terrible coup de pied dans le ventre oblige le blasphémateur à se recroqueviller de douleur sur lui-même, tandis qu'un autre garde civil se joint au premier : Debout, fils de pute ! vomit-il à son tour. Remis sur pied, le Valencien reçoit le premier coup de crosse, celui dont il se souviendra vaguement par la suite. Il n'aura plus le loisir de se rappeler la cascade des autres coups, dont pourront seulement témoigner les blessures de son corps. En perdant conscience, il perd aussi la mémoire de son passage à tabac, de tout le reste qui s'ensuit, de toute l'histoire qui précède, même du jour où il est né. À la fin de sa garde à vue, sa conscience de la douleur s'est transformée. Son corps est devenu une boule comateuse, que les coups ont meurtrie, ne parvenant plus à la faire gémir. Quelqu'un retrouve le Valencien plus tard, mourant, la tête renversée, les yeux révulsés, dans le fossé bordant la route qui mène d'Alicante à Santa Pola, en face de l'île de Tabarca. Avec ses lèvres croûteuses, tuméfiées, il répète au rythme d'une litanie toujours le même double, obsédant oxymore : Franco le bon, saint vicelard de mes couilles... Il rit, sanglote, crache à la fois. Il meurt à l'asile psychiatrique de Santa Pola, dans une grande chambre toute blanche, depuis laquelle on peut entendre aujourd'hui le bruissement lancinant de la houle.

Il ne manquerait plus que ces salopards m'entendent jurer, répète l'homme à la fourgonnette en faisant un signe de la main aux deux jeunes filles. Il referme les portes arrière, tente à nouveau de donner à l'animal un coup de pied, qui n'atteint toujours pas son but. Voyant s'évanouir ses espoirs d'obtenir un bout de pain, un os, peut-être une caresse, le chien aboie de plus belle. Lorsque les portes claquent, les deux jeunes filles voient disparaître le paysage bleu océan, vert d'eau, rose. Elles se retrouvent dans une semi-obscurité inquiétante, se blottissent dans les bras l'une de l'autre. La fourgonnette démarre sec. Les pneus hurlent. Un nuage se soulève de la petite route. Le chien poursuit la poussière pendant plusieurs mètres, tente de mordre, de manger les pneus du véhicule. Le chauffeur craint tout d'abord de l'écraser, roule un moment à la même allure, puis accélère pour distancer l'animal qui perd peu à peu du terrain, disparaît après un long virage.

L'homme tourne la tête vers la cloison arrière de la cabine en tôle, frappe plusieurs coups sourds avec la paume de la main : Tout va bien ? demande-t-il en haussant le faux murmure de sa voix ; je suis désolé, ce n'est pas confortable ; on en a pour deux bonnes heures ; peut-être davantage ; je retourne sur Mataro ; nous rejoindrons la route qui longe la mer ; vous connaissez ? c'est plus sûr ; en tout cas, c'est moins fréquenté ; à Palamos, je bifurquerai vers Palafrugell ; on se rendra à la Bisbal, à la ferme de Mateo ; c'est tout près de Gérone ; j'ai une livraison à prendre, un colis à réceptionner ; là-bas, il faudra aviser, savoir ce qu'on fait de vous ; Celedonia s'en chargera ; Mateo est bourru, au fond c'est un brave type, vous verrez.

Il ne reçoit pas de réponse. Quel avis peuvent bien avoir les deux jeunes filles sur l'itinéraire que choisit le chauffeur à qui elles n'ont eu d'autre choix que de se livrer, sur ce qui adviendra d'elles dans cette ferme de la Bisbal, dont elles n'ont jamais entendu parler. L'homme à la fourgonnette discerne juste un murmure confus lui indiquant que les deux jeunes filles ont bien entendu. Il comprend qu'elles ne parleront pas, ne réagiront pas, ne répondront rien, pas tout de suite en tout cas : Je m'appelle Peio, reprend-il en tentant de les rassurer ; vous avez bien entendu ;

oui ; pas Pedro ; je m'appelle vraiment Peio ! c'est la traduction en basque de Pedro ; je suis né à Ondarroa, près de Saint-Sébastien, à l'autre bout de l'Espagne, sur l'océan.

Le voyage se déroule sans encombre jusque bien au-delà de Mataro. Cependant, à la sortie de Malgrat de Mar, les gardes civils ont installé un barrage, juste après la dernière maison du village. Impossible de tenter de les éviter sans attirer leur attention, sans s'exposer à être pris en chasse par un des tout nouveaux side-cars, dont on vient d'équiper la police. Faisant appel à son sang-froid, Peio arrête la fourgonnette au ras de la herse.

Un garde civil se précipite à la vitre, lui réclame : Les papiers, en escamotant la formule de politesse. Peio s'exécute sans manifester la moindre impatience, souriant. Dans ces situations, il faut savoir ne pas crisper les mâchoires, ne pas trop plisser les yeux, se contenter de dire oui. Peut-être histoire de varier : Bien entendu, oui, oui, bien sûr, bien sûr ! Pour simuler une adhésion : Bien entendu, oui, oui, bien sûr, bien sûr… librement mûrie. Qu'est-ce que tu transportes là-dedans ? aboie le garde civil qui se dirige vers l'arrière de la fourgonnette. Dans un cas comme celui-là, on a envie de rétorquer : Ma conscience ; d'ailleurs elle est bien moins boueuse que la tienne, mon vieux. Cependant il faut savoir se tenir, martyriser sa langue : Des siphons, deux pains de glace, se contente de répondre Peio sur un ton conciliant ; je livre la marchandise à Gérone.

Ouvre, grogne le garde civil en prenant son tricorne à la main.

Pendant quelques secondes tout demeure suspendu, le temps, le paysage, même l'air qu'on respire. Comme Peio, Esther demeure de pierre, elle tient la statue de Julia dans ses bras. Si le garde civil persiste dans son zèle, il va soulever quelques casiers de siphons, peut-être demander au livreur de vider la fourgonnette. En revanche, s'il opte pour la nonchalance qu'on connaît chez les gens de son espèce, il va se contenter de laisser flotter un regard sans trajectoire précise sur le chargement. Finalement, c'est la deuxième option qu'il choisit lorsque Peio ouvre en grand l'arrière du véhicule, avec un air on ne peut plus impassible, sans laisser paraître que tout son corps se craquelle de l'intérieur.

Le tricorne verni de noir toujours dans une main, le policier se gratte la tête de l'autre. En constatant que la chaleur a plombé la glace d'un reflet livide, il ricane : Avec cette fournaise, tu crois qu'il te restera quelque chose à livrer à Gérone ? En disant cela, il claque sans ménagement les deux portes, tend les papiers du véhicule à Peio : Bon voyage ! Vive Franco !

Peio hésite un instant : Vive l'Espagne ! ajoute-t-il en caressant la carrosserie poussiéreuse avec sa carte d'identité glissée entre les papiers de la fourgonnette.

Il s'assoit au volant, fait un signe de croix. Évitant l'intérieur des terres, il prend la direction de Lloret de Mar. Ensuite ce sera Sant Feliu de Guixols, sur le littoral. Il réfléchit que les deux jeunes filles n'ont pas mangé grand-chose depuis longtemps. Il décide de s'arrêter à Blanes. Là, il entre dans une cave qu'il connaît bien pour boire un verre de vin blanc, acheter plusieurs parts d'omelette aux pommes de terre. Il les empile comme il peut, l'une sur l'autre, dans un solide papier d'emballage gris clair constellé de grosses taches grasses s'élargissant à vue d'œil.

Il pose le paquet à côté de lui, sur le siège de la fourgonnette, puis il attend d'être sorti du village pour s'arrêter une nouvelle fois. Il ouvre les portes arrière, tend les omelettes aux deux jeunes filles qui les dévorent en quelques secondes avec des yeux exorbités de peur, de faim, de plaisir parce qu'elles peuvent enfin manger. Peio explique : Pour boire, vous avez tous les siphons que vous voudrez ; servez-vous toujours dans le même casier ; il faut que je puisse m'y retrouver. En disant cela, il surveille la route. Il ne doit pas se faire prendre maintenant, alors qu'ils sont presque arrivés.

On entend un moteur pétarader. Puis on

aperçoit une moto venir en direction de la fourgonnette. Peio referme les portes arrière, reprend place au volant. Le motocycliste le double en ralentissant, faisant un geste pour s'assurer que le chauffeur n'est pas en panne : Tout va bien, merci, lance Peio en lui adressant un grand geste de la main.

Il s'empresse de remettre le contact, s'embrasse l'ongle du pouce, démarre. La route serpente sans fin le long des surplombs escarpés de la Costa Brava. Peio n'atteint la Bisbal qu'une bonne heure plus tard, fatigué par le voyage, harassé d'émotions fortes : Je crois que je ne m'y ferai jamais, murmure-t-il.

Mémoires d'une ombre

5 février 1939

Nous sommes extrêmement nombreux à parcourir à pied les routes, les corniches de la côte catalane après que les troupes de Franco ont pris Barcelone; craignant les représailles des nationalistes, nous battons en retraite pour gagner la frontière française au niveau du petit village du Perthus; quelques-uns sont parvenus à s'y rendre en automobile, d'autres sur les plates-formes débâchées des camions; la plupart cependant accomplissent la retirada *à pied; de longues colonnes de femmes, d'enfants, de civils, de militaires s'allongent sur les routes qui n'ont jamais été goudronnées; j'en sais quelque chose, moi qui ai fait partie des dizaines de milliers de réfugiés confinés au camp d'Argelès-sur-Mer, dès le mois de février; cette année-là, l'hiver est rude, les baraquements ne sont toujours pas construits; nous sommes forcés de creuser des trous à même le sable que nous surmontons de ce qu'on peut trouver sur une plage: des roseaux, des bouts de bois ramenés par la mer, des branchages poussés par la tramontane, ce qu'on a emporté, une couverture par exemple, une toile cirée; les abris sont glacials; les baraquements ont été bâtis à la hâte durant les jours qui ont suivi; le 2 mars, alors que Daladier fait appel à Pétain pour renouer les relations diplomatiques avec l'Espagne franquiste, cela nous ne le savons pas encore, tout est rentré dans l'ordre selon les autorités françaises; les gardes mobiles, appuyés par les troupes coloniales, se sont organisés pour surveiller comme il se doit, du haut de leur monture, les Rouges tentés de franchir les fils de fer barbelés; ils les punissent sur place; parfois les conduisent au fort de Collioure transformé en camp disciplinaire, depuis lequel on peut apercevoir l'hôtel où Antonio Machado est mort, quelques jours auparavant, avec ce dernier vers, retrouvé tout chiffonné dans une poche de son veston:* Ces jours bleus, ce soleil de l'enfance *; les spahis qui gardent le camp d'Argelès-sur-Mer ressemblent aux soldats contre lesquels nous venons de combattre en Espagne; nous avons l'impression d'être retombés sur les unités nationalistes que Franco a ramenées du Maroc; nous sommes nombreux, parmi les réfugiés, à avoir contracté les maladies qu'on attrape dans les lieux insalubres: la dysenterie, la paratyphoïde, le typhus que transmettent les poux; plusieurs d'entre nous supportent mal l'humiliation, d'autres n'y ont pas survécu, certains sont devenus fous en se voyant traités comme* La Pègre de Catalogne qui déferle sur notre Roussillon *: c'est ce qu'on écrit le 10 février dans le journal* Somatent, *dirigé par le président du PPF, Jacques Doriot; on nous traite de Rouges, ce qui* *est plutôt flatteur pour nous, puis aussi de tueurs, de bouffeurs de curés ; certains esprits faibles, peu fiables, prétendent que nous avons une queue semblable à celle du diable en personne, cachée dans les plis de notre liquette dépassant du pantalon ; des curieux, non moins faibles d'esprit, friables du cœur ceux-là, viennent rôder autour des camps, le dimanche, pour vérifier l'information ; les absurdités les plus échevelées circulent à propos de nos silhouettes dépenaillées, déambulant sur le sable, croulant sous le fardeau d'un désespoir qui ne s'évanouira jamais ; il y a de quoi perdre la raison ; dans les années cinquante, certains Espagnols errent à moitié fous dans les villes du midi de la France, après leur retour des camps allemands où ils ont été directement transférés depuis les camps français du Roussillon ; je me souviens d'un réfugié andalou, rescapé de Mauthausen au bord du Danube, vêtu en toute saison d'un chandail sans manches, tricoté avec des laines de plusieurs couleurs vives, genre patchwork ; il s'appelait Dionisio ; lorsque quelqu'un le croisait, il l'entreprenait sur le trottoir pour raconter dans un langage tout à fait avant-gardiste, constitué d'un collage d'espagnol, de catalan, d'occitan, de quelques bribes du meilleur français appris dans le journal* Le Monde, *une épopée incertaine dont les héros possédaient le visage fantastique, apeuré, de la souffrance, surtout de l'incompréhension devant la souffrance ; Dionisio disait que ces visages avaient des regards aigres, les pupilles vinaigrées, le teint translucide, blanc, de la terreur ; il se tordait de rire à n'en plus finir; Dionisio racontait souvent la même histoire, celle d'un train qui démarre dans un tintamarre de grincements de ferraille, de couinements de planches, celle de ce convoi qui, plusieurs heures plus tard, progresse dans des paysages lugubres, froids, pour gagner le nord de la France, bourré de prisonniers qu'on conduit vers les camps autrichiens d'où la plupart ne reviendront jamais; malgré l'horreur, son récit fait preuve d'une rare gaieté, parfois même d'enthousiasme quand, au milieu des borborygmes qui entrecoupent son langage fleuri, constellé de mots grossiers, il raconte les histoires mystérieuses qu'il prétend tirées de Mauthausen; il ne parle jamais du curieux triangle que portent les apatrides, estampillé de la lettre S, pour Spanier, Espagnol; les républicains espagnols qui ont été livrés aux nazis par le régime de Vichy, déportés par la suite à Mauthausen, ne portent pas le triangle rouge des prisonniers politiques, des communistes, des résistants; ils portent le triangle bleu des apatrides; dans leur esprit venimeux, les nazis refusent de les considérer comme les ressortissants d'une Espagne devenue franquiste, fasciste, amie; Dionisio ne parle jamais de son triangle bleu, il psalmodie des litanies interminables, sortes de cut-up à la Burroughs composés avec les vers de plusieurs poèmes de différents auteurs, Lorca, Machado, Salinas, Alberti, Otero… qui provoquent un sentiment étrange, familier pour qui veut bien se donner la peine d'y adhérer:*

Princesse de mon enfance ; toi, princesse
promesse avec tes deux seins :
boutons d'œillets,
nuages, amours,
ouvre entre mes doigts anciens
la rose bleue de ton ventre,
la douce bouche qui invite à goûter
une humeur parmi les perles distillée,
fais un nœud à la clé,
puis regarde-toi toute nue dans le miroir
où les hommes de la maison
nous contemplent, perplexes,
sales, piétinés,
avec l'inexprimable attitude fixe, sombre
de ceux qui en naissant
portent déjà dans leur dos, le mur
des fusillés ;
un spectre hante l'Europe
les vieilles familles ferment les fenêtres,
puis la foule passe en foulant notre sang,
ce soleil de l'enfance,
vivre c'est, depuis le commencement, se séparer…

dans son interminable délire, il prend les gens à partie, saisit leur bras s'ils font mine de s'éloigner, les fixe de ses yeux irrités par l'acidité des larmes qui ne viendront plus, presse la main de son interlocuteur forcé dans la sienne devenue minuscule, se balançant à l'extrémité d'un avant-bras squelettique, comme si la chair de son poignet s'était un jour fanée du dedans en même temps que l'espérance, sans jamais avoir brûlé, comme si l'amour s'était calciné de l'intérieur en faisant l'économie des flammes ; Dionisio a les poignets aussi minuscules, fragiles, fins que ceux d'un nouveau-né, tout recroquevillés sur eux-mêmes ; on racontait des choses énigmatiques à son sujet, on disait qu'il avait échappé à la mort en collant sa bouche à la petite lucarne pratiquée dans la porte d'accès de la chambre à gaz du camp de Mauthausen ; cela lui aurait, disait-on, permis de demeurer légèrement ventilé, de ne pas mourir malgré une très sévère intoxication…

Pont de Grenelle

Avril 1989

Une lucarne dans la porte d'une chambre à gaz, tu as déjà entendu parler de ça ? demandait Emmanuel à Julia. Elle répondait : Ça semble plutôt saugrenu ; cependant je pense que rien n'est impossible dans ce domaine. Emmanuel insistait : J'ai lu qu'à l'occasion d'une visite d'Heinrich Himmler à Mauthausen, on avait percé un regard pour permettre au bourreau d'assister à un gazage ; il était courant d'organiser des meurtres de masse spécialement pour les dignitaires nazis venus visiter les camps ; tu savais ça, Julia ? On a peine à croire toutes ces horreurs, y compris si on les a vécues, répondait-elle. Tout en rangeant le bobineau de bande magnétique dans sa boîte en fer-blanc, Emmanuel poursuivait : Tu crois que les poignets de Dionisio sont devenus si minuscules, si fins, qu'ils se sont recroquevillés à ce point, sous l'effet du zyklon B ?

Emmanuel évoquait les pages qu'il venait de remanier, un extrait des mémoires qu'il avait commencé à rassembler. Ce n'étaient pas ses mémoires personnels. Après la mort de son père, Emmanuel avait imaginé refaire parler la voix de celui-ci dans un récit intitulé *Mémoires d'une ombre*, où le fils insistait sur l'art d'éluder de son père, lorsqu'on lui demandait de raconter son combat contre le fascisme : Les républicains espagnols ne parlaient jamais vraiment de cette guerre, se plaignait Emmanuel ; tout au plus lançaient-ils quelque bribe qui ne parvenait jamais à constituer la totalité linéaire d'une scène ; j'ai toujours dû me colleter à son mutisme opaque, à sa mémoire aussi sourde que la cendre, à l'entêtant silence des Vaincus de cette guerre.

Les affaires rangées, il était sorti du studio à la suite de Julia. Traversant ensemble le pont de Grenelle, il lui disait : Je ne crois pas que ce soit une bonne idée de quitter la radio ; il y a d'autres solutions ; Pierre-Alexandre ne restera pas éternellement à Séville ; tu sais très bien que tes habitudes sont ici, Julia.

Si j'avais dû retourner à Barcelone, je n'aurais peut-être pas pu ; à Séville, c'est différent ; les habitudes, Emmanuel ; c'est à moi que tu parles des habitudes ?

Dans quel quartier vous installerez-vous ?

Là-bas, les studios de la radio se trouvent sur les berges du Guadalquivir, pas très loin du théâtre de la Maestranza, de la plaza de Toros, tu connais ?

La circulation était dense, la rumeur des véhicules assourdissait les voix. Un lien étrange unissait Emmanuel à Julia. Une fraternité intense les attachait l'un à l'autre. Malgré la différence d'âge, ils avaient le sentiment que leurs routes s'étaient plusieurs fois croisées, d'abord sans y prendre garde, avant de se confondre professionnellement.

C'est Esther, sa complice d'évasion, qui avait parlé de Julia à Emmanuel, alors qu'elle s'était installée à Toulouse avec Louis. Emmanuel faisait partie de ces jeunes aspirants artistes qui avaient pris l'habitude d'aller sonner à la porte de l'appartement du peintre à son retour définitif de Paris. C'est aussi Esther qui la première avait raconté leur inimaginable évasion au garçon.

Deux mallettes

Août 1953

Lorsqu'elles arrivent à la Bisbal, Julia vient de vomir son omelette sur les caisses de siphons, sur ses vêtements, sur ceux d'Esther. Elle n'a pas supporté les virages de la route jonchée de nids-de-poule. Une puanteur insoutenable règne à l'arrière de la fourgonnette. Julia, qui malgré son jeune âge est restée imperturbable lorsque les bonnes sœurs se sont à plusieurs reprises acharnées sur elle, à coups de trique, de badine, pleure dans les bras d'Esther. Celle-ci ne parvient pas à la consoler. Elle ne sait pas très bien comment s'y prendre pour la rassurer. Lorsque Peio ouvre les portes de la fourgonnette, il est agressé par l'odeur repoussante. Il a un haut-le-cœur, fait un grand pas en arrière. Puis, contrôlant sa répulsion, il commence à retirer le mur de couleurs translucides derrière lequel les jeunes filles sont dissimulées. Il tend la main à Esther pour l'aider à descendre. Celle-ci donne à son tour la sienne à Julia qui continue à sangloter.

La fourgonnette est stationnée dans une cour de ferme où les volailles déambulent en toute liberté. Un vieux paysan passe la tête par le vantail supérieur d'un box à chevaux, aperçoit les jeunes filles: Elles sortent d'où, les gamines? demande-t-il à Peio, je t'ai déjà dit de n'amener personne ici. Calme-toi, Mateo, rétorque Peio, je les ai trouvées au fond d'un ravin, elles venaient de s'enfuir; la plus âgée n'a même pas dix-huit ans; quel âge tu as, toi? demande-t-il à Julia qui ne répond pas. La malheureuse n'arrête pas de renifler, se mouche d'un revers de main. Esther répond à sa place: J'aurai dix-huit dans cinq mois, elle en a presque quatorze; je suis de décembre, Julia d'octobre. Elle explique comment elles ont sauté du train qui les conduisait on ne sait où, dans un couvent loin de chez elles. Sans trop savoir pourquoi, elle cite la prison de Ségovie, celle de las Ventas à Madrid, de Saturrarán au Pays basque. Ce sont des noms qu'elle a entendus au couvent de mère Monica. Les détenues qu'elle y a rencontrées les prononçaient avec une véritable frayeur.

Alors le vieux Mateo pousse le vantail inférieur pour sortir du box où un cheval de trait frappe du sabot: Celedonia, Celedonia! crie-t-il plusieurs fois. C'est le nom de sa femme. Les jeunes filles voient une vieille paysanne sortir du corps de ferme par une porte minuscule, tapissée d'une moustiquaire tissée de fils métalliques serrés. Celedonia n'a pas soixante ans. Le temps a cependant déjà sculpté les rides de son visage avec l'harmonie d'un bas-relief. Sa peau, tannée par le soleil qui brûle le paysage de Catalogne, est couverte d'un réseau de saillies peu profondes barrant le front, démarrant au pli extérieur des paupières, au creux des ailettes du nez, à la commissure des lèvres. Un réseau secondaire de rides encore moins marquées vient harmoniser l'ensemble dans une sorte de labour soyeux que son air ébahi, le sourire qui lui succède, rendent mouvant, fertile en charme, en humanité aussi : Qui sont ces jeunes filles, Peio ? interroge-t-elle avec l'intuition immédiate de ce qui s'est passé. Je les ai découvertes au fond d'un ravin, elles se sont enfuies ; elles sont très jeunes, Celedonia… est-ce que tu te rends compte ? La paysanne s'accroupit, attire les jeunes filles dans ses bras avec la douceur d'une mère. C'est Esther qui pense que c'est avec la douceur d'une mère. Elle a du mal à en être vraiment certaine. Elle ne se souvient pas d'avoir connu la sienne. Il lui reste des souvenirs vagues. Elle les a peut-être imaginés.

Tout ce qu'elle sait, c'est qu'un jour les bonnes sœurs ont décidé de la séparer de sa mère. Esther n'a alors que huit ans. Elle se retrouve toute seule à la prison des sœurs dominicaines, confiée à une détenue qu'elle ne connaît pas. Trois ans plus tard, personne ne peut dire pourquoi, on décide d'exécuter sa protectrice. Sœur

Catalina en profite pour lui dire : Ta mère a disparu, Esther ; depuis longtemps ! Deux années plus tard, le jour de ses treize ans, alors que son corps d'adolescente commence à se pétrir des formes d'une jeune femme, on lui révèle que les fascistes ont exécuté sa mère. Mère Monica, sordide redoublement du même mot, fâchée parce qu'elle lui résiste de toutes ses forces, lui dit : Toi aussi, tu finiras comme ta chienne de mère, Esther… les gardes civils l'ont exécutée parce qu'elle avait fait la pute avec ton Rouge de père ; aujourd'hui, il ne reste plus que toi, Étrange-fruit. Elle l'appelle souvent Étrange-fruit. Esther se demande où la bonne sœur est allée pêcher un nom pareil.

Esther n'a jamais vu une femme aussi belle que Celedonia, malgré sa robustesse. Celle-ci leur passe la main dans les cheveux comme si elles étaient tout à fait présentables, comme si elles avaient toujours été en confiance. Les jeunes filles s'abandonnent dans les bras de la fermière. Elles l'accompagnent dans la vaste pièce de séjour, devant l'immense cheminée sombre avec son odeur de suie humide. Peio apporte un grand bac en étain, rempli d'eau puisée dans la cour. Il sort en prenant bien soin de refermer la porte derrière lui. Celedonia n'a même pas à demander aux jeunes filles de se déshabiller. En un tournemain, elles se retrouvent toutes nues dans le bac, de l'eau jusqu'aux mollets. Avant de disparaître par l'escalier de bois menant à l'étage d'une seule volée, la fermière reste un instant en arrêt, fixant Julia avec une mimique étrange.

Esther se lave la première, entreprend de laver Julia qui ne pleure plus, ne parle pas. Elle est devenue muette juste après leur fuite. Depuis, elle n'a pas desserré les dents. Celedonia redescend déjà. Les marches gémissent sous son pas. Ses bras sont chargés de tenues complètes, propres : sous-vêtements, chaussettes sombres, robes à la taille des jeunes filles, comme si la fermière les attendait depuis toujours.

Une demi-heure plus tard, Julia se retrouve assise en compagnie d'Esther devant une longue table de ferme rectangulaire. Elles ont le sentiment de réaliser le premier grand festin depuis longtemps : de la charcuterie de la ferme, le pain du boulanger du village. Elles ont été tellement privées en prison que, pour elles, le jambon a le goût des bois, le boudin celui des promenades, l'eau de la gargoulette coule directement de la source alors que l'intérieur de leur corps devient peu à peu le lit d'un nouveau fleuve : la mer semble toute proche. Le pain sent la houle, le large, l'horizon qui s'entrouvre.

Tandis qu'elles se restaurent, Mateo explique à Peio que le mieux serait de laisser les gamines à la ferme, qu'il s'occupe d'abord de la marchandise : Cette fois, c'est un peu exceptionnel, dit-il, il y a plusieurs colis. Peio tend son paquet de Celtas à son chef, allume sa propre cigarette : Combien ? demande-t-il. Mateo se gratte la tête de la main gauche, avec la droite il protège la flamme de l'allumette que le garçon avance vers son visage. Il aspire une longue bouffée, expire un cône de fumée bleue, en pinçant les lèvres à la façon d'un joueur de flûte traversière : Il y a deux colis, trompette-t-il. Peio s'étonne : On ne m'avait pas dit… Ne tenant pas compte des protestations de son homme de main, Mateo poursuit tout en expirant de la fumée : Il n'y a pas que des journaux, viens plutôt te rendre compte par toi-même !

D'habitude, Peio ne sait jamais à l'avance ce qu'il transporte dans la mallette qu'il récupère, qu'il emporte à Barcelone, après avoir mis en scène une livraison de siphons, pour l'échanger contre une poignée de main, puis un : Salut, camarade ! dans des lieux systématiquement différents, toujours tenus secrets jusqu'au dernier instant.

Avant de pénétrer dans le box où il se trouvait à l'arrivée des jeunes filles, Mateo éteint sa cigarette, demande à Peio d'en faire autant avec la sienne : Tu la rallumeras tout à l'heure, c'est bourré de paille ici. Tirant une des deux mallettes de taille plutôt modeste dissimulées sous le fourrage, il commence à l'ouvrir tandis que le cheval de labour, devenu nerveux, se met à frapper plusieurs fois du sabot : Eh ! la paix, Rossinante ! lance-t-il. Il contourne la jument avec précaution pour éviter un mauvais coup. Elle devient vieille, elle est imprévisible, dit-il en caressant du bout des doigts un chiffon dans lequel on a enveloppé un pistolet de calibre neuf millimètres. Il le soupèse un instant, puis l'exhibe devant le visage du passeur.

Tu es devenu fou ! range ça ! proteste Peio, que l'objet rend nerveux ; j'aurais de loin préféré ne pas savoir ce que je transporte.

Il ressort dans la cour, juste au moment où les jeunes filles, penchées au-dessus de la vaste margelle du puits, rient pour la première fois, cherchant le reflet de leur visage dans l'eau calme, transparente.

À la table des fantômes

Avril 1989

Prenant Julia par l'épaule, Emmanuel s'apprêtait à traverser le quai André-Citroën pour rejoindre la place Charles-Michel par la rue Linois, l'avenue Émile-Zola, afin de gagner la rue du Théâtre où logeait la journaliste. Emmanuel demeurait dans le quartier, rue de l'Église, derrière le square Violet.

J'ai beaucoup réfléchi à ton histoire, Julia, à tout ce que tu as vécu, aussi à ta cousine de Villerouge ; un jour, il faudra qu'on parle de tout ça ; tu as le temps de prendre un verre ?

Julia avait fait non de la tête, expliquant : Cette journée me rappelle bien des événements ; des souvenirs ; ils se répondent pêle-mêle ; une cacophonie de cris, de conversations chuchotées ; des voix lointaines, intimes ; certaines que j'avais oubliées reviennent.

Elle se massait les bras nus, chauffés par le soleil, tandis qu'Emmanuel poursuivait son idée : Ils ont déjà installé la terrasse sur la place Charles-Michel ; on pourrait y prendre un verre.

Julia avait à nouveau fait non de la tête : Parfois j'ai l'impression qu'on a organisé cette fête comme un départ définitif ; je n'aurais pas dû ébruiter la nouvelle.

Ce n'est pas un discours qui va t'impressionner, minimisait Emmanuel.

Détrompe-toi, après toutes ces années, je ne sais par où commencer ; tout a été organisé comme si je décrochais vraiment.

Ils avaient continué à flâner le long de la rue Linois, traversé le quartier Beaugrenelle, débouché sur la place Charles-Michel où ils s'étaient installés à la terrasse du café Lutetia : Tu ne m'as pas répondu tout à l'heure, lorsque je t'ai dit qu'Esther fait grand mystère de votre installation avec Pierre-Alexandre, à Séville.

Esther ne changera jamais, s'agaçait à présent Julia.

Faisant comme si de rien n'était, Emmanuel avait réprimé un frisson qui avait parcouru son corps de la tête aux pieds. Il avait toutes les peines du monde à considérer Julia comme une simple collègue, une connaissance. Il se comportait avec elle comme l'aurait fait un petit frère attentionné, un amant attentif. Il versait le soda dans son verre. Avant de tremper ses lèvres dans le liquide glacé, sucré, Julia avait penché la tête en arrière, puis avait chassé ses longs cheveux châtain-blond dans son dos.

J'ai bavardé avec Esther, hier soir, au téléphone, reprenait Emmanuel ; elle s'étonne de ton retour en Espagne ; elle a dit en parlant de toi : Pourquoi s'inviter à la table des fantômes ?

Nous n'avons pas la même vision des attaches qui nous cramponnent à la terre ; depuis les frasques de Louis, depuis sa brutale disparition, Esther n'est plus la même.

Le garçon examinait les ongles soignés de ses mains : Je le sais, grommelait-il.

Toi, tu l'as connue gaie, Emmanuel ; cependant, malgré ce que nous avons traversé ensemble, l'une serrée contre l'autre, notre histoire n'est pas identique ; tu as connu Esther lorsque son cœur était devenu plus léger ; moi, je ne lui ai vu que des sourires forcés, pendant de longues années, son indéterminable détresse ; toi, tu ne t'apercevais de rien, lorsque tu allais reconstruire le monde chez Louis ; cependant, moi, je savais ce que dissimulaient les sourires d'Esther, les fameux oiseaux qu'elle avait commencé à copier sous l'influence de son fiancé ; le seul homme qu'elle ait jamais connu ; je ne devrais pas te parler de…, éludait-elle soudain.

Se souvenant du temps où il rencontrait régulièrement Esther dans l'appartement-atelier de

Louis, Emmanuel ne percevait plus la voix de Julia. Il devait avoir dix-neuf ans, à cette époque, peut-être vingt. Il s'essayait à la peinture, tout en se sentant attiré par la littérature, la poésie surtout. Ses toiles, influencées par celles de Louis, étaient de même facture géométrique, les dégradés s'avéraient cependant moins fondus, le rendu était plutôt brouillon, même sali, quelquefois franchement sale, c'était une conséquence de glacis trop saturés, trop épais, parfois c'était le contraire, exagérément fluides.

C'était alors le grand avènement de la musique atonale. L'idée selon laquelle les structures des différents langages reproduisaient les structures autocratiques, voire totalitaires de la classe bourgeoise avait ouvert un vaste champ de réflexion que Roland Barthes s'était appliqué à décrire dans *Le Degré zéro de l'écriture.*

Dans le domaine de la peinture, certains artistes, parmi lesquels Claude Viallat, Marc Devade, avaient au même moment remis en cause l'idée de surface, le concept de support. Alors que pop art puis minimalisme gagnaient leurs lettres de noblesse, Emmanuel avait fini par abandonner toute velléité picturale pour se consacrer à l'écriture, à ce qui représentait pour lui le centre autour duquel tournait immanquablement toute démarche artistique : la poésie.

C'est au milieu de cette effervescence d'idées qu'Emmanuel avait connu Esther Flores Levi en février 1972. Une sorte de courant était passé dès le premier instant entre eux. Esther n'avait pas manifesté la moindre pudeur pour lui raconter comment elle avait rencontré le jeune Louis dans la galerie de peinture où elle était entrée se cacher afin de fuir le groupe des internes du pensionnat de Carcassonne.

Elle lui avait aussi parlé de Marceline, une lointaine cousine de Julia qui habitait Villerouge, qui les avait recueillies à leur arrivée en France. Elle lui avait raconté cette première fois où Louis s'était présenté dans le village, au guidon d'un Vélosolex noir, lustré par une main méticuleuse, aux chromes rutilants, emprunté à une riche voisine dont le mari avait fait fortune, en province, dans la torréfaction du café, après la Seconde Guerre mondiale.

Louis s'était garé bien en vue, tout contre la fontaine de pierre, comme il avait dit à Esther qu'il le ferait. Il avait attendu que la jeune fille, timide à cette époque, méfiante à s'en rendre malade après les interminables années de maltraitance vécues dans les prisons espagnoles, vînt enfin le rejoindre en imaginant, par pudeur, qu'elle le croisait tout à coup par le plus grand des hasards.

L'apercevant, son premier réflexe avait été de se cacher. Puis, reprenant de l'assurance, elle s'était approchée : Louis ! tu es venu ; tu es là, bredouillait-elle en évitant de lui paraître heureuse. Soudain timide, lui aussi, le garçon bafouillait : Je ne connaissais pas ce village, disait-il ; ce n'est pas si loin, tu sais ; pour retourner, ce sera plus long ; les retours… Il s'était approché d'elle. Lui présentant d'abord sa joue, il avait infléchi la trajectoire de ses lèvres par surprise, pour voler un baiser sur celles d'Esther. Elle avait rougi puis, en réalité peu farouche, elle lui avait souri. Il lui avait ensuite pris la main pour l'entraîner à l'abri des regards, sur les chemins sillonnant la campagne parmi vignes, oliviers, figuiers, parterres de thym sauvage.

La nature exhalait un parfum brûlant de sarments racornis, de paille, de poussière, de cailloux instables, cassants, d'herbes desséchées. On entendait la friture des grillons poussant une mélopée stridente à l'orée de leur trou creusé dans la terre calcaire, chaude, de la garrigue.

Estimant qu'ils avaient assez marché pour ne pas être vus depuis la route, ils s'étaient assis au pied d'un figuier. Louis avait attiré Esther dans ses bras. Ils s'étaient enlacés, puis le garçon avait posé ses lèvres sur celles de la jeune fille qui s'étaient entrouvertes. Ensuite leurs langues s'étaient caressées, enroulées l'une autour de l'autre. Lorsque, quelques secondes plus tard, la main de Louis avait glissé sur l'épaule d'Esther, s'était enhardie sous le tissu léger du corsage, la jeune fille avait eu un violent mouvement de recul. Les années de captivité dans les couvents franquistes venaient de filtrer par les pores de sa peau, réveillant la perversité des sévices endurés. Puis Esther s'était reprise. Décidée à se débarrasser des répulsions qui avaient fini par se cheviller à son corps, c'est elle-même qui, revenant sur sa première réaction, avait entrouvert le passage à Louis dans les plis en désordre de son corsage.

Les confidences champêtres du premier jour de leur longue relation s'arrêtaient invariablement là, sur cet épisode où, pour la première fois, Esther offrait ses lèvres, puis abandonnait la tiédeur de ses jeunes seins à Louis. Ensuite, elle continuait son récit à rebours, disait que Marceline avait fait les démarches nécessaires pour les inscrire au pensionnat de Carcassonne afin qu'elles poursuivent leurs études. Marceline ne pouvait pas savoir qu'Esther n'avait pas grand-chose à poursuivre.

La jeune fille était née en 1935, pendant la République, juste avant le coup d'État, le début de la guerre civile. Elle avait été incarcérée avec sa mère en mai 1940, après qu'en 1937 son père avait été assassiné par des communistes du PSUC, lors de l'extermination fratricide des militants de la CNT, de la FAI, du POUM, à Barcelone.

Esther avait été obligée d'expliquer à Emmanuel : Le PSUC, c'était le Parti socialiste unifié de Catalogne ; le POUM, le Parti ouvrier d'unification marxiste, autrement dit les trotskistes ; la CNT, la Confédération nationale des travailleurs, la FAI, la Fédération anarchiste ibérique ; cet épisode-là, c'est la guerre dans la guerre, un jour je prendrai le temps de te le raconter.

Tout ce qu'Esther savait en termes d'études lui avait été enseigné en prison, dans le couvent-prison où elle avait été enfermée pendant plusieurs années. Le jour de son évasion en compagnie de Julia, elle arrivait juste à lire l'espagnol pour déchiffrer les versets de son livre de prières, plusieurs textes bibliques contenus dans un recueil abrégé. Elle avait seulement appris à compter pour s'affranchir du nombre de corvées, de coups de verges, d'humiliations de toutes sortes qui, selon la mère supérieure, lui revenaient.

Cependant, au pensionnat de Carcassonne, tout était allé très vite, il ne lui avait pas fallu plus de six mois pour apprendre le français, puis intégrer la classe de cours complémentaires dans laquelle elle avait séjourné jusqu'à ses dix-neuf ans, puis quelques jours après l'anniversaire de ses vingt ans.

Vu son âge à l'époque, c'était une mesure d'exception dont elle sut gré toute sa vie à la directrice du pensionnat, une femme sévère, au caractère bien trempé, cependant généreuse à l'envi, une de ces anciennes, de ces robustes résistantes déportées qui avaient eu la chance de réchapper : Par miracle, disait-elle en souriant, des camps d'extermination nazis.

Dans cette classe de cours complémentaires, Esther avait appris les règles de base qui lui avaient par la suite permis d'acquérir une solide formation d'autodidacte, notamment dans le domaine des arts plastiques où elle s'était appliquée à étudier, entre autres sujets, les diverses représentations picturales de la colombe, qu'elle copiait chez Georges Braque, Pablo Picasso, René Magritte, même Joan Miró, ainsi que de nombreux autres peintres du XXe siècle.

Lorsqu'elle évoquait le souvenir de Marceline, Esther ne pouvait s'empêcher de repenser à sa mère. Il lui semblait que les deux femmes, à des années de distance, avaient dû se ressembler. Elle ne conservait, bien entendu, qu'une image vague du visage jeune de sa mère, dans la cellule du couvent où elles avaient été incarcérées ensemble avec d'autres prisonnières rouges, ainsi que des prostituées ramassées au hasard des ruelles de Barcelone. Elle se disait que, si celle-ci avait vieilli, elle aurait eu les mêmes traits que ceux de Marceline, lorsque celle-ci les avait recueillies au terme de leur difficile périple à travers les Pyrénées, les contreforts catalans, la garrigue des Corbières.

Lorsqu'elle évoquait le souvenir de sa mère, condamnée, comme au Moyen Âge, au supplice du garrot, à la suite d'un procès où les gardes civils qui l'accusaient étaient aussi ses juges — Esther venait tout juste d'avoir huit ans ce 24 décembre 1943 —, elle ne voyait plus que les paupières grossies de Marceline, derrière la loupe de ses lunettes.

Tel un filigrane ancien, les lèvres entrouvertes de Marceline s'étaient peu à peu superposées à la bouche muette de sa mère. Le sourire de l'une était avec le temps devenu les moues, les mimiques rieuses, rassurantes de l'autre.

Comment s'y prend la mémoire pour défaillir au point que, un jour, on oublie l'enfant qu'on était; qu'on ne se rappelle plus le teint frais de sa mère âgée de vingt-huit ans le jour où les militaires bandent le garrot autour de son cou jeune, tout neuf? se demandait-elle dans l'incarnat de ses veines.

Puis elle se taisait, n'en parlait jamais à personne. Une seule fois à Julia.

Comme ils étaient toujours attablés à la terrasse du café Lutetia, Emmanuel avait versé le soda restant au fond de la bouteille : À quoi faisait allusion Esther… pourquoi s'inviter à la table des fantômes ? à vos familles, n'est-ce pas ? à ta famille ? Il y a quelques années, Esther n'aurait pas hésité à m'accompagner, répondait Julia ; elle serait venue à Séville ; il lui reste aussi quelques fantômes à inviter à sa table, comme elle le dit si habilement ; parlons d'autre chose. Julia ayant commencé à enclencher les confidences, Emmanuel ne se résolvait pas à lâcher prise : Quel genre de fantômes ? de quoi parlez-vous toutes les deux ? Julia venait d'avoir un mouvement d'humeur qu'elle s'était efforcée tant bien que mal de contenir : Il faut que je rentre, que je me prépare ; je dois peaufiner le discours.

Emmanuel était confus, conscient d'être allé trop loin avec son amie, d'avoir insisté plus que de raison. Il n'avait cependant pas pu s'empêcher de reprendre : Je voudrais tout savoir à propos de ces fantômes que vous avez semés aux quatre vents, sur les routes, sur tous les chemins de Barcelone, de la Bisbal, d'ailleurs ; sur les sentiers boueux de l'exil. Je préférerais qu'on s'en aille, concluait Julia. Regardant par-dessus Emmanuel. Ses propres doigts entrelacés les uns dans les autres, elle avait posé les mains sur la table, dans un double mouvement de pronation. Une même trajectoire, un semblable flux, une poussée identique, une présence comparable habitaient à cet instant la mémoire de Julia, également celle d'Emmanuel.

Devant l'insistance inquisitrice d'Emmanuel, Julia se demandait si elle ne lui avait pas confié trop de choses. Par pudeur, elle s'était cependant toujours appliquée à taire les éléments les plus sordides de sa tragique histoire. Elle ne lui avait jamais dit qui lui avait révélé l'existence de sa lointaine cousine française, jamais raconté dans quelles circonstances elle avait connu l'identité de l'individu ayant diligenté, depuis l'Espagne, la fameuse enquête grâce à laquelle on avait découvert l'existence de Marceline. Devenue muette, Julia avait laissé filer son esprit…

Elle se trouve à nouveau à la ferme de la Bisbal en train d'expliquer à ses hôtes que, juste quelques jours avant son arrestation, elle a entendu parler d'une lointaine cousine habitant au-delà des Pyrénées, dans le petit village de Villerouge. Malgré ses treize ans, elle a parfaitement retenu le nom du lieu. Il n'est pourtant pas si facile de se le rappeler pour quelqu'un qui ne parle pas le français. Le nom de famille de la cousine est Bernal, Marceline Bernal, elle est devenue veuve de guerre en octobre 1918, à l'âge de vingt-trois ans, quelques semaines avant l'armistice, s'est remariée quatre ans plus tard à un cousin de la mère de Julia qui a émigré en France, au début des années vingt, après la Première Guerre mondiale. Il s'appelle Andrés Bernal, il est communiste, il a été déporté à Buchenwald, où il est mort en 1943.

Pour régaler les anges

Août 1953

Julia s'était installée à Paris, en septembre 1968, quelques mois après que le mouvement de protestation des étudiants, rejoints par les ouvriers, avait débouché sur les controversés accords de Grenelle concédés par le gouvernement sous la pression des syndicats, avec l'accord plutôt frais, en tout cas résigné, des organisations patronales. Les grévistes plus radicaux avaient continué la lutte jusqu'à la dissolution de l'Assemblée nationale, entraînant de nouvelles élections législatives, dont la droite était sortie : Désespérément victorieuse. Ç'avait été l'opinion de Julia.

Sept ans plus tard, en 1975, le 21 novembre, au lendemain de la mort de Franco dans son lit de l'hôpital madrilène de La Paz, Julia faisait la connaissance d'Emmanuel. La journaliste se plaignait depuis plusieurs mois de changer quotidiennement de technicien en régie. La direction acceptait enfin de lui adjoindre, en la personne d'Emmanuel, un collaborateur régulier, maîtrisant sa langue maternelle, pour l'enregistrement de son magazine diffusé en espagnol par Radio France Internationale.

De son côté, Emmanuel était arrivé à Paris deux ans auparavant, en 1973. Il avait saisi l'opportunité — impensable aujourd'hui, sans formation — de travailler à la radio comme assistant de régie dans le domaine du son. L'essentiel était pour lui de mettre un pied dans ce milieu qui le fascinait, ensuite il verrait, aviserait. Il pensait surtout que son nouveau métier lui dégagerait quelque disponibilité pour se consacrer à l'écriture.

Il existait déjà plusieurs exemples de personnes entrées comme techniciens, parfois comme assistants, ayant réussi une carrière qui les avait conduites au bout de quelques années à la production d'émissions.

Emmanuel ne connaissant pas grand-chose au métier de preneur de son, absolument rien au montage de bandes magnétiques, au mixage, aux autres techniques de la profession, sa formation avait été confiée à un vieux briscard de la TSF qui lui avait inculqué, des mois durant, avec la placidité qui caractérise la corporation, d'abord les bases de la prise de son, puis les ficelles, les savoir-faire, enfin les arcanes du montage, après quoi il avait pu voler de ses propres ailes.

Emmanuel s'était tout de suite entendu avec

Julia. Il n'avait fallu que quelques jours au nouveau technicien pour entrer en confidence. Il faut dire que, du point de vue de ce que l'un pouvait savoir par anticipation sur l'autre, le régisseur du son possédait plusieurs indiscutables encablures d'avance sur la journaliste.

Emmanuel connaissait Julia à travers Esther, la lumineuse, la fascinante conquête espagnole du petit-maître italien qui signait ses toiles *Louis B.* Un jour qu'Emmanuel était allé leur rendre visite à l'atelier-demeure du peintre, Esther avait appris, au fil de la conversation, que le garçon appartenait à une famille de réfugiés politiques espagnols, dont le père avait séjourné plusieurs mois au camp d'Argelès-sur-Mer. Elle avait également su qu'il s'apprêtait à travailler à la radio dans le studio où enregistrait Julia, que dans une semaine il deviendrait l'ingénieur du son de sa sœur d'évasion.

Je n'y crois pas; tu connais Julia ! avait-elle lancé. Puis elle avait commencé à parler de leur arrivée en France : Un jour, elle te racontera notre passage héroïque des Pyrénées, plaisantait Esther; moi, je n'en ai jamais parlé à personne ; de toute façon, je ne peux pas; l'émotion est trop..., s'étranglait-elle.

Esther avait la sensibilité à fleur de peau, il serait préférable de dire à fleur de sang. Elle était écorchée, malgré les années, malgré le temps qui éloigne le souvenir. D'habitude elle se taisait. À peine en liberté, elle avait opté pour ne raconter que les dehors rocambolesques de son aventure, faisant reluire les multiples péripéties qui l'avaient menée jusqu'à la ferme providentielle de la Bisbal. Elle avait surtout choisi de taire les années précédant sa délivrance.

Elle racontait seulement que le danger écarté, après leur séjour avec Julia à la ferme, après les adieux à Celedonia puis à Mateo, après le passage de la frontière, il avait fallu que l'une comme l'autre apprît une deuxième fois à se laisser approcher par une nouvelle famille, à recevoir la tendresse de Marceline à Villerouge, à recevoir l'affection qu'on leur avait volée depuis toujours. Il fallait voir de quelle façon ! Question sentiments, Esther était devenue une véritable catastrophe, un cœur écorché. Sa façon d'aimer, après tout ce qu'elle avait traversé, se limitait à masquer sa souffrance.

Au début, Marceline avait essayé de se rapprocher d'elle, de comprendre ce qu'elle éprouvait, ce qu'elle pensait. Elle n'avait pas pu, n'avait jamais su, non pas remplacer sa mère, seulement la materner. Les prisons franquistes, ajoutées à la guerre civile, avaient transformé Esther en véritable rebelle que Marceline, malgré toute la tendresse qu'elle lui manifestait, n'était jamais parvenue à apprivoiser.

Esther avait tant souffert dans son couvent qu'elle était prise d'un malaise tous les dimanches, lorsqu'elle entendait le carillon de l'église annonçant puis clôturant la grand-messe. La peur la terrassait, incontrôlable. Parfois elle s'évanouissait d'un coup, son corps se défaisait de tout son long sur les tommettes rouges de la grande salle à manger de Villerouge où Marceline, impuissante, rageait de ne savoir que faire. La pauvre femme ne comprenait pas de quel tréfonds ancien remontait la cathophobie d'Esther. Comment imaginer ce que les bonnes sœurs lui avaient fait endurer ?

La seule chose qu'Esther se plaisait à raconter, c'était son arrivée dans la fourgonnette de Peio à la ferme de la Bisbal, ce qui s'était passé pendant que Peio s'en était allé livrer les deux valises contenant les pistolets.

Julia insiste pour dormir avec Esther, dans la même chambre, dans le même lit. Celedonia les installe dans la pièce du fond, à l'extrémité d'une des ailes flanquant le corps de ferme. Dans la journée, par précaution envers les lointains voisins, les voyageurs égarés, les rondes régulières de la garde civile, tandis que Celedonia reste postée à l'entrée de la propriété pour surveiller le chemin, les jeunes filles se contentent de faire quelques pas dans la cour, près du puits où

Scipion, le chien de la ferme, vient les rejoindre en jappant, en décrivant de grands moulinets avec sa queue.

Cependant un matin, de bonne heure, alors que Julia est encore blottie contre Esther, un camion de l'armée fait irruption au beau milieu de la cour, moteur hurlant, vrombissant dans un tintamarre assourdissant. Il freine, dérape sur plusieurs mètres, avant de s'immobiliser devant la margelle du puits. La clameur criarde des soldats mal rasés remplace le vacarme du véhicule poussiéreux. Une dizaine de militaires quittent leur banc boulonné à la plate-forme arrière débâchée, dont les arceaux, truffés de sangles, de boucles permettant de fixer la capote, décrivent un singulier squelette de ferraille, pareil à celui en os d'une baleine. Sans se concerter, les hommes forment une rangée, fixes, le menton relevé, la tête tournée vers leur commandant. C'est bien la première fois que l'armée se présente à la ferme. D'habitude, c'est la garde civile qui accomplit des rondes régulières pour vérifier que l'ordre règne dans la région. Mateo se trouve à ce moment-là dans le box de la jument, en train de harnacher Rossinante pour l'atteler à la charrette avant de commencer les travaux, dans les champs. Il passe sa poitrine, puis sa tête par le vantail supérieur, demeure de pierre.

Le commandant, qui fait à plusieurs reprises circuler son regard d'un point à l'autre du corps de ferme, des dépendances éparpillées autour de la cour, ne l'a toujours pas aperçu : Ho ! holà ? y a quelqu'un dans cette ferme, hurle-t-il à la cantonade. Se demandant ce qui va lui tomber dessus, Mateo attire l'attention sur lui : Ici, ici ! je peux faire quelque chose ? questionne la voix rocailleuse du fermier. Celui-ci s'avance hors du box, après avoir ouvert en grand les battants superposés de la porte, tout en guidant Rossinante par le licol. Vive le Caudillo ! répond le militaire à Mateo ; repos ! ordonne-t-il ensuite aux soldats restés immobiles, en position fixe.

Le commandant s'approche de Mateo avec sa jument, suivis par le chien de la ferme qui ne cesse d'aboyer depuis que le camion militaire a franchi l'enceinte grand ouverte de la propriété, effrayant les volailles de la basse-cour : les poules qui caquettent, les canards, les pigeons qui, de frousse, respectivement cancanent, roucoulent, tout en voletant de conserve. La paix, Scipion, ordonne à plusieurs reprises Mateo qui ne parvient pas à calmer son chien. Le poil hérissé sur l'échine, les babines retroussées, dégoulinant de bave, les crocs prêts à se planter dans les mollets fascistes, Scipion, un chien d'habitude plutôt doux, refuse de se soumettre. Par précaution, le commandant porte sa main sur la crosse de son revolver fixé à la ceinture de son treillis. Une singulière tension épaissit l'air en une ouate invisible, rêche, palpable.

La mission a duré plus longtemps que je l'avais prévu, commence à expliquer le militaire avec l'indolence insouciante de celui qui, grâce à l'arrogance que lui confère le pouvoir, n'a rien à justifier. Mateo dirige un regard discret vers la chambre des jeunes filles pour s'assurer que les volets sont restés fermés. Dans la cour, rien ne dénonce leur présence, dans la maison non plus, lui-même s'en est chargé. On a roulé une bonne partie de la nuit sans boire, sans manger, continue à expliquer le commandant en regardant le ciel dépourvu de nuages.

Je vois, bougonne Mateo.

Non, tu vois pas ! proteste le militaire ; nos réserves sont épuisées, tu comprends ce que ça veut dire ; on a plus d'eau, plus de vivres, on est encore loin de Barcelone, ajoute-t-il en fendant ses yeux pour regarder le soleil en face.

Mateo renchérit, il n'y a que cela à faire : La chaleur a commencé de bonne heure ce printemps ; l'été qui touche à sa fin ne nous aura pas épargné une seule journée de canicule ; la terre est tellement sèche qu'il pourrait bien pleuvoir, l'eau ruissellerait sans s'y infiltrer ; c'est une catastrophe.

Le militaire exulte, saisit la perche qu'on lui tend pour placer sa plaisanterie crasse : Comme dirait le lieutenant-colonel, tout est tellement sec que les arbres sont sur le point de se mettre à courir après les chiens pour se faire pisser dessus, ricane grassement le commandant en se frappant les cuisses du plat de la main.

Mateo déglutit le dégoût que lui inspire le militaire. Le soleil frappe fort, poursuit le soldat ; c'est pas une raison pour pas le regarder en face. Il ouvre grand les yeux, plante son regard de patriote sur Mateo, tout en fredonnant : *Cara al sol...* puis un bout de la suite. Le fermier vomit mentalement l'hymne phalangiste. Le commandant cesse de chanter : Je suppose que tu verras aucun inconvénient qu'on boive à ton puits, explique-t-il ; par ailleurs, si tu peux m'offrir quelque chose à manger, n'importe quoi, je suis pas difficile, c'est pas de refus. Le tutoiement, enveloppé dans un ton ironique, résonne à la façon d'un ordre.

Mateo réfléchit, on n'est plus en période de guerre ouverte, rien ne l'oblige à ravitailler les soldats, cependant il décide de coopérer. Il ne sait que trop bien comment se sont achevées certaines expéditions militaires dans les fermes des environs : Suivez-moi, propose-t-il au commandant tandis que les soldats se sont déjà emparés du seau qui se balançait au-dessus de la margelle, suspendu à la corde enroulée autour du treuil.

Après avoir attaché Rossinante, Mateo fait entrer le gradé dans la vaste salle de séjour où se trouve la grande cheminée de la ferme. Ouvrant le tiroir de la longue table de chêne, il saisit une boule de pain enveloppée dans un torchon à carreaux : C'est tout ce que je peux vous offrir, murmure-t-il ; cette année, la chasse a été plus que maigre ; on aurait dit que tout le gibier s'était donné le mot pour déserter la campagne.

Le commandant n'est pas dupe : Le jambon qui se balance là-haut ; c'est pour qui ? là-haut, oui ; il est pour toi ? demande-t-il en pointant son index nerveux sur le jambon à demi entamé, suspendu à une ficelle accrochée à un gros piton, vissé dans une des poutres sur lesquelles reposent les lames du plancher du grenier.

L'ensemble n'a jamais été plafonné.

Il est d'il y a un an ; tout rance ; pour la soupe, ça fait l'affaire ; malheureusement, nous n'avons pas tué de cochon, le printemps dernier ; les temps ont bien changé ; l'abondance a fini de nous régaler ; il ne nous reste plus que la misère, mon commandant.

Ne croyant pas un mot de la zarzuela qu'on lui joue, le militaire se racle la gorge : Hum, hum, fait-il à plusieurs reprises.

Bien sûr, mon commandant, si cela vous plaît, c'est une question de goût, je vous en coupe tout de suite une tranche ; vous préférez deux tranches ? demande Mateo en décrochant le jambon avec une évidente contrariété.

Je suppose que t'aimerais pas voir comment la patrouille s'y prend pour perquisitionner ta ferme ; tu voudrais pas que les soldats mettent leur nez dans tes affaires, ironise le gradé en arrachant le jambon des mains de Mateo. Il tape sur son ventre rebondi qui tend la chemise kaki à la limite de l'arrachement : Un troufion, ça mange, mon vieux ; ça mange même sacrément ; mets-toi bien ça dans le crâne, paysan ; estime-toi heureux que personne ait encore touché à tes volailles ; si j'avais eu le temps, j'aurais demandé à ta fermière de m'en rôtir une bonne demi-douzaine ; il faut bien ça pour un bataillon de braves.

Le commandant pousse la porte, puis sort dans la cour. La troupe s'est abreuvée sans compter. Les soldats ont fini de remplir les gourdes. Ils s'amusent à jeter des cailloux sur le soc d'une charrue qui tinte, résonnant à la manière d'une cymbale en bronze, peut-être aussi de la clochette la plus aiguë d'un vieux carillon.

Entendant leur supérieur aboyer des insultes à cause de la poussière qu'ils soulèvent dans leur jeu, les militaires dirigent tous leur regard sur le jambon que le gradé serre comme un nouveau-né au creux de son bras replié. Le silence se fait, immédiatement perforé par un brame rocailleux : Garde-à-vous ! garde-à-vous ! hurle par deux fois le commandant en essuyant une goutte de sueur qui dévale les rides profondes de son front buriné.

Plus tard, après que le camion a enfin redémarré, qu'il a disparu au détour du chemin menant de la ferme à la grand-route, Celedonia se risque à passer la tête par la fenêtre étroite de la chambre dans laquelle Julia est cachée sous le lit avec Esther. Les lèvres fébriles, elles sont terrifiées, aux abois. Celedonia a vu comment le commandant, malgré le pain, le jambon qu'il transportait, est parvenu, avec une habileté remarquable, à saisir une poule qui passait tout près de lui. Il a ensuite grimpé sur le marchepied métallique du camion militaire pour s'installer d'un bond dans la cabine, au côté d'une jeune recrue, chauffeur de métier dans le civil. Puis Celedonia l'a entendu lancer un aussi sonore que prophétique grognement à travers la vitre baissée : Au ciel, Dieu te donnera un cochon, des poules, a-t-il grasseyé ; un poulailler cent fois plus garni que celui-ci ; pour régaler les anges.

Mateo vient de ressortir dans la cour. Il baisse la tête, comme toutes les fois où il se sent humilié. Il a la rage au ventre. Un vrai rictus de dégoût se dessine au coin des lèvres. Il va détacher le licol de Rossinante noué à l'anneau que lui-même a jadis scellé dans le mur de la bâtisse : Fils de pute, salopard ! marmonne-t-il entre autres insultes, absentes ici, qui ont quelque chose à voir avec la toute-puissance de Dieu, la raison du plus fort, ainsi que la virginité de la Vierge, tout en se remémorant le commandant, la boule de pain, la poule imprudente, surtout son demi-jambon évaporés. Pour l'instant, il n'y a rien à faire, se résigne-t-il.

Qu'est-ce qu'ils voulaient ? demande Celedonia depuis son poste d'observation. Pour toute réponse, Mateo continue à compléter son chapelet d'injures incompréhensibles en mastiquant dans sa barbe : Mmm, mmm ! Je te demande ce qu'ils voulaient, insiste Celedonia sans lâcher prise, craignant son inévitable réponse.

Les gamines ne peuvent pas rester plus longtemps ici, fait-il ; elles ne sont pas en sécurité ; personne n'est plus en sécurité dans cette ferme ; après le retour de Peio ; il faut trouver le moyen de leur faire passer la frontière.

Des coqs de verre chantaient

Août 1953

À l'arrière de la fourgonnette, juste avant de reprendre le chemin pour retourner à la ferme de la Bisbal, Peio troque les caisses de siphons multicolores contre des billes de pin prêtes à être débitées en bûches. S'il a la malchance, en franchissant un des nombreux cols des Pyrénées, de se faire arrêter par la police des frontières, par la garde civile, par les douaniers, la nature du chargement pourra ainsi sembler crédible. Il n'ignore cependant pas que, dans cet endroit, la vraisemblance n'est qu'un maigre gage de vérité. Les chemins proches de la frontière, sur les flancs sud des Pyrénées, ont toujours été, par nature, source de suspicion de la part des policiers espagnols de tout corps, de tout poil. Néanmoins, il aura toujours le loisir de prendre un air sincère afin d'expliquer, sur un ton étudié, faussement spontané, qu'il s'est rendu sur une coupe pour alimenter le bûcher de sa maison de Figueres.

La livraison des pistolets au cœur du Barrio Chino, à Barcelone, a tourné court. Peio se demande ce qu'a bien pu devenir son contact après qu'ils se sont séparés en telle urgence, à quelques centaines de mètres du lieu de rendez-vous, dans les ruelles humides, sombres du Barrio Gotico. Ce matin, vers l'heure du déjeuner, il s'est rendu comme prévu au restaurant Los Caracoles, dans la rue Escudellers, une voie longue, très étroite, un véritable coupe-gorge.

Après avoir grimpé sur un des tabourets alignés devant le large bar verni en bois massif, à la verticale duquel tournoient les pales de plusieurs énormes ventilateurs, il commande à boire au garçon qui gesticule sans cesse : Deux *finos*, bien frais, de Jerez ! précise-t-il, en appuyant sur toutes les syllabes. Faisant scintiller une prémolaire en or, le barman ricane : De Jerez de la Frontera, monsieur ?

Bien entendu, de Jerez de la Frontera, fait Peio avant d'enchaîner tout de go : Jerez de la Frontera, *des coqs de verre chantaient / du côté de Jerez de la Frontera.*

Depuis son territoire de travail, le serveur prend un air lointain, récitant à son tour : *Dans leurs forges, les gitans / forgeaient des soleils, des flèches.* Puis, d'un signe de la tête, il indique à Peio le fond de la salle, qui s'ouvre juste après les imposants fourneaux en fonte, où flambent d'énormes bûches, sur les anneaux concentriques desquels frémissent d'obèses marmites de bouillon servant à préparer la célèbre spécialité catalane de poissons-crustacés, l'incontournable zarzuela. Sous la photo d'Ingrid, monsieur, précise-t-il. Peio dégringole de son tabouret, se fraie un passage parmi l'agitation des cuisiniers, celle des garçons de salle en train de terminer la préparation des entremets chauds-froids en appliquant sur l'épaisse couche de sucre, saupoudré sur la crème, un fer rond chauffé à blanc à même le foyer. La fumée dense, parfumée au caramel, qui se dégage irrite la gorge. Peio commence à tousser en rejoignant la table que lui a indiquée le barman. Les murs sont entièrement recouverts des photographies de célébrités de tous horizons, qui ont fait l'honneur de venir dîner un jour dans le restaurant, à l'occasion d'une tournée, d'une représentation, tout simplement de leur passage dans la capitale catalane. Les portraits sont tous dédicacés, selon les époques, aux différents membres de la nombreuse famille Bofarull. C'est bien elle, c'est Ingrid, n'est-ce pas ? chuchote Peio à l'adresse de l'homme qui se trouve sous la photographie sépia dédicacée au grand-père de l'actuel patron de la maison. Ingrid Bergman, exactement, acquiesce l'homme en parlant haut, d'un ton avenant.

La partenaire de Gary Cooper dans *Pour qui sonne le glas* pose de profil, regarde le ciel d'un paysage délimité par le plafond de la salle de restaurant, que le temps ainsi que les fumées ont noirci. Ses cheveux coupés court révèlent les lignes de son visage éclairé par l'arrière. Ses lèvres, à peine collées l'une à l'autre, donnent l'impression qu'elles peuvent s'ouvrir à tout instant pour exprimer la passion en général, celle de l'amour, également celle d'une cause. Vous avez vu le film ? il paraît qu'il est remarquable, questionne le contact de Peio. En guise de réponse, Peio murmure : J'ai commandé deux *finos,* de Jerez. Puis il continue à observer la photographie, la ligne courbe, légèrement replète du nez. De Jerez de la Frontera ? demande l'inconnu en modulant sa voix. Peio fait oui : On dit que *des coqs de verre chantaient à Jerez de la Frontera,* chantonne-t-il. Alors l'autre enchaîne : Il paraît qu'*un cheval gravement blessé / frappait à toutes les portes*... cette salope de Franco l'a censuré. Peio se gratte la tête : Je ne comprends pas. L'autre précise : *Pour qui sonne le glas,* Franco a censuré *Pour qui sonne le glas*... j'ai réussi à me procurer le roman, sous le manteau ; Hemingway, tu penses qu'ils n'ont pas laissé passer ça, le tutoie-t-il à présent qu'ils ont échangé les mots de passe ; ici, on censure pour un oui pour un non, poursuit-il, Lénine, Bakounine, Boukharine, qui sais-je encore : Staline ; un jour, un agent a même censuré Racine. Peio ne comprend pas. L'autre explique : À cause de la rime, fait-il, Lénine, Staline, Racine... Il éclate de rire, puis demande :

Personne ne t'a repéré, camarade ? Peio est catégorique : Non, personne ; comment se fait-il que je ne te connaisse pas ? c'est la première fois que je traite avec toi ; d'habitude, c'est Jósé Luis, Roberto, Emilio qui se chargent du contact ; toi c'est la première fois ; on ne m'avait pas prévenu du changement ; tout ça n'est pas très régulier, mon vieux ; où sont passés les autres ? vous manquez à ce point de camarades, à Barcelone ?

Peio reste debout, les deux mains reposant sur le rebord de la table, tout son corps tendu à l'oblique. C'est la première fois qu'il est confronté à un incident de ce genre. Ce peut être dangereux. Le mot de passe a très bien pu être extorqué. Ce ne serait pas la première fois.

Non, je n'ai pas entendu dire qu'on manquait de camarades ; en tout cas, il n'y a pas eu d'arrestations depuis des mois, depuis celle… de mon frère, du moins pas que je sache ; moi, on m'a demandé de me rendre ici, on m'a expliqué que tu me donnerais une adresse ; pour le reste, je ne suis au courant de rien ; tu peux me faire confiance : *Un cheval gravement blessé / frappait à toutes les portes*, rappelle-t-il en gage de sa bonne foi. Les pupilles des deux hommes se scrutent avec une mobilité remplie d'angoisse. Impossibles à capter, les regards circulent autour de la salle du restaurant pour tenter de repérer d'éventuels agents de la Brigade politico-sociale venus les surprendre, puis reviennent l'un vers l'autre pour s'interroger.

Comment tu t'appelles ? demande l'inconnu.

Mon nom est Peio.

Tu es basque !

Je suis né à Ondarroa, près de Saint-Sébastien.

Qu'est-ce que tu fais ici, alors, en Catalogne ? je croyais que vous, les Basques…

Les Catalans me demandent toujours ce que je fais ici ; ce n'est pas difficile à comprendre, camarade ; j'ai été forcé de fuir le pays ; ça arrive, tu sais ! ironise Peio en demandant à son tour : Toi, comment t'appelles-tu ?

Moi, c'est Jacint, élude l'autre en montrant la chaise restée libre en face de lui ; ne reste pas debout, assieds-toi.

À l'instant, après avoir échangé en désordre les quelques vers de Federico Garcia Lorca tirés de la *Romance de la garde civile espagnole*, le ton est devenu fraternel, cependant Peio n'est toujours pas tout à fait rassuré. Il ne le sera que lorsqu'il aura réussi à se débarrasser des deux compromettantes mallettes confiées par Mateo. Je ne reste pas longtemps, reprend-il, on m'attend à la B… Il s'interrompt. Moins il en dira à propos de sa prochaine destination, de sa mission à venir, mieux ce sera, pour lui comme pour Jacint. Il prend place à la table de son contact, tandis que le barman apporte les deux *finos* bien frappés, accompagnés de deux assiettes d'escargots à la catalane où nagent de petits dés de jambon, des morceaux de *botifarra* de pays, parmi les coquilles des petits-gris, *Helix aspersa,* rien de commun avec les *Helix pomatia* consommés en Bourgogne.

Avant de s'éloigner, le barman adresse un clin d'œil torturé à Peio, pour signaler l'arrivée d'un nouveau client à quelques mètres de l'endroit où ils se concertent : Vous avez remarqué, monsieur ? D'une moue entendue, Peio lui répond : Il est repéré, merci mon vieux. Puis revenant à Jacint, il précise d'un ton sévère, de plus en plus préoccupé par la tournure des événements : Il y en a deux. Deux quoi ? demande Jacint en rangeant un à un, avec une petite pique de bois, les *aspersa* en cercle sur le marli de son assiette lui-même monogrammé d'un escargot. Deux mallettes, complète-t-il dans un murmure, dépliant l'index puis le majeur en forme de V signifiant *deux,* pas *victoire,* pas encore en tout cas.

Plus qu'inquiet, Peio est excédé. Il se dit dans sa tête : Je ne le sens pas très bien, ce coup-là. J'ai l'impression qu'on va se faire ramasser. Bien sûr, deux mallettes, fait l'autre en acquiesçant au geste de Peio qui, tracassé par le nouveau client en train de regarder dans leur direction, demande : Tu le connais, ce type là-bas ?

L'homme dont il parle ne cherche pas à passer inaperçu. Comme si Jacint n'avait pas entendu la question, comme s'il avait voulu esquiver la réponse, il s'engage dans une explication à propos de la procédure de récupération de la marchandise : Un autre camarade fait le relais ; ce n'est pas moi qui suis chargé d'acheminer les armes ; moi, je réceptionne juste l'adresse, un point c'est tout.

Pas si fort, camarade ; je préfère quitter cet endroit, chuchote Peio ; nous allons faire quelques pas à l'extérieur ; le type, à la table, là, il nous surveille.

Jacint poursuit cependant son idée sans prêter attention à l'observation de son comparse.

Ce mec est un vrai fléau ! pense Peio, qui sent l'heure de son arrestation venue. Il ne cesse d'étudier la silhouette de l'homme que lui a signalé le barman, tout à l'heure. Il porte une cravate gris pâle sous sa gabardine, des bacchantes de garde civil, pas les moustaches d'agent de la Sûreté, effilées à la Dalí : les siennes, contrairement à celles de l'artiste catalan, sont orientées à l'horizontale, plus fournies aussi. Il demeure immobile à sa table, se contente de tendre l'oreille. C'est clair, on voit qu'il ne perd pas une miette de leur conversation.

Peio a du mal à s'expliquer l'attitude de Jacint. Pourquoi parle-t-il aussi fort ? Pourquoi ne prend-il pas les précautions d'usage ? Il donne l'impression d'avoir renoncé aux règles de sécurité les plus élémentaires. Peio en parlera en haut lieu. Plus haut pour lui, c'est Mateo. Une telle attitude peut s'avérer assassine pour les camarades, dramatique pour le réseau. Avant de se décider à révéler l'adresse du rendez-vous, il penche son buste en avant, vers Jacint. Son nez se retrouve à quelques centimètres du sien : Rue Balmes, 163, dernier étage, grommelle Peio, encadrant son visage de ses deux mains disposées en œillères. Il tord ses lèvres, déforme sa bouche à tel point que l'adresse où doit se dérouler la livraison reste incompréhensible pour Jacint qui, demeurant immobile, fixe Peio d'un air incrédule, les sourcils arqués de perplexité. Négligeant la présence de l'homme à la cravate sous la gabardine, avec ses moustaches de garde civil, que finalement on devine être un agent de la Sûreté missionné, plutôt qu'un garde civil, comme on l'a cru dans un premier temps, Jacint lui demande : Je n'ai absolument rien compris ; tu veux bien répéter, camarade ?

Devant un tel amateurisme, Peio est sur le point d'exploser : Tu ne vois pas que ce type est là pour nous ? souffle-t-il dans sa barbe. Il tire un crayon de sa poche, griffonne d'abord un dessin aux courbes irrégulières, puis inscrit : *Balmes, 163, dernier étage*, avec un air si naturel, une nonchalance telle, que l'agent de la Sûreté ne décèle pas tout de suite le banal stratagème. Peio s'assure que Jacint a le temps de lire, d'enregistrer l'information, puis il déchire, toujours avec la même indolence, la marge du journal où il vient d'inscrire l'adresse. Il la roule en boulette minuscule entre ses doigts, le pouce, l'index, puis se l'enfonce dans le fond de la bouche pour l'avaler en même temps qu'il aspire dans une coquille d'escargot.

Il faut quitter le restaurant tout de suite, sans laisser à ce type le temps de réagir, semble enfin réaliser Jacint, comme si le fait de détenir l'information le ramenait à la réalité de l'homme qui les épie.

C'est toi qui donnes le signal, je te suis, propose Peio pour éviter tout malentendu. Compris, camarade, lance l'autre ; à mon commandement, on file.

Les deux hommes n'ont plus besoin de se parler. Ils échangent des regards, se fixent dans les yeux, vident leur verre de *fino* de Jerez de la Frontera d'un trait, après plusieurs battements de paupières, ils se lèvent d'un coup, pour gagner la sortie du restaurant à grands pas.

Se heurtant d'abord à un groupe de clients agglutinés, comme les poules, devant l'entrée de l'établissement, Peio s'élance avec Jacint dans les ruelles du Barrio Chino. Les deux hommes rejoignent ensuite celles du Barrio Gotico où deux moines en soutane, corpulente brioche, comprenant qu'ils ont affaire avec des malfaiteurs en fuite, voulant s'acquitter d'une bonne action que Franco, peut-être la hiérarchie opusdéiste, récompensera, tentent de les arrêter. Les ecclésiastiques se ruent vers les fuyards avec la volumineuse intention de les plaquer au sol. Se tamponnant les plis de la panse, les deux sumotoris sont incapables de mener à son terme leur tentative vengeresse. Peio, après deux, trois zigzags périlleux, reprend sa course avec Jacint, chacun de son côté. Cependant le premier ne s'aperçoit de l'absence du deuxième qu'en atteignant les abords de la place de Catalogne.

Il recommence à pleuvasser. Deux gardes civils courent pistolet dégainé, croisent Peio en se pressant sous l'averse. Ils ne s'intéressent pas à lui, semblent occupés à poursuivre quelqu'un d'autre. Dans cette situation, on peut craindre que ce ne soit Jacint.

Peio ne s'attarde pas. Évitant de trop se montrer sur la place de Catalogne, il traverse les Ramblas, les descend rapidement en direction du port sur la droite, comme s'il retournait vers les Caracoles. Il préfère cependant emprunter le trottoir d'en face pour récupérer la fourgonnette, garée dans une petite rue derrière le grand marché couvert. Il se passe la main dans les cheveux. Ils sont tout trempés. Il pleuvine toujours, ce n'est pas près de cesser.

Il s'arrête une seconde devant le Liceo. On annonce que le ténor Juan Oncina interprétera, la saison prochaine, le rôle-titre dans le *Werther* de Jules Massenet. Ce n'est pas le moment de traîner. Il se remet à marcher en direction de la halle de la Boquería. Rejoignant son véhicule, il s'y engouffre, démarre sans délai.

Il se rend d'abord à Figueres pour décharger les siphons, les remplacer par du bois, avant de retourner à la ferme où Mateo l'attend. Il sait que tant qu'il ne sera pas rentré, le vieux se rongera les sangs.

Si le ciel existait

Novembre 1953

Peio n'apprend qu'en novembre comment s'est fini pour Jacint l'épisode de leur fuite des Caracoles, de la course effrénée qui s'est ensuivie. C'est Mateo qui le lui raconte, après que lui-même obtient les renseignements d'un chef du réseau. Il lui explique que ce n'est pas à cause de lui que les agents de la Brigade politico-sociale de Barcelone ont réussi à les repérer au Barrio Chino. Peio s'est acquitté de sa mission, rien à dire à ce sujet, personne ne l'a pris en filature. Lui, ils ne le connaissent pas, il n'est pas repéré. C'est Jacint que les gars de la Brigade politico-sociale suivent jusqu'à la rue Escudellers. Depuis que son frère s'est fait arrêter, au début de l'année, qu'il est mort sous la torture, sans parler, sans livrer personne, en brave, Jacint se sent coupable, incapable de fixer son attention. Comme un fait exprès, il accumule les erreurs, ne prend plus la moindre précaution. On peut même penser qu'il cherche à disparaître lui aussi, peut-être pour rejoindre son frère, si le ciel existait.

Lorsqu'ils lui filent entre les doigts, le type des renseignements, celui à la cravate gris pâle sous la gabardine, ne cherche même pas à les rattraper. Il se borne à récupérer le journal dont Peio a arraché la marge. Il tente bien de déchiffrer en transparence le gaufrage sculpté par le crayon en appuyant sur le papier. Peine perdue. Alors il prévient tranquillement les gars de la Brigade, qui vont plus tard se poster devant l'immeuble où habite Jacint. Après la fuite, celui-ci ne prend même pas la précaution de disparaître chez un camarade, le temps de récupérer les mallettes.

Les policiers ne tentent pas d'aller le cueillir dans son appartement. Ils attendent qu'il ressorte de chez lui, le soir même, pour prévenir que les pistolets se trouvent rue Balmes. Il leur suffit alors de le pousser à l'intérieur de leur voiture. Ils décident de le faire parler tout de suite. Il est surveillé depuis longtemps. Sans doute sont-ils fatigués de se faire rouler dans la farine. Ce soir-là, ils veulent lui faire payer tout le temps perdu à lui filer le train. Sans s'embarrasser de quelque préambule, ils le conduisent à la Direction générale de la Sûreté, commencent par le jeter dans les caves, au-dessous des bureaux, puis le calvaire commence. Jacint n'est pas dupe. De nombreux camarades sont passés par là, son frère aussi. Il comprend dans l'instant que ce sera sa dernière aventure.

On le fait asseoir sur une chaise. Puis on lui attache les membres aux barreaux, aux pieds. Il reçoit gifle sur gifle, se met à saigner du nez, puis un coup de poing lui ouvre l'arcade sur toute la longueur. Tu vas nous la donner, cette adresse ? entend-il à peine, alors que les claques remodèlent son visage, insistent sur les tempes, l'assourdissent. C'est où cette adresse ? Vlan, une nouvelle cascade de coups. La chaise sur laquelle il est attaché se balance dans tous les sens, d'avant en arrière, d'un côté sur l'autre. Elle finit par tomber. Son crâne frappe le sol de la cave avec un bruit sec. Une petite flaque de sang se forme sur la terre battue qui l'absorbe, ne laissant persister qu'une pellicule gluante, brune, comme bleue.

Lorsqu'on remet la chaise sur les quatre pieds, la tête de Jacint reste penchée sur son épaule, se balance sans résistance. Le cou a perdu sa raideur. Le corps est désarticulé. Jacint est inanimé. Une croûte de terre mêlée au sang bruni recouvre sa joue, de la mâchoire à l'oreille : la lèpre de la torture. On lui vide un seau d'eau sur le visage. On pense qu'il va peut-être reprendre ses esprits. La question retentit à nouveau : C'est quoi cette adresse ? Vlan ! Tu vas nous la donner, cette adresse ? Une nouvelle fois, la chaise projetée par terre, la joue couverte d'une croûte de boue rouge, la lèpre qui s'étend, la tête ballante sur la poitrine, une bouche de poisson qui s'étouffe en respirant l'atmosphère, qui écarte les ouïes, les yeux en soucoupe, la terreur reluquant sa proie, le désespoir contenu. La bouche demeure béante. Pas de râle, pas de cri au fond de la gorge, une plainte diffuse, longue, répétée plusieurs fois, le gémissement d'un jeune enfant, blotti dans le giron de sa mère.

Un gars se précipite, relève pour la énième fois la chaise. Les coups pleuvent à nouveau, redoublent. Ils sont plus destructeurs qu'au début, portés avec une perversion chaque fois plus précise, comme si l'approche de la mort excitait la sale engeance de la Brigade. Ils se mettent à lui tasser la tête à grands coups de dictionnaire, la *Real Academia*, l'édition de luxe pour une tabassée majuscule, des enluminures tourbillonnent dans sa tête. On lui écrase copieusement les testicules avec les bottes, à coups de talon. Les lèvres deviennent des boursouflures de sang, rouges, noires, terreuses. Difficile d'en définir la teinte. Puis la litanie s'éloigne dans la tête de Jacint : Tu nous la donnes cette adresse, c'est où ?

Il change de monde en cinq secs. Un désert s'ouvre dans le fond de la cave. Du sable remplace la terre battue, noire : C'est où cette adresse ? Dans ce qu'il reste de la tête, de la conscience de Jacint, les hurlements se transforment en murmures. Son corps n'est plus qu'un immense sac de douleur, une poche d'angoisses viscérales, une sacoche de sang. Son cerveau est devenu un condensé de souffrance.

Si Jacint est physiquement défait, il est cependant moralement entier. Il se rappelle son frère arrêté, malmené comme lui. Maintenant, il va le rejoindre. Il en est sûr. Cela l'apaise. Comme lui, il a atteint l'au-delà de la douleur, les dunes de la délivrance, du soulagement programmé, il a compris qu'il ne sentira plus rien, qu'il éprouvera la présence diffuse de son frère, qu'il ne parlera pas, qu'on peut bien continuer à l'interroger, c'est désormais son enveloppe qu'on interroge, celle qu'il a quittée. Alors vient le moment où les bourreaux cessent de le martyriser. Incapable d'esquisser un geste, c'est porté sur une civière que son corps atteint le mur des fusillés, dans la cour de la Direction générale de la Sûreté.

La sardane de la paix

20 septembre 1953

Julia a pris la route des Pyrénées avec Esther. Elles sont dissimulées derrière l'énorme chargement de billes de pin malmenant les amortisseurs de la fourgonnette dont les garde-boue touchent les pneus lorsque le pare-chocs arrière frôle les accidents de la petite route au goudron détérioré, percé de cailloux, creusé d'ingouvernables nids-de-poule. Celedonia leur a préparé des provisions pour le voyage. Elle les a prélevées dans le garde-manger dont la porte a été dissimulée, aux premiers jours de la guerre civile, derrière une armoire à large carrure, regorgeant de fichus, de draps, de chiffons, que Mateo ne déplace pas plus d'une fois par semaine pour se servir, parfois pour juste compléter la réserve de vivres.

La fermière a garni un sac en gros jute de plusieurs morceaux de chorizo enveloppés dans du papier blanc, d'épaisses tranches de jambon provenant d'un porc ibérique aux sabots noirs qu'elle a pris le soin d'engraisser dans les règles, c'est-à-dire avec des glands ramassés dans le petit bois de chêne perché sur les hauteurs, avant d'aider Mateo à le tuer. Ce dernier s'est ensuite chargé du processus de salaison en logeant les deux jambons dans un saloir composé d'un coffre de bois qu'il a lui-même assemblé, dissimulé dans la fraîcheur de la remise à outils, là où personne ne s'attend à le trouver. Il a bouchonné, comme on le fait pour un cheval, les pattes arrière du porc, tué au début du printemps, avec plusieurs poignées de gros sel égrenées sur le cuir résistant de l'animal, en général au moins deux fois par jour. Celedonia a également préparé plusieurs larges tranches de pain sur lesquelles elle a écrasé une tomate, versé un filet d'huile d'olive, saupoudré une pincée de sel. Elle a coincé dans les billes de bois une gargoulette de terre cuite remplie jusqu'au bec. C'est le meilleur moyen de maintenir l'eau bien fraîche longtemps, sur le chemin, a-t-elle prétendu.

Avant de prendre place dans la fourgonnette, dont Peio finira de charger l'arrière lorsque les deux jeunes filles s'y seront installées, Celedonia entraîne Julia ainsi qu'Esther à l'écart, dans la vaste salle de séjour de la ferme. Elle les embrasse tandis qu'elles se blottissent dans ses bras, posant leur tête, chacune de son côté, sur l'épaule charpentée de la fermière, qui finit par échouer dans son ultime tentative de contenir ses larmes. Alors que des souvenirs lointains se bousculent dans sa tête en désordre, elle dépose un nouveau baiser sur les joues des jeunes filles, elle murmure une cascade incompréhensible de mots : Le visage rond, olivâtre, les longs cheveux châtain-blond, la même lueur au fond des yeux ; cette jeune femme... je me souviens. Le regard au ras du lac de sa mémoire, elle caresse encore une fois, du bout des doigts, les paupières de Julia. Puis elle se ressaisit, entraîne les jeunes filles vers la porte ouvrant sur la cour de la ferme : Maintenant, il faut y aller, les enfants, dit-elle dans un sanglot ; allons embrasser Mateo, poursuit-elle en se dirigeant vers l'arrière de la fourgonnette où Peio semble veiller, en sentinelle immobile.

Le fermier bourru s'approche, avec des gestes maladroits. Il saisit tour à tour Julia puis Esther par les épaules, écrasant ses lèvres lippues sur les joues tièdes, trempées des jeunes filles : Je ne vous oublierai pas, fait-il. Il répète à plusieurs reprises : Je ne vous oublierai pas. En baissant la voix tandis que la rengaine s'éternise. Esther grimpe à la suite de Julia dans le véhicule qui doit les conduire en France. Quand tout sera fini, quand les phalangistes auront été écrasés, Franco ne va tout de même pas crever dans son lit... j'espère que vous vous souviendrez de nous, que vous reviendrez par ici ; nous vous attendrons ; Scipion vous attendra, lui aussi ; partez maintenant, conclut Mateo en les dirigeant, pas à pas, des deux mains, vers les portes grand ouvertes de la fourgonnette.

Puis, tandis que Scipion jappe, module des aboiements morbides à l'arrière du véhicule, Mateo aide Peio à charger la plate-forme jusqu'à ce que le visage humide, tout rouge, des jeunes filles disparaisse derrière les billes de pin.

Quelques kilomètres après la Bisbal, sur la route de la frontière, la fourgonnette pénètre dans un petit village dont le nom augure un sinistre présage : Ultramort, un hameau sépulcral, c'est l'adjectif que murmure Peio, est situé sur un des chemins les moins fréquentés menant à Figueres. Cependant la superlative, autant que macabre, prophétie ne se concrétise pas. Le voyage se déroule sans encombre.

Le passeur traverse Figueres d'une lancée avec les deux jeunes filles, puis, évitant la grand-route qui conduit droit au poste-frontière, reliant la Jonquera au Perthus, il s'engage sur un chemin de montagne étroit qui les mène jusqu'au hameau de la Vajol où l'on doit attendre la nuit pour franchir le col étonnamment mal surveillé en cette année cinquante-trois, déjà marquée par quelques troubles annonciateurs dans les facultés espagnoles, qui déboucheront trois ans plus tard sur le mouvement de protestation des étudiants de Madrid orchestré, entre autres, par un dénommé Federico Sánchez.

Ils entament une descente périlleuse vers la

France par le pic de Fontfrède pour atteindre enfin Céret, où la section communiste de l'Aude, après s'être concertée avec celle des Pyrénées-Orientales, doit organiser le rendez-vous. La fourgonnette s'immobilise devant la porte principale des arènes du village catalan.

C'est dimanche, le véhicule de Peio attend au même endroit où quelques heures auparavant, en fin d'après-midi, s'est déroulée une corrida présidée par Picasso, profitant de l'occasion pour offrir *La Sardane de la paix* au musée de la ville.

Marceline a préféré voyager toute une longue journée dans plusieurs autocars, dont personne n'a jamais eu l'idée d'organiser les correspondances, pour rejoindre la Catalogne depuis les Corbières voisines, plutôt que d'accepter la proposition des militants communistes venus la prévenir qu'une lointaine cousine espagnole, d'une quatorzaine d'années environ, tente de la rejoindre. Elle se trouve là, elle aussi, assise sur un banc, sous les platanes.

À Villerouge, elle n'a parlé à aucune de ses amies de son périple à Céret. Restant sur son quant-à-soi, elle a même refusé que Jacques, Jean, les militants qui lui ont spontanément proposé leur aide, l'accompagnent : N'insistez pas ; vous perdez votre temps ; je prendrai le car, comme tout le monde, leur a-t-elle lancé ; est-ce que le peuple ne prend pas le car ? Puis elle ajoute, sans prêter l'oreille aux objections, avec le petit ton sec qui la caractérise : Nous nous retrouverons sur place ; allez en éclaireurs, dans votre limousine.

Interdits, les deux hommes préfèrent se résigner sans dire leur pensée. Ils connaissent le caractère inflexible, fermement trempé de cette femme, qui a su résister à autant de veuvages que de guerres mondiales. Alors ils choisissent d'escorter l'autocar de Marceline durant son expédition sans fin, puis d'intervenir lorsqu'il sera temps de prendre contact avec le passeur.

À Carcassonne, les deux militants empruntent la Juva 4 Renault du Parti pour rejoindre Céret depuis Villerouge, tout en casse-croûtant dans la bonne humeur à chacune des étapes, c'est-à-dire à chaque interminable correspondance imposée par l'autocar de ligne, qui se traîne d'abord jusqu'à Carcassonne, puis jusqu'à Narbonne, ensuite au Boulou, enfin, sur le dernier tronçon, à Perpignan. Il faut carrément changer de compagnie régionale pour atteindre Céret.

Jacques interroge Jean du regard, puis se gare sous les platanes, non loin de la grande porte des arènes. Les deux hommes choisissent de ne pas quitter leur automobile, d'où ils pourront surveiller les mouvements qui ne vont pas manquer de se succéder autour de cette femme de petite taille, fluette, presque chétive, cependant prodigieusement solide.

Depuis le matin, elle jargonne dans sa barbe en essuyant les verres fumés de ses lunettes cerclées d'une épaisse monture ronde : Une petite cousine ? la fille de la cousine de mon Andrés ? c'est impossible ; Angelines n'a jamais eu d'enfant ; elle a été tuée par les fascistes, en prison ; elle devait avoir tout juste vingt ans, la malheureuse ; je me souviens ; j'ai entrepris les recherches lorsque j'ai compris qu'Andrés ne reviendrait jamais de captivité ; personne ne lui connaissait d'enfant ; la fille de la cousine de mon Andrés, la fille d'Angelines n'existe pas ; c'est une fantaisie.

Lorsque Marceline entame sa difficile enquête après la mort d'Andrés Bernal, son deuxième mari, au camp de Buchenwald où ont été regroupés les prisonniers politiques, on lui confirme que cette cousine si énigmatique est jetée en prison au moment de la prise de Barcelone par les nationalistes. Elle s'appelle María-Ángeles, les miliciens du POUM, lorsqu'ils se rendent, pour toucher leur solde, au comité local, dans la salle du haut, presque en face de l'hôtel Falcón, l'appellent par son diminutif Angelines.

Les parents d'Angelines, eux, disparaissent mystérieusement en février, à Barcelone également, peu de mois avant la prise sanglante du Central téléphonique le 3 mai 1937. On ne les a jamais revus. Il y a déjà de très sérieuses dissensions entre les différents partis antifascistes pour prendre le contrôle des communications, pour organiser le commandement, puis coordonner la lutte contre les nationalistes. C'est à cette époque qu'Angelines se rapproche plus étroitement du POUM. Un dirigeant du parti s'engage à lui trouver du travail à l'intendance de la section locale. Elle est arrêtée le 26 janvier 1939, alors qu'elle a rendez-vous dans l'entrée de l'hôtel Falcón pour fuir en France, avec des camarades, en compagnie de son fiancé, tandis que les nationalistes, qui viennent de pénétrer dans Barcelone, remontent les Ramblas. Elle figure désormais sur la liste, longtemps passée sous silence, des nombreux disparus de cette guerre.

Savoir cela n'est pas suffisant pour l'esprit révolté, toujours aiguisé, en alerte, de Marceline. Malgré les conclusions auxquelles elle a dû se résigner par le passé, elle considère, sans doute à juste raison, qu'aucun rapport d'enquête concernant cette période ne peut être définitif.

Lorsque Jean lui annonce que la section départementale de l'Aude a reçu un curieux message concernant une de ses petites cousines qui vient de réussir à s'évader, à peine quelques semaines plus tôt, d'une prison de Barcelone avec une de ses codétenues, lorsqu'il ajoute que l'une comme l'autre cherchent à la joindre avant de prendre la décision de passer en France, avec l'aide conjuguée des partis communistes espagnol puis français, elle n'hésite pas un instant, se lève, reprend son souffle coupé par l'émotion, retire les lunettes pour se masser le haut de l'arête du nez juste sous les sourcils : J'ordonne qu'on me les amène tout de suite ; je sais très bien ce que je dois faire, lance-t-elle sur un ton martial, en passant outre à ses doutes, sa perplexité.

C'est délicat, Marceline, il n'est pas question de prendre le moindre risque ; la situation politique n'est pas du tout favorable, c'est le moins qu'on puisse dire ; il est tout à fait possible qu'il s'agisse d'un piège, rétorque alors Jean sur un ton de mystère auquel elle riposte du tac au tac par l'insulte locale, pur jus des Corbières.

Quel piège ? bougre de *piot* !

Se découvrant impuissante, elle répète plusieurs fois : Bougre de *piot*, en secouant la tête, avec une sourde résignation. Cette fois-là, les militants ne lui cèdent pas. Ils réussissent à imposer la façon de penser du Parti, la stratégie qui en découle. C'est ainsi qu'on organise le rendez-vous devant les arènes de Céret, tout en transigeant pour l'absurde, harassante expédition en autocar que Marceline veut s'imposer, seulement pour éviter de s'entendre dire peut-être un jour qu'elle a capitulé sur toute la ligne : J'aimerais bien voir qui va m'en empêcher, s'énerve-t-elle en retirant ses lunettes.

Marceline entend sonner dix heures du soir à l'horloge du clocher. Elle aperçoit la fourgonnette de Peio s'immobiliser devant l'entrée ouvrant sur le patio des chevaux. Cependant rusée, prudente, à son âge, on ne la lui fait plus, elle ne bouge pas, se contente d'attendre. Toujours en compagnie de Jean, Jacques est à l'affût, à une dizaine de mètres de là. Eux aussi demeurent immobiles. Ils ne descendent pas de la Juva 4, garée sous la frondaison sombre, épaisse, d'un platane.

Dans les arènes, après la sortie des aficionados, le départ des joueurs de *clarines*, de l'orchestre, l'activité d'après corrida bat son plein. Il faut finir de ranger tout le matériel : piques, caparaçons, capes, harnachements, matériel de trait. On est en train d'achever de soigner les chevaux blessés par les taureaux, lors du *tercio* du picador. Il faut attendre que les bouchers des arènes finissent de réduire en quartiers les derniers taureaux foudroyés par les toreros, au terme du combat. C'est aussi le moment où le *mayoral* des *ganaderias* récupère les fauves qui, pour diverses raisons, ont été renvoyés par les vétérinaires avant le combat, parfois par le président de la corrida après une tonitruante *bronca* des aficionados, puis également tous les animaux qui n'ont pas toréé, ont seulement rempli leur rôle peu enviable de taureau de réserve.

Soudain, une cavalcade ponctuée de cris, de hurlements, se fait entendre autour des arènes, non loin de la fourgonnette de Peio. Un taureau en liberté, lancé à pleine vitesse, naseaux gonflés, luisant de bave, dégoulinant, charge à l'aveuglette devant lui. L'animal *bravo* vient de réussir à s'échapper du corral, juste à l'instant où les *peones* de la *ganaderia* tentaient de le soumettre, au pied de la bétaillère du retour. Le fauve est parvenu à rejoindre l'esplanade. Il fonce droit dans la nuit, effrayé par rien, peut-être par l'inconnu, le vide, par les vociférations taurines des poursuivants.

Appuyant ses mains sur le banc, de chaque côté de ses cuisses, Marceline s'entête à ne pas bouger. La rumeur, qui dit s'y connaître en matière d'animaux, prétend qu'il est préférable de ne pas gesticuler, de ne pas s'enfuir devant une bête devenue furieuse : L'immobilité n'attire pas l'œil du fauve, murmure Marceline.

Le taureau furieux, qui se fiche de la rumeur, dépasse la Juva 4. Se présentant à hauteur du véhicule de Peio, il s'arrête, hésite à charger une silhouette agile, coiffée d'un chapeau. C'est celle de Jacques en train de se cacher derrière la carrosserie. Puis, entendant les vociférations des *peones* qui le rejoignent déjà, l'animal décide de reprendre sa fuite le long de l'esplanade. Tandis que les poursuivants dépassent déjà la fourgonnette, Jacques frappe à la portière, côté passager. Peio se couche, à plat ventre sur la banquette, pour faire glisser latéralement la vitre qui s'ouvre devant le mur d'enceinte des arènes. Le militant, chapeau mou s'inclinant sur l'œil droit, cesse de tambouriner du bout des doigts : À cette heure-ci, le tabac est fermé, vous n'auriez pas une cigarette par hasard ? à m'offrir, ajoute-t-il. Le stratagème est plus que grossier. Qu'importe ! À l'évidence, c'est bien l'homme qu'on leur a annoncé. Puis il considère que le regard vide du passeur peut cacher autre chose que de la fatigue, dans ces cas-là on ne se méfie jamais assez. Il le jauge à nouveau : Vous auriez peut-être une cigarette à m'offrir ? répète-t-il.

Bien sûr, accepte Peio sans défiance, dans un français mâtiné d'accents ibériques.

Il tend les Celtas à son nouveau contact. Jacques pioche dans le paquet, murmure ceci : *Ils avancent en fond par deux / vers la ville de la fête.*

Puis il attend la réponse en faisant circuler la cigarette de haut en bas entre le pouce, l'index, ainsi que le dos de la deuxième phalange du majeur, tapotant la sans-filtre sur le revers de son autre main pour bien tasser le tabac dans son fourreau de papier bible blanc.

Un rumor de siemprevivas / invade las cartucheras, enchaîne Peio. Puis, respectant pour une fois, scrupuleusement, la traduction d'André Belamich, il souligne : *Une rumeur d'immortelles / envahit les cartouchières.*

C'est fort ! s'exclame Jacques en désignant le tabac brun de la cigarette.

C'est du tabac espagnol, précise Peio.

Jacques demande : Les gamines sont là ?

Peio examine son paquet de cigarettes, hésite encore à répondre : Oui, bien sûr, bien entendu !

Derrière ? demande Jacques qui est toujours à l'extérieur du véhicule.

Avec le chargement, oui, juste là, sourit Peio en indiquant l'arrière de la voiture.

Jacques se détend : Tout est en ordre, les camarades des Pyrénées-Orientales ont tout préparé.

Peio coince à son tour une Celta entre ses lèvres, craque une allumette illuminant un bref instant la nuit, tend du feu à Jacques, qui aspire une longue bouffée. Jetant la première allumette aux trois quarts brûlée, il en frotte une nouvelle pour lui-même, nouveau flambeau dans le noir. À l'invitation de Peio, le militant français ouvre la portière, s'installe sur le siège du passager, dans la cabine immédiatement envahie par l'épaisse fumée âcre du tabac. La longue esplanade est à présent déserte. Le taureau, ses poursuivants se sont évanouis dans la nuit noire. Jacques prend tout son temps pour expliquer la situation au passeur : La femme là-bas, assise sur le banc, sous les platanes, c'est Marceline, la cousine d'une des deux gamines ; elle a refusé de voyager avec nous dans la Juva 4 ; je n'ai jamais rien vu de pareil ; c'est une vraie tête de lard.

Tête de lard ? répète Peio qui ne comprend pas.

Une tête de cochon, si tu préfères !

Peio éclate de rire : Tête de lard, tête de cochon, fait-il en toussant la fumée de la cigarette qui lui griffe la gorge.

Bien entendu, il faut imaginer la traduction dans la langue de Peio. Le mot à mot réserve parfois des surprises. Le passeur voit défiler, dans la clandestinité de son esprit, des images on ne peut plus singulières. Jacques ne s'avoue pas vaincu pour autant, peaufine l'explication : Une tête de mule, si tu préfères.

Cette fois Peio comprend : *¡ Mula, si !* pourquoi *tête* ?

Jacques prend son chapeau mou dans ses mains : Elle a refusé de faire le voyage en notre compagnie ; depuis la disparition de son deuxième mari, il était au Parti, elle en veut à tous les camarades, comme si les communistes étaient tout aussi responsables de sa mort que les nazis ; va-t'en comprendre !

Peio réfléchit : Après ce qui s'est passé, on choisit parfois l'amnésie ; on connaît ça chez nous aussi ; comme s'il ne s'était rien passé en Espagne ; comme si Franco avait pris le pouvoir en toute légalité ; comme s'il n'y avait pas eu de coup d'État, pas d'assassinats, pas de disparitions ; comme si les prisons étaient vides de prisonniers politiques ; bordel, merde ! un peu de dignité, s'énerve-t-il en se signant discrètement.

Regarde ! lance Jacques en remettant son chapeau mou sur sa tête ; Jean conduit Marceline jusqu'à la Juva 4 ; elle aura mis le temps ! voilà, elle s'installe à ses côtés ; tu peux démarrer, Peio ; double-les ; maintenant, c'est moi qui guide.

On n'entend plus la moindre clameur devant les arènes. Le taureau est loin, ses poursuivants courant derrière, s'essoufflant, tentant de l'entraver, de le saisir avec des cordes lorsque l'animal, lubie, peut-être fatigue, s'arrête net, semble se calmer, sans jamais cesser d'épier.

Dirigé par Jacques, Peio conduit la fourgonnette vers la sortie du village. Avant de démarrer, il embrasse une nouvelle fois discrètement son pouce. Cette manie de se signer ! La Renault du Parti, dans laquelle Marceline semble en excellent commerce, suit. Ils roulent plusieurs kilomètres dans la campagne, parvenant quelques minutes plus tard devant un entrepôt calme ce soir, grouillant de monde au printemps, à l'époque de la cueillette, puis de l'emballage des cerises. Les vergers alentour sont devenus anonymes dans la pénombre blanche de la lune.

Fleur bleue

Septembre 1989

Je dois commencer par un aveu ; si mon chef de l'époque avait eu vent de ce que je vais vous révéler, sans doute ne m'aurait-il jamais engagée : Comment !!! elle dit qu'elle est journaliste !!! elle ne sait pas écrire !!! se serait-il triplement exclamé ; je suis sincère ; je n'ai jamais su rédiger le moindre discours.

Julia avait fait un geste appuyé pour, imaginait-elle, capter l'attention de l'assistance : La perspective de mon retour en Espagne ne me permet cependant pas d'esquiver le numéro périlleux d'une petite causerie d'adieu ; je me présente à cette cérémonie avec quelques maigres notes, petits cailloux rêveurs égrenés pendant les années de mon exil en France, pendant les années de ma vie française, devrais-je dire ; je voudrais juste évoquer ma première année à l'université de Montpellier, la demande de naturalisation que j'avais remplie, à ce moment-là, que je n'ai obtenue qu'à ma majorité, maîtrise de lettres en poche, lettres modernes, lettres françaises : exotique pour la gamine espagnole que j'avais été ; je voudrais aussi évoquer le jour où le directeur du journal *L'Indépendant* m'a engagée à la rédaction de Narbonne ; souvenez-vous, quelques années auparavant, en 1961, la presse de l'exil espagnol avait été interdite en France ; je voudrais évoquer ma cousine Marceline, si fière de moi ; puis Esther, ma sœur d'infortune, amoureuse de Louis ; elle n'est pas restée longtemps à Villerouge.

Julia continuait son énumération, tandis que le visage enfantin aux longs cheveux souriait en face d'elle, la mimant, prenant des poses, esquissant des moues, des gestes larges, bien marqués : Je me rappelle que nous écoutions *Quatre boules de cuir* de Claude Nougaro, que nous allions danser dans les bals des villages sur le rock, la pop des sixties ; je me rappelle cette timidité qui ne m'a jamais lâchée, lorsqu'on venait m'inviter à danser ; tout cela se bouscule pêle-mêle dans mon crâne ; je me rappelle aussi *Dans le ventre des Espagnols*, de Léo Ferré chantant *L'Espoir*.

Sans reprendre son souffle, Julia ne cessait plus de parler. La chevelure de la femme, en face d'elle, certains auraient dit blonde, d'autres châtain, selon la luminosité du jour, ondoyait en tout sens, suivant les mouvements de la tête, renvoyant des reflets paille de blé. Après un temps d'arrêt, elle avait tenté une nouvelle pose, puis pressé le pouce sur l'index, pulpe contre pulpe, s'effleurant les lèvres entrouvertes d'un geste vertical : De Léo, je me rappelle aussi *J'étais un grand bateau descendant la Garonne farci de contrebande, bourré d'Espagnols,* poursuivait-elle en chuintant ; je me rappelle les manifestations contre Franco, en 1967 ; l'état d'exception décrété au Pays basque ; c'est à peu près à cette époque que j'ai décidé de quitter Narbonne ; je me rappelle qu'un ami journaliste avait été engagé à la radio, qu'il m'avait expliqué qu'on embauchait à tour de bras ; je ne connaissais pas Pierre-Alexandre qui faisait des études d'architecture, avec qui, par l'intermédiaire des fameuses petites annonces du journal *Libération*, j'avais pris une colocation ; c'était un rez-de-chaussée, une arrière-boutique dans le haut du boulevard Raspail ; je me rappelle aussi Jean-Pierre Léaud qui avait tourné sa série des Antoine Doinel en compagnie de Claude Jade ; l'acteur venait parfois boire un verre au Raspail Vert, pas très loin du quartier où résidait Jean-Paul Sartre ; c'était indéfinissable, excitant ; lorsqu'il ne travaillait pas à la maison, n'allait pas en cours, Pierre-Alexandre passait son temps à guetter l'acteur fétiche de François Truffaut pour lui parler de tout, de rien, essentiellement pour lui parler, pour entendre sa voix si particulière lui répondre quelque chose, n'importe quoi, juste pour pouvoir dire qu'il l'avait entendue en vrai ; Pierre-Alexandre était un peu fleur bleue.

Le visage rond de la femme était marqué d'une cicatrice en forme de tilde, bien dessinée sur le haut de la pommette, d'une teinte plus claire se détachant sur sa fine peau olivâtre, rehaussant les lignes en amande de l'œil : Je me rappelle que Pierre-Alexandre avait dit dans sa barbe de l'époque *Jean-Pierre Léaud, Doinel, j'ai bu un pot avec Antoine Doinel* ; il n'en revenait pas ; je ne vais pas dire tout ça ; c'est ridicule, je ne sais plus où j'en suis ; je voulais juste souligner le parfum, la magie qu'exhalait pour nous, jeunes provinciaux d'une époque, Paris ; ce qui nous avait semblé si loin, si irréel, devenait accessible, à portée de main ; il suffisait de se pencher pour boire l'alchimie de l'instant ; lorsqu'on se promenait dans la rue, on pouvait croiser Michel Piccoli venant de tourner *Les Choses de la vie*, Delphine Seyrig, Monique Wittig allant déposer une gerbe, sous l'Arc de triomphe, pour la femme du soldat inconnu.

Délaissant le galbe des reins, l'image de la femme dans le miroir croisait, décroisait les bras sur sa poitrine, puis les laissait retomber. Les membres demeuraient ballants, frôlant les cuisses. Les mains se joignaient. Dans une sorte de duo d'ombres chinoises, elles appuyaient les inflexions du discours, décollaient autour de la silhouette dans une sorte d'hyperbole aérienne. Julia avait les yeux un rien mouillés. Les cristaux noirs de ses pupilles embrasaient l'atmosphère. Ses lèvres épaisses, ourlées, se comprimaient l'une l'autre dans une fausse immobilité qui passait, sans en percevoir les phases intermédiaires, de la grimace au sourire, puis l'inverse : Je me rappelle mes premiers pas à la Maison de la Radio, au lendemain de Mai 68, alors que Saint-Germain-des-Prés dépavé (Saint-Germain-des-Pets dépravé, auraient pu ricaner les fachos du GUD) sentait encore le brouillard lacrymogène ; je me rappelle *S/Z* de Roland Barthes faisant l'apologie des textes étoilés, le séminaire sur Kafka de Gilles Deleuze à Vincennes ; je me rappelle aussi *Je me souviens* de Georges Perec ; je me rappelle comment coulait la vie, nos hésitations, les appréhensions, les certitudes, les passions, aussi le désir, le plaisir, le parfum singulier de ces derniers mots, *le désir*, *le plaisir*, tout au long de ces années-là.

La sonnette de la porte d'entrée venait de retentir. Julia reprenait soudain ses esprits. Le timbre résonnait une deuxième fois. Elle avait cessé de faire les gestes du discours devant le grand miroir de l'armoire à glace flanquant un des murs de la chambre, dans son appartement de la rue du Théâtre. C'était Emmanuel qui passait la prendre, comme convenu, pour se rendre à cette soirée où elle ferait sensiblement, en plus soft, en moins exubérant, moins relâché, le même discours qu'elle répétait depuis plusieurs minutes en s'épiant dans son reflet. Elle s'était frotté le tilde soulignant son œil gauche, s'était dirigée vers l'interphone : Tu peux monter ; je ne suis pas tout à fait prête ; je n'ai pas vu le temps passer.

Elle avait laissé la porte d'entrée entrouverte pour Emmanuel, s'était enfermée dans la salle de bains. En passant devant le miroir du lavabo, elle avait tiré la langue à son image, retiré ses vêtements, s'était précipitée sous la douche qu'elle avait prise en une minute, se rinçant presque aussitôt qu'elle se savonnait, ne s'autorisant pas le plaisir de masser quelques secondes son corps, la ligne des cuisses, la cambrure de la taille, le sillon laiteux de la poitrine. Dans un mouvement sinueux, elle avait levé les yeux au ciel laqué de la pièce, puis frôlé du bout des doigts son temple féminin : Je m'habille tout de suite ; installe-toi ; verse-toi un verre, lançait-elle à Emmanuel en ressortant de la pièce embuée ; j'en veux bien un, moi aussi, corsé s'il te plaît ; je suis morte de frousse, de trac, de va-t'en savoir…

Le chambranle de la porte du salon, qui se trouvait juste en face du fauteuil où s'était enfoncé Emmanuel, encadrait la silhouette filiforme de Julia. Elle avait passé un peignoir de satin chair, noué à la taille, puis avait pivoté sur elle-même pour regagner la chambre.

Comme s'il s'agissait de son propre appartement, le garçon s'était dirigé vers le meuble bas, un genre de long coffre de desserte en plexiglas, où était rangé le Glenmorangie au milieu d'une panoplie d'autres bouteilles dans le fond desquelles stagnaient des reliquats d'apéritifs aux noms exotiques, parfois inconnus, rapportés par Julia, par ses amis, de quelque lointain voyage, puis jamais finis, qui n'avaient plus aujourd'hui pour mission que de célébrer des contrées incertaines où l'on s'était en quelque temps perdu.

Julia ne savait pas encore dans quelle robe elle allait assister à la soirée. La noire, tulle-soie, moulait si étroitement sa silhouette qu'elle devait adopter une stratégie précise pour éviter que la lingerie ne soit trop marquée sous le tissu léger. La rouge pourpre, de mousseline, plus vaporeuse tout en soulignant au plus près sa taille d'une remarquable finesse, laissait bâiller le volant croisé à hauteur des seins. Le col avait été étudié pour mettre en valeur la poitrine. Après les hésitations d'usage, Julia s'était décidée pour le décolleté affriolant, avait calculé d'accorder la couleur de son rouge à lèvres au tissu de la robe. Les étroites lanières de cuir souple de ses chaussures, à talons trop hauts, estimait-elle, étaient noires.

Le sac à main serait aussi de cette non-teinte.

Julia avait gagné le salon, s'était assise sur l'accoudoir du fauteuil qu'elle avait poussé près de la fenêtre, puis avait commencé à se farder les pommettes avec son pinceau à poudre en insistant sur le tilde plus pâle de sa cicatrice. Elle avait posé la trousse à maquillage à même le coussin de kapok jeté sur le siège, puis elle avait pris un miroir de poche à double facette dans sa main gauche.

Emmanuel murmurait : Nous y voilà ; ton dernier jour à la radio ; je ne parviens pas à me faire à l'idée… c'est une si mauvaise idée.

Tandis qu'un sourire se dessinait sur la bouche de Julia, elle avait plissé les yeux en direction du garçon, puis pincé ses lèvres dans une moue charmeuse : Tu ne viendras pas à Séville ? lançait-elle à la volée.

Tu sais parfaitement que, pour moi, ce ne sera pas si facile, bougonnait-il.

Julia insistait : C'est l'été dans trois mois, Emmanuel.

Cette année, ce ne sera pas possible.

Julia avait pris son bâton de rouge à lèvres, puis avait éclaté de rire : Il me fait une vraie scène, ma parole ! s'amusait-elle.

Elle appliquait ensuite une fine couche de mascara avec une brosse minuscule en partant de la base des cils jusqu'à la pointe, tout en effectuant un léger mouvement en zigzag.

Emmanuel avait siroté la fin de son verre,

quitté le fauteuil pour aller se planter debout, face à la porte-fenêtre du salon. Il était nerveux : Est-ce que tu sais que nous allons être très en retard ? Un pigeon était venu se poser sur la rambarde du balcon. L'animal le regardait de son œil rond, vif, interrogateur, puis il avait cligné plusieurs fois des paupières avant de s'envoler à l'autre bout de Paris, par-dessus les larges toits en zinc des immeubles de la rue du Théâtre.

Tous les collègues attendaient Julia, dans la grande salle où se réunissait d'habitude la conférence de rédaction. Lorsqu'elle était entrée, le président ainsi que le directeur étaient en conversation avec une femme plutôt petite, cheveux courts, coiffée à la garçonne, strabisme délicat, silhouette fascinante aux formes plutôt pleines, cependant parfaitement léchées. Esther avait fait le voyage. Emmanuel l'avait caché à Julia, qui maintenant chancelait d'émotion.

Elle s'était immobilisée au milieu de la salle de réunion, pétrifiée, incapable de faire un pas, d'articuler un mot, de pousser une plainte, de laisser exploser sa joie. Ses lèvres tremblaient, elle avait tout juste réussi à ouvrir les bras pour étreindre Esther : Que fais-tu ici ?

Julia, c'est Emmanuel qui a tout manigancé.

Puis les rires s'étaient mêlés aux larmes, les cris d'émotion retenue aux soupirs sibilants. Les deux femmes enlacées ne faisaient plus qu'un corps siamois. Il avait fallu attendre plusieurs minutes avant que la silhouette de l'une se séparât de la silhouette de l'autre, recouvrant ainsi leur propre contour.

Après les amabilités d'usage, ponctuées par les applaudissements, y compris quelques vivats, le président avait passé la parole au directeur de la station qui l'avait lui-même cédée, au bout de plusieurs minutes, à Emmanuel.

Celui-ci avait poursuivi le panégyrique de la journaliste : C'est pourquoi, chère collègue, chère amie, malgré notre tristesse de te voir quitter cette maison, malgré notre désarroi, la nostalgie, je te souhaite de fructueuses retrouvailles avec ce pays qui t'a tant fait souffrir, qui te tourmente encore, qui torture ta mémoire ; par-dessus tout, je te souhaite de trouver le bout du chemin.

Julia avait tiré de sa poche plusieurs feuillets froissés. Après avoir hésité un instant, essuyé sa joue, elle avait entamé la lecture de sa réponse : Je dois commencer par un aveu ; si mon chef de l'époque avait eu vent de ce que je vais vous révéler, sans doute…

En face d'elle, agrippée au bras d'Emmanuel, Esther Flores Levi retenait ses larmes. Réprimant les sanglots qui remontaient du tréfonds de leur histoire commune, sa poitrine se soulevait, gonflant, dégonflant le volant de son décolleté, au rythme de sa respiration. Le discours fini, Julia avait laissé retomber ses bras devant elle, puis, joignant le pouce à son index, elle avait porté les doigts à ses lèvres qu'elle avait frôlées sans les pincer. Ensuite les coupes de champagne avaient commencé à circuler dans la salle du comité.

Reviviscence

Septembre 1985

Après la réception d'adieu, Julia avait regagné tôt dans la soirée l'appartement de la rue du Théâtre, en compagnie de ses deux amis : Tu vas dormir ici, Esther, décrétait-elle ; Emmanuel ira prendre les bagages que tu as déposés chez lui. Celle-ci avait eu beau protester, expliquer qu'elle prenait à nouveau le train le lendemain dans la matinée pour retourner à Toulouse où elle avait des rendez-vous en suspens, ç'avait été sans appel. Quels rendez-vous… ? pourquoi en suspens ? Julia n'avait rien voulu entendre. Emmanuel avait dû se résigner à entreprendre un aller-retour jusqu'à la rue de l'Église pour amener les valises d'Esther à l'appartement.

Tout à l'heure, lorsque tu as parlé de l'université de Montpellier, de ta maîtrise de lettres, de *L'Indépendant*, de toute cette période, c'est comme si la silhouette fluette de Marceline était soudain passée devant moi, j'ai revu les traits graves de son visage, ses yeux toujours pleins de larmes, ses cils humides, expliquait Esther, les verres épais de ses lunettes lui grossissant le regard ; ses yeux étaient toujours trempés, tu te souviens ? notre première rencontre avec elle m'est revenue en mémoire ; rappelle-toi, Julia, le hangar à Céret.

Les deux femmes s'étaient assises l'une en face de l'autre. Esther avait pris place sur le canapé tandis que Julia s'était installée dans le fauteuil. Elles étaient séparées par la table basse en plexiglas assortie au coffre à apéritifs, alcools divers. Emmanuel ne s'était pas joint à elles. Il était allé se servir un verre d'eau gazeuse, de marque italienne, dans le réfrigérateur de la cuisine, avait rapporté la bouteille, deux verres qu'il avait posés sur la table transparente du salon : Il est temps de s'occuper de ta valise ; j'y vais tout de suite, décidait-il. Le claquement contenu de la porte avait été à peine audible pour les deux femmes. Le garçon ne les rejoindrait pas tout de suite. Julia en profitait pour changer de conversation, interroger Esther à propos de sa nouvelle existence après la disparition de Louis. Il y aura cinq ans demain, précisait Esther.

Tout s'était passé si vite ! Après une longue période de doutes, de nombreux mois, plus de deux ans, Louis s'était remis à peindre, comme à ses débuts, lorsque Esther l'avait connu, superposant dégradés à la peinture à l'huile, la technique le fascinait, puis empreintes à l'encre d'imprimerie sur d'immenses feuilles découpées dans des rouleaux de papier.

Au début, Esther avait pensé que peu à peu Louis parviendrait à surmonter sa mélancolie. Il avalait de façon anarchique des médicaments prescrits par une vague psychiatre, elle-même recommandée par une vague psychanalyste décalée. Esther était aux abois. Elle se disait qu'il pouvait faire n'importe quoi, une énormité. Cependant il s'était remis à peindre dans le silence, dans l'odeur des huiles, des médiums de son atelier.

Le temps passant, il fréquentait de moins en moins ses amis. À l'image d'Emmanuel, les jeunes qui venaient lui rendre visite avaient tous débuté dans la vie, se dispersant dans différentes villes, d'autres n'avaient plus le temps de prolonger l'assiduité qu'ils avaient jadis manifestée. Il pouvait passer des semaines entières sans voir quiconque, il devenait un étranger, parfois Esther ne le reconnaissait plus. Peu à peu, il s'était à nouveau arrêté de peindre, lui disait qu'il avait raté sa voie, qu'il aurait sans doute dû choisir une autre expression que la peinture, peut-être pas d'expression du tout, en tout cas autre qu'artistique. Il n'avait plus touché à ses pinceaux, pendant presque six mois, puis cela s'était passé par une de ces interminables nuits savonneuses de décembre, il s'était levé dans le noir. Esther ne s'en était pas aperçue. Il avait dû prendre d'infinies précautions pour ne pas la réveiller, le sommeil léger d'Esther était devenu une légende. Le matin, lorsque celle-ci avait ouvert les yeux, Louis n'était plus dans le lit.

C'était le week-end, ils n'avaient pas à faire. Toutes les idées étaient passées par la tête de la femme, tous ses sentiments s'étaient condensés. À présent, une seconde pouvait contenir l'éternité des hypothèses, l'infini des sensations, la démesure des sentiments.

C'était la énième fois qu'Esther racontait l'histoire à Julia, cependant les deux femmes se comportaient comme si c'était la première… l'une, depuis les lames de sa douleur, le croyant vraiment, peut-être évitant de se poser la question, l'autre, depuis les flots de sa générosité, pensant qu'elle pouvait adoucir la souffrance de son amie. Elles s'étaient à leur tour servi un grand verre d'eau. Esther avait vidé le sien d'un long trait avant de poursuivre.

Elle avait retrouvé Louis dans son atelier, en train de tracer des empreintes au rouleau sur une vaste feuille de papier fixée au mur avec du gros adhésif d'emballage. Elle s'était ruée sur lui, avait commencé à tambouriner, les poings fermés, sur sa poitrine. Tenant l'encreur d'une main, la palette où il avait étalé l'encre d'imprimerie de l'autre, les bras ouverts, la recevant sans résistance, Louis s'était senti impuissant, n'avait pas pu se défendre. Elle était tombée à genoux, avait éclaté en sanglots. Il avait posé son matériel d'imprimeur avec lequel il peignait, l'avait ensuite consolée.

Esther ne savait plus où elle en était. Louis avait pénétré un monde qui lui était étranger. Elle vivait dans le vide, dans l'inconnu au fond duquel il plongeait, dans l'abîme où il tentait de la guider malgré lui. Elle était là, abattue, anéantie, ne pouvant rien lui dire, il n'entendait rien, sa souffrance l'avait rendu sourd. Esther était devenue son ennemie, le symptôme de tout. C'est ainsi que, peu à peu, elle s'était repliée sur elle-même. La maladie les secouait ensemble, différemment, bien entendu.

Lorsque Louis avait demandé à Esther de l'aider, de le prendre dans ses bras, dans ses rares moments de lucidité, depuis le bois épais de sa mélancolie, elle en avait été incapable, elle était devenue le contraire d'elle-même, le négatif de son image. Ses bras s'ouvraient seulement dans sa tête envahie d'une glace silencieuse. À mesure que les jours passaient, Esther s'effondrait à son tour, ne parvenait plus à parler. Le monde à l'extérieur devenait un univers étranger. Elle se sentait étrangère à elle-même. Tout s'égalisait. Bientôt, elle n'avait plus eu d'identité. Pas de désir. Elle avait l'impression d'être enchainée à la souffrance de Louis, que rien ne pourrait jamais l'en délivrer. Sur son corps, une espèce de costume trop ajusté la sanglait. Elle était devenue sa prison.

Sans interrompre Esther, Julia avait bougé dans son fauteuil, avait frotté son mollet où elle venait de découvrir une maille du collant qui avait filé. Sans doute cela s'était passé quelques secondes auparavant lorsqu'elle avait caressé la soie du bout des ongles.

Ensuite, Esther avait eu l'impression que les choses s'arrangeaient. Louis avait décidé de résister à la mélancolie. Le peut-on vraiment? Cela avait duré un temps. Il se levait, puis retournait se coucher, se levait à nouveau, se recouchait, ainsi de suite, plusieurs semaines d'affilée. Puis il n'avait presque plus quitté le lit. Un soir, n'en pouvant plus, Esther était sortie. Elle était allée dîner seule chez des amis que Louis ne voyait plus. Lorsqu'elle était rentrée, celui-ci était toujours couché. Il ne se levait plus depuis des mois. Il ronflait comme jamais elle ne l'avait entendu. Il ne ronflait pas plus fort, moins fort, plus rapidement. Il ronflait avec un timbre différent, se raclant la gorge longtemps, genre chant inuit.

Esther ne s'était pas déshabillée. Elle s'était seulement déchaussée, puis s'était étendue à son côté. Elle n'arrivait pas à s'endormir. C'était la première fois qu'elle l'entendait respirer ainsi. Jamais elle n'était restée éveillée de cette façon. Elle maintenait les mains le long du corps, de chaque côté de sa robe toute froissée. Elle s'en fichait, ne pouvait cependant pas s'empêcher de penser que, le lendemain, elle serait immettable.

Esther avait senti la main de Julia arranger le volant de son décolleté de tulle illusion. Elle était en train de lui nouer maternellement un fil tiré dans le revers du réseau des mailles, parmi le fond de soie noire. Puis elle avait pris sa main dans la sienne, ne l'avait plus lâchée à cet instant des souvenirs. Esther avait précisé que finalement Louis s'était tu, puis qu'elle avait dû s'endormir, elle était brisée, épuisée de lui caresser le bras, de lui palper le poignet… de lui surveiller le pouls.

Revenant avec la valise d'Esther, Emmanuel était en train de ferrailler pour ouvrir la porte. Julia, qui s'était penchée en avant, n'avait pas eu besoin de finir son mouvement pour se lever.

Depuis notre départ avec Pierre-Alexandre, j'ai confié la clé de l'appartement à Emmanuel, on ne sait jamais ce qui peut arriver, expliquait Julia en se calant à nouveau dans le coussin.

Tandis que le battant de l'entrée se refermait en claquant, elles avaient aperçu une des extrémités de la valise dépasser dans l'embrasure menant au salon, à laquelle on avait ôté la porte. Le garçon était entré dans la pièce pour venir s'affaler dans le fauteuil resté vide près de celui de Julia : C'est déjà l'été dans les rues, disait-il. Puis il avait donné l'illusion qu'il s'excusait : Vous étiez en conversation ; je dérange ? Ne fais pas l'idiot ! pouvait-on lire dans le regard des deux femmes. Emmanuel en avait profité pour poser la question qui lui avait jusqu'alors brûlé les lèvres : Esther, avant l'expédition pour ta valise (entre parenthèses elle est très lourde) tu parlais du fameux hangar de Céret ; vous ne m'avez jamais raconté la fin de votre évasion, la première rencontre avec la cousine Marceline.

On peut aimer sans dévorer

20 septembre 1953

Dans le hangar de Céret, il y a une foule de personnes que les deux jeunes filles ne connaissent pas, de nombreux hommes, seulement une femme, un peu moins de la soixantaine, avec des lunettes rondes qui lui grossissent les yeux, il s'agit de Marceline qui murmure pour elle-même : C'est la plus jeune, je le sens ; il y a quelque chose de mon Andrés dans son regard ; je le vois, je le sais.

À ce stade de leur séjour en France, les deux jeunes filles ne comprennent pas la langue. Une singulière lutte s'engage au plus profond de Marceline. Sa tête lui dit de se modérer, elle se retient de se jeter sur elles. Cela se voit. N'y tenant plus, elle s'approche à pas décousus, avec de fausses hésitations, des gestes maladroits. Puis elle prend les joues de Julia entre ses mains, lui caresse les cheveux collés par la poussière, plante ses yeux dans ceux de la jeune fille. Sans prévenir, elle fourre le visage de Julia dans le sillon de sa poitrine. Dans le hangar, tout le monde épie la réaction de la gamine, on pense vraiment qu'elle va s'effrayer. C'est tout le contraire. Julia éprouve un sentiment qu'elle n'a jamais ressenti jusque-là, qu'elle a peut-être furtivement connu loin dans le temps, avec sa mère, à la prison. C'est sa chair qui peut se souvenir de ce sentiment. Aujourd'hui encore, c'est seulement la peau de Julia qui garde la mémoire de sa mère. Elle reste là, blottie, immobile, elle est sûre que tout est bien fini, qu'elles sont en France. Quelques secondes plus tard, Marceline lui redresse la tête, la prend par la main, se dirige vers Esther. Elle s'approche d'elle, l'attrape par le cou : Toi aussi, je t'aimerai, mon cœur est assez profond, pleure-t-elle.

Cependant Esther réagit d'une autre façon. À ce moment, le visage dans la poitrine de Marceline, les souvenirs de la prison l'assaillent, les bonnes sœurs, le curé, tout le reste. Prise d'une violente terreur, elle repousse sa nouvelle protectrice, s'enfuit en zigzaguant dans le hangar. Elle va se réfugier parmi le bois de la fourgonnette.

Jacques s'interpose : Regarde, regarde-la, la gamine est complètement effrayée ; Marceline, tu terrifies cette petite ! insiste-t-il en retirant son chapeau.

Eh ! de quoi je me mêle, toi ? rétorque-t-elle.

Peio, qui ne s'attend pas à une telle réaction, se fait tout discret dans un coin du hangar, assis sur un établi. Il tient dans ses mains plusieurs piles de barquettes en carton blanc emboîtées les unes dans les autres. Elles servent à conditionner les cerises pendant la saison de la cueillette, au mois de mai. Finalement, malgré sa timidité, n'y tenant plus, considérant lui aussi qu'on peut aimer sans dévorer, Peio décide de soutenir Jacques dans sa tentative.

Le camarade n'a pas tort, murmure-t-il avec son accent mi-espagnol mi-basque.

C'est à cet instant qu'Esther s'aperçoit pour la première fois que Peio se signe discrètement, sans arrêt, à chaque injure proférée par les différents protagonistes, parfois par lui-même. Ce n'est que plus tard qu'elle comprend que Peio lui aussi possède un secret.

Le secret de Peio

Juillet 1937 – mai 1948

En 1937, au Pays basque espagnol, de plus en plus de casernes se rallient quotidiennement au coup d'État de Franco. Pour éviter le pire, les parents n'ont d'autre recours que de confier leurs gamins, par l'intermédiaire des *colonies enfantines* organisées par les autorités légales de la Province, à des familles françaises, anglaises, originaires d'autres pays d'Europe, y compris d'Union soviétique. C'est ainsi qu'on décide que Peio sera accueilli par un jeune couple résidant dans le sud de la France, dans la ville de Narbonne.

Quelques jours après que Peio a été confié à cette famille, dont la moralité politique est garantie par le Parti lui-même, les parents du jeune garçon disparaissent à la suite de la répression sans pitié qui marque l'installation des troupes de la Phalange au Pays basque. Peio, ne sachant pas encore que sa mère ainsi que son père ont été abattus par les franquistes pendant un de ces *paseos* de sinistre mémoire — promenades aussi lâches, perverses, que définitives —, coule des jours plutôt paisibles dans une France chaotique feignant d'ignorer la guerre qui la rattrape inexorablement. Il apprend la langue, s'adapte de façon exceptionnelle à l'école primaire, puis au collège dans lequel on l'inscrit.

Cependant, voilà qu'arrive l'année 1939, qui voit la victoire des fascistes espagnols, en même temps que les premiers assauts de l'expansionnisme hitlérien. Une fois la guerre gagnée par les franquistes, l'Espagne se replie sur elle-même. En 1940, alors que la Seconde Guerre mondiale s'étend à tout le Vieux Continent, le Service extérieur de la Phalange considère que les enfants des Rouges disséminés en Europe font une vilaine propagande à leur pays. Ils décident de tous les rapatrier, y compris de force lorsque cela se révèle nécessaire. Ils projettent de les rééduquer, en leur inculquant les bons principes catholiques qui régissent désormais les valeurs de cette toute nouvelle hispanité que théorisent, à grands renforts mégalomaniaques, les idéologues de la Phalange, la junte des syndicats nationalistes. Malgré tout, à l'extérieur, les choses ne sont pas si simples, les fausses mères poules fascistes chargées du rapatriement se heurtent à un front du refus solidement maçonné pour braver la mauvaise parole.

Ainsi, le jour où un délégué du Service

extérieur de la Phalange rencontre la famille d'accueil du jeune Peio, celle-ci refuse de le laisser repartir en Espagne : Messieurs, nous avons la certitude qu'aucun proche ne réclame le gamin, réplique la mère ; pour cause, laisse-t-elle planer.

Affrontant l'insistance des agents espagnols, le père veut d'emblée leur montrer qu'il n'est pas dupe : Nous savons parfaitement que sa famille… Il ne peut pas dire la fin de la phrase, alors il soupire avant de reprendre : Où comptez-vous l'emmener ; que comptez-vous en faire ? nous ne le laisserons pas partir, s'insurge-t-il.

Cependant les représentants de l'autorité espagnole ne désarment pas. Ils tentent de les impressionner : Le gamin est espagnol ; il a été choisi par le gouvernement de notre Caudillo qui, dans sa bonté, tient à lui offrir une éducation espagnole ; il n'y a rien d'illégal dans la démarche ; vous devez nous le remettre.

Il n'en est pas question, s'obstine le père.

Les autorités françaises, que nous avons consultées, sont favorables à ce rapatriement, fait valoir le délégué du Service extérieur.

Celui-ci dit sans doute vrai, en ce mois de septembre 1940, les choses ont bien changé en France. Le maréchal qui refait surface à la tête du pays est le même qui l'année précédente a été chargé de renouer des liens avec les pourfendeurs de la République espagnole. La famille d'accueil est faite d'un autre bois. Ils ne lâchent pas prise, continuent de résister : Ce sont ses parents qui nous l'ont confié, en toute légalité, selon la loi qui fixe en France le droit à l'asile politique, explique la mère. Eux seuls peuvent le réclamer, mettre fin à son séjour chez nous, argumente le père ; notre décision est prise, elle est irrévocable, nous ne le remettrons qu'en main propre à sa mère, à son père, vous savez très bien que… La mère renchérit, conclut du fond de son amertume : Cela n'arrivera jamais, par la faute des vôtres, monsieur le délégué, n'insistez plus.

Dans quatre-vingt-dix-neuf pour cent des cas, les familles européennes qui ont recueilli des enfants espagnols refusent de les livrer aux autorités franquistes. Les rapatriements « légaux » ne rencontrent aucun succès.

Après leur échec auprès de la famille d'accueil de Peio, les services espagnols font mine de renoncer à leur projet, du moins en suivant la voie légale, ils remettent l'affaire entre les mains des agents du consulat d'Espagne, seuls habilités à reprendre le dossier en main. Peio continue de se rendre au collège de Narbonne. Un après-midi, alors que, après les cours, il marche dans la rue avec plusieurs de ses camarades, une Renault noire, avançant au ralenti, vient se garer le long du trottoir, à plusieurs mètres devant les collégiens. Sur le moment, il ne se passe rien de particulier, puis lorsque le groupe arrive à hauteur du véhicule, les portières s'ouvrent de conserve, les quatre occupants se jettent sur les gamins. Tandis que deux d'entre eux maîtrisent Peio, les deux autres projettent les collégiens à terre, les immobilisant à distance. Ils ramassent le cartable du jeune Espagnol traînant sur le trottoir, puis regagnent les places avant du véhicule. Les deux autres agents se sont installés à l'arrière, emprisonnant les poignets, les chevilles de Peio qui bientôt ne se débat plus. Les portières claquent. Le véhicule s'éloigne. Les choses se passent si vite que lorsque la mercière se met à hurler devant sa boutique où vient de se dérouler la scène, il ne reste d'autre trace du drame que deux gamins éberlués, sans voix, en train de ramasser leur cartable, de se recoiffer en arrière à partir du front. La Renault quitte la ville, prend la direction du sud. Les hommes du Service extérieur de la Phalange lient les poignets du jeune Peio, gisant de tout son long sur le tapis de sol de la voiture. Le passage de la frontière espagnole ne posera aucun problème particulier.

Les fonctionnaires français qui, moyennant un arrangement, n'hésitent pas à régler ce genre d'incident de façon expéditive ont été repérés de longue date par les Espagnols, qui ont par la suite mis un point d'honneur à utiliser ces citoyens peu ordinaires.

Une fois passée la frontière du Perthus, on conduit Peio dans un train en partance pour Bilbao, où l'on a décidé de regrouper tous les jeunes rapatriés basques. Les fascistes prétendent que ces gamins sont les seuls à se comporter correctement, à pratiquer la religion, contrairement à ceux des provinces de Santander, des Asturies aussi, qui sont de vrais fauves à l'image de leurs parents.

Les autorités espagnoles ont projeté d'organiser une réception exceptionnelle à l'intention de tous les gamins d'origine basque. Par la suite, on offre à plusieurs d'entre eux, parmi lesquels Peio, la possibilité de suivre des études de théologie. Placés dans les écoles catholiques de l'Opus Dei, certains deviennent prêtres, quelques années plus tard.

C'est ainsi que, en 1947, Peio fait le double vœu de célibat, ainsi que de fidélité à Dieu, puis est ordonné prêtre. Il est chargé d'assister le curé d'une paroisse située au Pays basque, assez loin du village d'Ondarroa qui l'a vu naître. Comme il l'a sans doute prévu, le régime auquel il est soumis comme vicaire de ce curé se révèle plutôt délétère. La mission pastorale est le plus souvent réduite, parfois carrément nulle. Elle se borne à organiser la délation. On signale, tous azimuts, aussi bien les villageois réfractaires à la messe dominicale, aux vêpres, ceux qui blasphèment, que ceux dont on découvre l'engagement politique clandestin grâce aux confidences savamment arrachées en confession à certains membres faibles, influençables surtout, de la communauté : les vieilles bigotes soi-disant apolitiques, les enfants à qui, sous le couvert d'une mission purificatrice, on fait habilement restituer les conversations privées pendant le repas.

Faut-il encore se demander d'où vient le silence des Espagnols ? On l'a perfusé à plusieurs générations d'entre eux, il a fini par se calcifier dans leurs veines.

Soumis à un tel régime de perversion, découvrant que l'arrestation de ses parents est due à un tumultueux ruisseau d'indiscrétions, prenant sa source dans le profond bénitier en marbre de l'église, Peio ne résiste pas, il songe à renoncer à sa prêtrise. Cependant les choses ne sont pas si simples, la curie ne lui permettra pas de mettre son renoncement à exécution sans fournir d'explication sur la vigueur de sa foi, ainsi que sur la nature, sur la force de son engagement politique. Pour les supérieurs de Peio, servir Dieu c'est servir le Caudillo, servir Franco c'est encore servir Dieu, le Grand Caudillo de l'univers, qui tout comme l'éminent Caudillo ibérique sait se montrer juste, bon, implacable si le ciel l'exige.

Fort de ces éléments, en ce début du mois de mai 1948, Peio prend place dans un véhicule de la résistance intérieure au régime franquiste pour rejoindre la clandestinité en passant de l'ouest à l'est de la péninsule, afin d'atteindre Barcelone, puis Gérone où, après avoir établi le contact avec le Parti local, on lui indique la ferme de Mateo qui lui permet de s'organiser, pendant les premières semaines de sa nouvelle existence.

GLORIA

Lotus

Mai 1948

Un dimanche d'après guerre civile, une messe de première communion, destinée aux fillettes du village, se donne en l'église Santa María de Castelldefels, à quelques kilomètres au sud de Barcelone. Gloria est une des jeunes communiantes qui, tout habillées de blanc, coiffées d'une couronne de fleurs de tulle à laquelle est fixé un voile diaphane, se sont rangées à genoux devant le chœur où officie le curé de la paroisse, épaulé par plusieurs très jeunes aides. La musique de l'orgue est caverneuse, profonde, enveloppante, à la limite du lugubre, sans doute de la mort, en tout cas de la menace, de l'épouvante. On entend, comme venu d'un lointain firmament, le murmure du prêtre rabâchant à l'infini son : *Corpus Domini nostri Jesu Christi custodiat animam meam in vitam aeternam. Amen.* Toutes les fois qu'il laisse flotter sa promesse de vie éternelle, en accord avec le dogme de la transsubstantiation, il tend une hostie consacrée devant la bouche entrouverte, plus exactement entrebâillée, la langue à demi tirée des premières communiantes ayant reçu la consigne de répéter: Amen. Puis pour recommandation de ne surtout pas mâchouiller le saint corps du Christ. Une fois posée sur leur langue, elles doivent laisser fondre l'hostie sacralisée, agenouillées sur un des prie-Dieu qui leur ont été affectés afin de méditer, mains jointes, à propos de la nouvelle vie de chrétienne, catholique, romaine, qui les attend, grâce à laquelle elles sauveront sans doute leur âme pour les siècles des siècles.

En cette année quarante-huit, les résidences secondaires pullulent déjà autour du petit village de Castelldefels. De nombreuses familles aisées de Barcelone, appartenant à la nouvelle bourgeoisie, à la sphère du pouvoir franquiste, ce qui revient presque toujours au même, s'y font construire ce qu'elles appellent une *torre*, autrement dit une de ces villas cossues n'ayant de tour que le nom dont avec prétention elles sont affublées. C'est tout naturellement que les propriétaires viennent célébrer les fêtes, les événements importants, dans leur tout nouveau repaire de villégiature: communions, mariages, fête nationale, de l'hispanité, autrement dit de la conquête, sacrements de toutes sortes, y compris simples, tumultueux, rarement tranquilles, conseils de famille.

En cette fin de semaine du mois de mai, on a

dressé dans le jardin de la villa appartenant à la famille Fortuna une longue table, composée de tréteaux, de planches, recouvertes de plusieurs nappes, disposées bout à bout, où doit se dérouler le banquet qui suivra la première communion de Gloria, la fille cadette de la maison bientôt âgée de neuf ans.

La messe à peine finie, Hector Fortuna, le chef de famille, mène tambour battant l'ensemble des opérations de convoyage jusqu'à la villa. C'est un psychiatre reconnu par le régime, aussi par Franco en personne qui, l'ayant pris sous sa protection, lui a permis, après l'avoir placé sous la tutelle de l'Académie de santé militaire, de réaliser quelques expériences de son cru.

Toi, tu rentres à la maison avec Gloria pour accueillir les invités, régenter les domestiques, ordonne le psychiatre à son épouse Eleonor; moi j'attends avec Severo que le père Salami se change; nous le conduirons nous-mêmes à la villa.

Severo est le descendant mâle du couple Fortuna, de quatre ans l'aîné de sa sœur Gloria. Sa mère, Eleonor Mole Lobon, a eu toutes les peines du monde à expulser le garçon de ses entrailles chrétiennes, elle a même failli y laisser la peau. Il s'en est fallu d'un cheveu qu'elle y passe. Pendant l'accouchement, le travail s'est révélé anormalement long, s'est ensuivie une hémorragie post-partum qui l'a laissée exsangue. Désespérant de la sauver, les médecins ont eux-mêmes été étonnés qu'elle réussisse à surmonter l'épreuve. Elle a par la suite enduré une asthénie chronique, qui la martyrise toujours, l'empêchant d'avoir un nouvel enfant. Elle a prématurément vieilli, porte ses trente-neuf ans comme un fardeau impossible, une croix qu'elle trouve aussi encombrante, lourde, qu'imméritée.

Les ordres qu'elle donne aux gens de maison sont vagues, mous, sans réelle consistance, souvent dépourvus de cohérence. Victoria, la régisseuse de la villa, a fort à faire pour interpréter les désirs que sa maîtresse ne parvient pas à énoncer, cherchant dans ses pensées comme dans le fourbi du tiroir de sa table de nuit.

Sa belle-sœur Laura l'appelle en secret *el besugo*, la daurade, à cause de ses grands yeux écarquillés devant la haute montagne que représente pour elle la plus infime tâche, également à cause de son air inattentif, niais, autre définition familière du mot *besugo*. Son regard, l'iris mobile, noir, renversé en arrière, disparaissant à demi sous l'épaisseur de la colline arrondie de sa paupière, traduit une telle détresse béate, une telle incrédulité chronique devant le monde, les individus, qu'en la croisant dans les rues de la ville, si elle a réussi à obtenir l'autorisation de son mari pour quitter toute seule la maison, on peut tout à fait la prendre pour une apparition ingénue venue d'un lointain au-delà, sans doute préchrétien, néanmoins christique en ces années de dictature.

Le père Angel Salami sort enfin de l'église en empruntant la porte étroite, minuscule, de la sacristie. Il doit baisser la tête pour ne pas se heurter le front contre l'imposant linteau de chêne. Il a les mâchoires généreusement prognathes, semblant figées dans une moue qui fait disparaître, derrière les bourrelets de son visage aux muscles relâchés, ses deux lèvres millimétriques dans un baiser imaginaire décharné, froid. D'une apparence cependant timide, le curé s'applique à combattre cette infirmité en sirotant les phrases, en prenant le temps de les faire glisser sous la voûte de son palais, ce qui entraîne un chuintement d'artiste ventriloque. L'air mielleux qu'il arbore se prolonge par un sourire équivoque, évoquant une lubricité que souligne sa façon bien à lui d'écarquiller les yeux. C'est ainsi qu'il parvient à donner à ses paroissiens l'illusion d'une inflexibilité réelle, quoiqu'elle soit simple chimère. Si l'on observe que l'épiderme est presque translucide, roséolé, peut-être d'avoir traîné dans les recoins sombres, humides, insalubres du confessionnal, que le visage rougit davantage à chaque syllabe proférée par le curé en passant la main dans sa chevelure clairsemée, bibliquement blanche, on a devant soi la représentation allégorique d'un personnage embrigadé à l'Opus Dei.

Père Salami, mon cher Angel, lance Hector Fortuna à l'adresse du prêtre qui porte sa main en visière pour se protéger du soleil plombant ; nous sommes ici ; nous t'attendions, avec Severo ; je vais te conduire jusqu'à la villa dans ma nouvelle voiture. C'est très aimable à toi, mon fils, apprécie tout de suite le curé sur un ton doucereux. Installe-toi à mes côtés, reprend le psychiatre en ouvrant la portière de la Citroën. Une traction avant 11 CV flambant neuve, aux chromes rutilants, dont la bande blanche des pneus semble avoir été brossée au Colgate fraîcheur. La silhouette plutôt élancée du prêtre s'engouffre dans le véhicule, tandis que Severo prend place sur la banquette arrière sous l'œil attentif de son père. Puis l'automobile démarre, gagne la route de la plage en direction de la villa familiale, en soulevant un nuage de craie.

Gloria est devenue une vraie jeune fille, mon cher Hector ; tu vas devoir la surveiller de près ; je ne voudrais pas que… ce-que-tu-sais, dit-il de façon plus ridicule que mystérieuse en tournant la tête vers Severo, puis en adressant un de ses fameux sourires sulfureux au psychiatre ; je ne voudrais pas que… ce-que-tu-sais, insiste-t-il, fier de sa trouvaille, sorte du cocon malfaisant que nous avons jadis exorcisé. Ne crains rien, mon père ; l'éducation que nous nous sommes, grâce à Dieu, à ton aide également, efforcés de lui donner a réussi à plonger pour toujours dans l'oubli… ce-que-tu-sais, s'amuse le psychiatre ; la peste rouge, balance-t-il tout à trac, en débrayant pour faire vrombir le moteur de la Traction, il veut éviter que Severo n'entende.

Le garçon n'écoute pas son père, encore moins le curé. Se laissant bercer dans l'univers de sa passion, ayant gommé de sa pensée les adultes qui se trouvent dans la Citroën, il tente d'effectuer sur la banquette arrière une figure de ballet moderne dans laquelle il se soulève sur les mains en maintenant les jambes croisées, tandis que chaque pied retourné est ramené sur la cuisse opposée, dans la position devenue aujourd'hui archiconnue du lotus. Il s'imagine sur la scène du Liceo, en train d'interpréter une chorégraphie nô de sa composition. Il se contente d'habiter son désir, son rêve, il ne se soucie pas du monde autour de lui, veut ignorer ceux qui l'habitent.

Nous voilà arrivés, Angel, lance le psychiatre tandis que la voiture s'engage dans une allée étroite menant à la grille du parc qui entoure la villa. Deux gardes civils sans uniforme, dont la veste forme une bosse à l'endroit où l'on range d'ordinaire le portefeuille, surveillent l'entrée des invités. Ils saluent Hector Fortuna, puis le père Salami, en soulevant leur bras tendu, main ouverte en avant, comme s'adressant au soleil, genre hitlérien du Sud.

Le curé est émerveillé : Bel endroit, Hector.

Joli, vraiment ; on peut dire que tu réussis tout ce que tu entreprends ; notre Dieu est avec toi, cher ami ; le Seigneur prend soin de ta personne.

C'est à Severo que le psychiatre adresse sa réponse : Qu'est-ce qu'il fait celui-ci ? tu auras bientôt fini, oui, lance-t-il à son fils ; regarde-moi ça, poursuit-il à l'adresse du curé ; il exécute des acrobaties toute la sainte journée ; sais-tu ce que j'ai réussi à faire avouer à cette espèce d'impénitent ? je me demande parfois s'il mérite vraiment d'être mon fils, murmure-t-il en lui lançant un regard épais ; sais-tu ce qu'il m'a avoué pas plus tard que ce matin, juste avant de partir pour la messe ? eh bien, monsieur veut devenir danseur ; je crois que ce gosse est égaré ; ce n'est plus un morveux tout de même ; il aura treize ans dans à peine cinq mois ; danseur ! tu peux imaginer ça, toi, mon père ? avoir un enfant de chœur danseur ? demande-t-il en roulant des yeux de haine ; je crois que si son travail à l'école n'était pas si parfait, je l'aurais déjà…

Il n'a pas la possibilité de finir la phrase. Surpris par Gloria, qui surgit en courant depuis les tréteaux formant la table du banquet, Hector Fortuna lance un violent coup de frein qui fait crisser les pneus du véhicule sur les graviers, projetant le visage de Severo sur le dossier du siège où est installé le père Salami. Le jeune garçon chute ensuite sur le plancher de la voiture, les quatre fers en l'air, sur le tapis de sol en caoutchouc noir. Il commence à saigner du nez. Gloria, je t'ai déjà dit de ne pas te précipiter vers la voiture tant que je ne suis pas complètement arrêté, moteur coupé ; j'aurais pu te renverser, nom de…, hurle Hector Fortuna qui a passé la tête par la vitre de la Citroën. La première communiante éclate de rire : Désolée, lance-t-elle à la façon d'une interjection.

Toujours vêtue de sa robe blanche, les cheveux défaits après avoir ôté le voile de tulle, la couronne de fleurs, elle s'approche de la portière. Elle découvre l'aspirant chorégraphe en train de se redresser tant bien que mal, le regard incrédule, les yeux exorbités, blancs, ne comprenant pas ce qui vient de lui tomber dessus : Severo, tu saignes ! s'effraie Gloria en apercevant son frère qui, grimaçant, se passe la langue sur la lèvre supérieure pour aspirer le sang lui coulant d'une narine, comme un gel dense, rapidement noirci.

Sans réfléchir, sans jeter un regard sur son père, Gloria ouvre la portière arrière de la Traction, tire un mouchoir en fil brodé de l'aumônière qui se balance encore autour de son poignet, puis tamponne le nez de Severo comme l'aurait fait une mère pour son enfant accidenté.

Sans se soucier de Severo, apercevant dans le rétroviseur une 203 Peugeot décapotable de couleur crème en train de passer la grille, Hector Fortuna peste : Monte, ne reste pas là, je vais garer la voiture ; tu vois bien qu'on bloque tout le monde ! il va y avoir la queue jusqu'à la route.

Redémarrant, il ajoute à l'adresse d'Angel Salami, qui lui non plus n'a pas eu la présence d'esprit de porter secours au jeune blessé : Quand Laura découvrira le gamin dans cet état, elle va nous faire son numéro habituel de nourrice inconsolable ; elle est capable de nous foutre la fête en l'air ; oh, pardon, Angel... de nous gâcher la cérémonie ; de quoi se mêle-t-elle aussi ?

Le curé ricane, transpire d'aise : Toi qui ne crains personne, les mécréants, les sauvages, les Rouges, tu as toujours eu une peur bleue de ta sœur, mon pauvre Hector ; à t'entendre, cette femme aurait le pouvoir de mettre à mal notre vénérable national-catholicisme, la grande pierre fondatrice de la très sainte hispanité.

Cette femme est pire que tous les Rouges réunis, mon père, plus mauvaise qu'un sauvage, même qu'un mécréant, plus nuisible qu'un révolutionnaire, cette femme c'est Bakounine ressuscité, Angel.

En voyant Laura s'approcher à longues enjambées, il avale bruyamment sa salive : Je n'aurais jamais dû intervenir en sa faveur, poursuit-il ; ça a déjà failli me coûter l'estime de la hiérarchie ; j'aurais très bien pu être renvoyé du Cabinet de recherches psychologiques, y compris de l'Académie de santé militaire ; j'aurais tout à fait pu perdre mes privilèges de scientifique, d'expert, que sais-je d'autre encore, dit-il en coupant le moteur de la voiture.

Il n'a pas le loisir de continuer la conversation, Laura, qui a repéré la scène de loin, la façon dont le gamin saigne, le peu d'attention que lui porte le couple psychiatre-curé, se précipite sur la portière arrière du véhicule, prend Severo dans ses bras malgré l'âge, le poids surtout, commence à le bercer comme un nouveau-né tout en lançant des regards assassins au psychiatre qui se contente d'observer sa sœur d'un œil professionnel, plein de sous-entendus, de soupçons, en train d'emporter le gamin en direction de la villa.

Le sang ne coule plus, le mouchoir de Gloria, brodé de plusieurs lignes de jours, s'est teinté de pourpre sans laisser un coin par où saisir le tissu pour éviter de se rougir les doigts : Tu ne méritais pas d'atterrir dans cette famille, dit Laura à la première communiante ; même leur garçon, ils ne l'aiment pas, alors toi… je te plains mille fois. Elle lance un regard de défi à son frère puis au curé qui, trop loin à présent, le dos tourné, ne peuvent l'entendre, l'apercevoir non plus : Ces deux-là regardent les individus comme on observe les bêtes : le curé, les agneaux de Dieu ; mon frère, les bouquetins du diable ; ça me dégoûte ! conclut-elle en faisant mine de cracher sur les dalles du perron.

Les deux hommes sont autour de la Citroën, en train de fermer les portières. Imprudent, Fortuna persiste sur le même registre : Observe-la bien, mon père, elle vitupère contre nous ; elle croit que je ne la vois pas ; j'imagine les folies insanes qu'elle rumine ; ce n'est pas difficile à concevoir ; je vais devoir nous protéger de cet énergumène ; elle est tout à fait capable de nous ruiner la fête.

Mon cher Hector, je le regrette, elle ne ruinera pas la mienne ; en ce qui me concerne, je n'ai besoin d'autre protection que celle de Dieu, réplique le curé qui observe le psychiatre avec un sourire équivoque, déformant le côté gauche de son visage. Son regard devient inquiétant, un tantinet lubrique, tandis qu'il passe sa main rosée, légèrement translucide, dans sa chevelure neigeuse : La solidarité, y compris la solidarité familiale, a ses limites, mon cher Hector ; sans doute te faudra-t-il prendre des dispositions envers Laura, même s'il s'agit de ta sœur ; en haut lieu, on n'a jamais manifesté de condescendance envers les membres d'aucune famille, crois-moi ; d'ailleurs tu le sais parfaitement, mon cher Fortuna ; notre Caudillo lui-même a su faire le sacrifice de son frère, de tant d'autres aussi, parents, amis ; il s'est efforcé de penser d'abord, avant celui de ses proches, à l'intérêt de notre catholique, de notre sainte patrie ; tu le sais parfaitement, mon vieux !

Le psychiatre ne voit plus très bien quelle attitude adopter. Il hésite un instant, entreprend de parler, puis se tait avant de répondre : Bien sûr, Angel, notre excellentissime Caudillo, on se souvient de l'accident de son frère Ramón, l'aviateur ; tu ne veux pas dire que…

La peau de son crâne se froisse, se plisse en un océan de vaguelettes mobiles sous ses cheveux coiffés en brosse rase. Le curé ne lui laisse pas le loisir de finir sa phrase : Je dis ce que je dis, docteur Fortuna ; je sais que tu comprends à demimot le fond de ce que je dis ; voudrais-tu plus de lumière ?

Angel, je ne peux pas, je n'ose même pas imaginer ce à quoi tu penses, murmure le psychiatre en secouant sa large carrure de lutteur, en saisissant son imposant appendice nasal en pied de marmite dans son poing droit bien refermé. Il sait que l'attitude de sa sœur peut lui coûter son poste. Laura ne prend aucun type de précaution devant quiconque, encore moins devant le père Angel Salami. Ce ne serait pourtant pas le premier curé à aller dénoncer un ami à sa hiérarchie séculière, à le détruire en même temps qu'il détruit sa famille.

Pris d'un tic qui lui fait battre des paupières, le psychiatre combine une sorte de rire maladroit à une toux nerveuse, sans parvenir à maîtriser son malaise qui ne passe pas, puis il finit par essayer la plaisanterie : En réalité, Laura est un ange ; elle cache son jeu ; un ange provocateur, certes ; ce qu'il y a de sûr, c'est que les anges ne sont jamais rouges, continue-t-il à blaguer en prenant le curé par le bras, en l'entraînant dans le parc de la propriété : Par ici, mon père, par ici, je voudrais te montrer une chose ; tu es toujours passionné par les plantes, n'est-ce pas ?

Il le conduit dans un endroit ensoleillé du parc où, malgré la sécheresse de la région, l'eau semble sourdre de la terre, apportant de la fraîcheur au paysage : Un flamboyant ! s'émerveille le curé en découvrant l'arbre fleuri.

Hector Fortuna poétise en se passant la main sur la tête : Un flamboyant bleuté, l'arbre aux mille légendes. Le père Angel n'y croit pas encore : Ils sont plutôt rares par ici, autrement dit, un jacaranda, traduit le curé ; où as-tu déniché ça, Hector ? c'est une merveille ; l'arbre s'est parfaitement acclimaté dans ce coin du parc…

C'est incroyable ! C'est un miracle, risque Fortuna ; enfin… presque un miracle.

Le curé n'a aucun humour : Ne blasphème pas, mon fils ; je te l'ai déjà dit, tu réussis tout ce que tu entreprends, Hector ; Dieu est avec toi, cher ami, cela ne fait aucun doute, cependant suis mon conseil, garde-toi de le provoquer.

Laura est restée à observer les deux hommes depuis le vaste perron de l'entrée de la villa :

Gloria, entrons à la maison ; je n'en peux plus ; Severo est devenu trop lourd pour moi, fait-elle en soupesant le garçon qui s'est blotti dans ses bras.

Gloria s'approche pour examiner les paupières closes de son frère : Il s'est endormi ? demande Laura en lançant un clin d'œil complice à sa nièce.

Je crois bien, joue Gloria.

Poursuivant le jeu, Laura pénètre en silence dans le vaste séjour pour coucher Severo dans le canapé en box noir, placé devant la grande cheminée éteinte, sentant bon la suie humide du bord de mer.

Étrange-fruit

Mai 1948

Je t'ai vue faire cette nuit, lance la mère supérieure sur un ton menaçant. La jeune fille sait qu'il est à ce moment précis indispensable, vital, de se taire : Je ne répondrai pas, se répète-t-elle dans sa tête. Elle ne se trompe pas. Dans sa situation toute parole serait une insolence. Mère Monica crache à nouveau sa haine : Pas seulement cette nuit ; je t'ai aussi vu faire toutes ces nuits ; pour toi, c'est l'Éden lorsque les autres vermines se reposent ; tu préférerais peut-être une cellule individuelle pour t'appliquer à tes saletés, hein ! que dirais-tu si je m'arrangeais pour t'obtenir une cellule où tu vivrais seule avec tes nouveaux vices, comme cette nuit ? La jeune fille tient bon : Je ne répondrai pas ; mes yeux me brûlent, je retiens mes larmes, se dit-elle en se mordant la lèvre inférieure, puis en baissant les yeux en signe de soumission. Elle a raison, avec mère Monica, gare à celle qui se laisse aller à tenir tête : En réalité, je te vois faire depuis plusieurs semaines; plus les jours passent, plus ton corps te travaille, n'est-ce pas? j'en ai connu beaucoup des vicieuses comme toi, elles n'ont jamais su résister à l'appel de la chair, insiste la religieuse en se plantant devant la jeune fille, en appuyant des deux mains sur ses épaules pour l'obliger à s'asseoir sur la chaise devant laquelle elle est debout, le regard posé dans le vide, droit, loin, à l'infini devant elle, à travers les murs gris de la minuscule cellule.

La supérieure du couvent, qui gère d'une main d'acier son établissement, s'est arrangée pour convoquer la jeune fille sans témoin, dans une cellule d'isolement, toujours prête à être utilisée si quelque détenue rebelle, plus difficile qu'une autre, devait donner du fil à retordre. Elle a rabattu son bonnet blanc ainsi que sa cornette sur l'arrière. On peut apercevoir les longues boucles blondes d'une chevelure d'ordinaire maltraitée, lorsque l'habit les écrase, les aplatissant sur le crâne. Une chevelure dorée qui est en elle-même mensonge, par conséquent péché, puisque les religieuses de ce couvent se sont toujours vantées d'avoir rasé leurs cheveux: En signe de pénitence, pour être agréables à Notre Seigneur Dieu, disent-elles.

Pourquoi ne me réponds-tu pas? demande la supérieure; tu as perdu la langue? tire-la un peu, que je vérifie.

Après que la jeune fille a tendu l'extrémité

de sa langue entre ses lèvres entrouvertes, mère Monica la lui saisit en la pinçant entre ses doigts, l'index, le pouce : Je savais bien que tu ne l'avais pas perdue, siffle-t-elle en maintenant les ongles plantés dans le muscle.

La jeune prisonnière résiste un moment. Ses yeux gonflent sous la pression des larmes, ne les libèrent pas. Elle demeure silencieuse, pressentant ce qui va arriver. Terrifiée à cette idée, elle ne bouge pas. Ce serait pire. Elle le sait. Elle attend, immobile, suce le sang de sa langue, qui cesse de couler. Les brutalités ne l'impressionnent plus. À treize ans, elle a déjà une expérience de la douleur qui lui a permis de surmonter les sévices que les bonnes sœurs s'ingénient à raffiner, d'une certaine façon, à mettre au goût du jour, cependant on ne l'a jamais entreprise sur le terrain qu'a abordé ce jour-là la mère supérieure, les toutes nouvelles transformations de son corps d'adolescente.

Montre-moi comment tu te caresses la poitrine, la nuit ; montre-moi ça ; montre-moi comment tu fais après que les autres se sont endormies. La jeune fille reste immobile, n'obéit pas. La première gifle qu'elle reçoit sur la tempe lui voile la vue, comme un rideau de tulle descendu devant ses yeux. La deuxième imprime l'alliance de la supérieure sur sa joue. N'ayant d'autre recours que de s'exécuter, elle porte ses deux mains à hauteur de sa poitrine, sur sa chemise de coton gris élimée au col, aux poignets. Elle commence à se masser les seins, la honte la submerge, le monde bascule, s'écroule, s'écrase sur sa tête. Ses caresses sont mécaniques, forcées, dénuées de toute conviction, comme un geste clinique.

Ce n'est pas du tout ainsi que tu t'y prends, lorsque tu es toute seule, enfermée dans la cellule avec les autres, peste la supérieure.

Saisissant le col de la chemise à deux mains, elle écarte ses bras pour faire céder les boutonnières sur toute la longueur du vêtement. Plusieurs boutons rebondissent en cliquetant sur le sol cimenté du cachot. On voit apparaître la fine, trop large, brassière de coton blanc de la jeune fille, dernier rempart avant que sa poitrine n'apparaisse nue.

La religieuse se retourne, face contre un mur de la cellule, sur un ton qui n'est que pure exaspération avant la colère, elle se met à hurler : Je n'ai pas l'intention d'attendre plus longtemps ; il faut que tu te décides, sinon tu finiras comme ta chienne de mère ; souviens-toi de ça ; elle non plus ne voulait pas, elle ne voulait jamais, on n'arrivait à rien avec elle ; un jour les gardes civils sont venus la chercher pour l'exécuter parce qu'elle avait fait la pute avec ton Rouge de père ; elle refusait de remettre ça avec eux ; aujourd'hui, il ne reste plus que toi, Étrange-fruit, tu es seule dans ce monde qui t'ignore.

Comprenant que la menace est sérieuse, la

jeune fille se soumet. Le regard meurtri, elle porte ses mains en éventail sur sa poitrine, par-dessus la brassière qui crisse, se froisse en mille plis, elle entreprend de se caresser un sein de la même façon qu'il lui arrive de le faire pour explorer son nouveau corps qui mute.

L'horreur est plus forte, elle ne sent pas, ainsi que d'autres fois, son être se raffermir, aucun frisson ne la parcourt comme dans l'intimité, descendant le long des zones tendres du cou, dévalant bien en deçà du buste. Elle ferme les yeux pour s'abstraire.

Je veux voir, entend-elle ; je veux tout voir ; je veux absolument tout voir de toi ; je ne supporte pas de t'observer en train de jouer cette comédie ridicule.

Les yeux fermés, elle reçoit un coup par-derrière qui la fait chanceler de la chaise où elle s'est presque affalée tandis que ses caresses lui refusent les sentiers d'un inaccessible oubli. Étendue sur le sol, ouvrant grand les yeux, elle aperçoit les chaussures plates de la mère supérieure, ne voit pas arriver l'agression lorsque les brodequins bas de la religieuse, solides boucles en laiton sur toute la longueur du cou-de-pied, se plantent à trois reprises dans son ventre.

Recroquevillée par la douleur, la jeune fille perçoit le pas rythmé de sœur Catalina surgissant soudain, lançant de sa voix fluette, entrecoupée de petits rires nerveux : J'ai l'impression que vous avez besoin d'aide, ma mère ; cette gamine n'a jamais été une prisonnière docile ; c'est une sacrée saleté ; je me suis dit que vous apprécieriez sans doute que je vinsse vous prêter main-forte, conclut-elle en polissant son langage de façon grotesque.

Vous tombez bien, sœur Catalina ; nous allons transporter cette satanée nymphette jusqu'à ma cellule ; je ne supporte plus la crasse de ce cachot.

La cellule de la mère supérieure se trouve, juste au-dessus du réfectoire, dans le même corps de bâtiment que les cellules des autres sœurs, loin des cellules des détenues.

Dans ce couvent, le mot cellule n'a pas la même signification pour toutes les pensionnaires, le mot pensionnaire non plus.

Les deux religieuses se penchent sur la jeune prisonnière, lui prennent chacune un bras, puis la forcent à se relever pour l'encadrer, la traîner sur les dalles du cloître, les tommettes des couloirs, jusqu'à une cellule austère du strict point de vue des sœurs, qui, vu le dénuement de la sienne, fait l'effet à la jeune fille d'une grotte merveilleusement garnie.

Après avoir refermé la lourde porte de chêne, sœur Catalina jette la jeune fille sans ménagement sur la paillasse de la mère supérieure.

Elle prend sans délai l'initiative : Retire ta chemise, ta brassière aussi, espèce de dévergondée ! ordonne-t-elle d'une voix de cristal.

Ne laissant pas le temps à la jeune fille de finir de se déshabiller, elle tire sur les bretelles de sa brassière, les lui arrache en poussant un ricanement convulsif. Ensuite, devenant de plus en plus violente tandis que la tension durcit, elle finit de la dévêtir jusqu'à la taille en la rouant de gifles, de coups qui cinglent : Fini de plaisanter, petite m'as-tu-vu, lance-t-elle tout à trac ; qu'est-ce que je découvre ? regardez-moi un peu ça ; admirez la superbe poitrine que cette cachottière voulait garder pour elle, ma mère ; parfaitement ferme avec ça ! il suffirait d'un seul mot de vous pour que j'y déposasse mes lèvres, siffle-t-elle en arrondissant ses tournures. Puis elle pince les mamelons du bout de ses doigts, soupèse les seins gonflés de la jeune fille à pleines paumes. Assise sur le bord du lit, la jeune fille ne parvient plus à retenir ses larmes. Sœur Catalina s'amuse de son désarroi, profite de la situation : Regardez, ma mère, je n'aurais jamais imaginé que cette effrontée pût avoir du sentiment.

Puis elle s'adresse à nouveau à la jeune fille : On ne pleure pas quand on a une aussi jolie poitrine, roucoule la voix flûtée de la bonne sœur. Elle approche ses lèvres des seins de sa victime, les embrasse l'un après l'autre, s'enhardit à pincer les mamelons entre ses incisives.

Vous êtes incorrigible, sœur Catalina ; rangez au moins votre croix, lance la mère supérieure en retirant la sienne, suspendue autour de son cou.

Elle défait la ceinture de cuir qui serre sa robe talaire, à laquelle est accroché un long rosaire en grosses perles de buis. Elle cache le chapelet dans un tiroir du secrétaire tenant lieu de coiffeuse, de table à tout faire. Puis, défaisant les boucles de ses brodequins, se déchausse en massant ses pieds enveloppés dans des mi-bas de laine blanche, couvrant chevilles, mollets jusque sous la jointure des genoux. La transpiration a laissé la marque noire des chaussures sur les talons. On peut apercevoir, à l'autre extrémité, l'image esquissée des orteils que la sueur a imprimée sur le tissu.

Elle se plante devant la prisonnière : Maintenant embrasse-moi les pieds, Étrange-fruit ; pour faire pénitence, lui ordonne-t-elle.

Comme Marie-Madeleine, glousse sœur Catalina. Prise d'un nouvel accès furieux, elle projette la jeune fille à genoux, poitrine dénudée, devant la supérieure. Tu as entendu ce que t'a ordonné mère Monica ? embrasse-lui les pieds, siffle-t-elle en la fouettant avec le rosaire qu'elle vient de décrocher à son tour de sa ceinture.

La jeune fille tombe à quatre pattes, tête baissée à ras des tommettes, elle frôle de ses lèvres les mi-bas repoussants de la mère supérieure : Ce n'est pas comme ça qu'on embrasse les pieds; mets-y du cœur; mets-y la langue; lèche-moi les pieds, s'enhardit à son tour mère Monica en prenant appui sur la poitrine à peine vallonnée de sœur Catalina pour retirer l'un après l'autre les mi-bas qui lui dérobent les sensations.

Elle n'en reste pas là, abandonnant cornette puis bonnet blancs amidonnés, en toute négligence sur le plateau du secrétaire, elle passe la main dans l'épaisseur de ses cheveux pour faire gonfler ses boucles blondes.

Sœur Catalina, qui ne laisse passer aucune occasion de se rendre utile, plonge à pleines mains dans la toison de la supérieure: Permettez-moi de vous aider, ma mère. Puis elle la lui démêle avec la brosse de ses doigts écartés.

Mère Monica se laisse faire par son acolyte féminin, tout en observant la jeune fille, dont les seins se balancent devant elle. Soumise, celle-ci s'est résignée à passer sa langue autour des orteils qu'on lui présente.

Remonte un peu, commande la supérieure en relevant le bas de sa robe.

Ma mère, laissez-moi vous aider, je vous prie, supplie sœur Catalina. Elle relève à son tour la robe de la supérieure, qu'elle retrousse jusqu'à la ceinture en lui caressant ouvertement les cuisses, puis continue sans discrétion sur le buste pour faire passer l'habit par-dessus la tête, comme une chaussette qu'on retourne.

Mère Monica gémit. En proie à un frisson céleste, elle décide cependant que ce n'est pas encore l'heure : Pour l'instant, on s'en tient là, Catalina, continuez à démêler mes cheveux, lance-t-elle alors que la bonne sœur, après avoir jeté l'habit de la religieuse sur le dossier de la chaise, a entrepris de poursuivre l'effeuillage.

Mère Monica est en sous-jupe blanche, coupée droit, elle porte un caraco que sa poitrine tend copieusement. Obéissant à sa supérieure, sœur Catalina reprend le démêlage de sa coiffure en laissant courir ses doigts jusque dans son dos, puis elle lisse les plis du caraco en s'attardant sur chacun des seins de sa complice qui grimace, se tortille tout en retroussant elle-même la sous-jupe.

Embrasse-moi plus haut, la pénitence n'en sera que grandie, lance-t-elle dans un souffle, tout son corps vibrant, n'en pouvant plus de désir.

Pour punir la jeune fille qu'elle aurait voulue plus docile, elle lui assène un nouveau coup par-derrière.

Accepteriez-vous que j'y misse mon grain de sel, ma mère, intervient sœur Catalina en choisissant de châtier son langage en même temps que sa victime ; voyez de quelle façon vous avez arrangé cette gamine !

Puis elle s'adresse à la jeune fille : Viens près de moi, je vais soigner tout ça. Joignant le geste aux mots, elle relève la jeune fille de terre, la prend dans ses bras pour la guider, l'asseoir sur le bord du lit sans cesser de comprimer la narine qui continue à saigner.

Vierge Marie, elle s'est arrangée pour me tacher l'habit, il ne manquait plus que ça, se plaint-elle en essuyant une longue traînée de sang sur le feston de sa cornette. Allonge-toi sur le dos ; voilà ; ainsi c'est bien mieux, fait-elle en forçant la jeune fille qui résiste à se coucher en travers du lit.

Une main comprimant toujours la narine de la prisonnière, elle lui retrousse la jupe de son autre main, l'immisce en force entre les cuisses crispées de sa proie dont elle tente de desserrer l'étau. Laisse-toi faire, proteste-t-elle, tout en écartant l'entrejambe renforcé de son épaisse culotte de coton pour dévoiler le temple intime de la jeune fille. Elle lève un instant les yeux au ciel.

Sœur Catalina, sœur Catalina, s'impatiente à plusieurs reprises la supérieure du couvent. Refrénant son élan, la sœur finit par se soumettre aux lois de la hiérarchie : À vous le privilège, mère Monica ; il ne serait pas correct qu'une autre que vous fût la première ; cette gamine ne demande que de la tendresse ; elle n'ignore point que vous savez vous montrer miséricordieuse.

À ces mots, la surprenante mère Monica laisse tomber la sous-jupe en accordéon à ses pieds, dévoilant une culotte longue, façon fin XIXe, fendue en son milieu, puis retire son caraco de coton, révélant sa poitrine que rien ne soutient. Ses gros seins tombants décrivent cependant un balancement harmonieux, aux lignes plutôt réussies.

Gourmande, délicate, mère Monica s'approche lentement. Elle prend son temps pour s'agenouiller devant la jeune fille dont sœur Catalina écarte toujours l'entrejambe de la culotte : Tu es enfin à moi, sourit-elle tandis qu'elle écarte davantage les cuisses de la prisonnière, avec ses deux mains, dans une singulière traction de tenaille inversée, pour se pencher au-dessus du jeune puits inviolé. À peine son souffle tiédit-il la margelle que la victime entreprend de se débattre, entravant ainsi le dessein de la religieuse restant sur sa soif.

Surprises, les bonnes sœurs échangent des regards perplexes. Refusant de s'avouer vaincue, sœur Catalina maintient les poignets de la prisonnière au-dessus de sa tête, tandis que la supérieure force les cuisses de sa proie, qui ne peut que soulever son ventre, hurler, se tordre de rage, de honte, de dégoût, alors que mère Monica puise en elle. Pendant ce temps, sœur Catalina lui obstrue la bouche avec le serpent de sa langue qui s'enroule, se détend, pique à plusieurs reprises dans les profondeurs de la gorge. Rien ne parvient à étancher les larmes de la jeune fille. Ne pouvant plus lutter, elle est forcée de se soumettre.

Elle entend le murmure rauque de mère Monica : Tu te donnes enfin, Étrange-fruit ; tu vois bien, Esther, qu'on peut s'abandonner.

Ce qui est devenu la longue torture d'Esther a cependant commencé d'agréable façon l'après-midi de la veille, ce samedi du mois de mai 1948, lorsqu'elle a entendu la grosse clé pivoter à l'intérieur de l'imposante serrure qui maintient la porte de la cellule fermée. Comme à l'habitude, la plupart des détenues sont couchées par terre, accroupies, avachies dans un coin.

On trouve là toutes sortes de représentantes de la gent féminine, repoussantes de crasse, de tout âge. Esther n'est pas la seule adolescente du groupe, il y a deux autres gamines un peu plus jeunes qu'elle, l'une a onze ans, l'autre presque treize. Il y a aussi de vieilles prostituées de soixante ans, peut-être plus. Certaines d'entre elles sont à moitié nues, rongées par la maladie, dévorées par les colonies de parasites. Il y a aussi des enfants en bas âge, faméliques, que les mères tentent de nourrir avec leur poitrine vide, définitivement flasque.

La veille, sous un prétexte quelconque, la mère supérieure a décidé de tirer Esther de cet enfer, de l'isoler dans le cachot d'habitude consacré à sanctionner les rebelles. On lui remet une brassière trop grande pour sa poitrine fraîchement formée, une culotte à élastique, très courte, volées chez une autre détenue, au moment de son arrivée au couvent-prison. La panoplie des religieuses ne compte que caracos droits, longues culottes fendues à trou-trou.

La mère supérieure lui fait ensuite apporter une bassine d'eau en émail blanc. Elle lui ordonne de passer les sous-vêtements propres lorsqu'elle aura fini sa toilette intime que sœur Catalina est chargée d'inspecter. Un peu plus tard, dans l'après-midi, après que cette dernière a vérifié la propreté de son corps, on lui sert un repas tout à fait convenable. On vient lui installer un châlit dans la cellule, quelque chose de plus agréable que tout ce qu'elle a connu jusqu'alors, pour passer la nuit.

Cependant, malgré le récent confort de sa couche, elle ne ferme pas l'œil. Elle est excitée par les circonstances presque paradisiaques qui font désormais d'elle une privilégiée, tout en se demandant par ailleurs si cela ne cache pas un enfer qui, bien entendu, ne tarde pas à se profiler. Jusqu'ici son jeune âge ne l'a pas épargnée. Elle a entendu parler de mises en scène du même genre, consistant à modifier brusquement le traitement d'une détenue pour la tranquilliser avant son exécution, pour qu'elle pense à autre chose, afin de permettre aux opérations de se dérouler dans de bonnes conditions, c'est-à-dire de tuer calmement, dans un parfait silence, éternellement continué.

Le lendemain, elle en est là de ses réflexions, lorsqu'elle voit apparaître mère Monica qui, après l'avoir interrogée sur sa nouvelle détention, en vient au sujet qui la préoccupe le plus : Je t'ai vue faire, cette nuit !

Le cabri de Damian

À la même heure, ce dimanche de 1948, le repas en l'honneur de la communion de Gloria vient de commencer dans le parc de la villa des Fortuna, à Castelldefels. La tablée compte une quarantaine de convives. Encadré par Hector Fortuna d'un côté, par Claudio Borreguil de l'autre — le chef de la garde civile, également ami intime de la famille, venu tout spécialement de Barcelone pour l'occasion —, le père Angel Salami est en train d'exposer à ces derniers une idée selon laquelle il n'y a plus aucun espoir de rapatrier les enfants que les familles républicaines ont envoyés à partir de 1937 dans toute l'Europe pour leur permettre de fuir les combats. L'homme d'Église qu'il est ne peut bien entendu pas l'exprimer de cette façon : Ceux-là sont perdus pour la patrie, dit-il plutôt ; génétiquement contaminés par leurs parents, ils sont eux-mêmes devenus identiques à ces pourritures marxistes que nous avons, bon an mal an, tenté d'éradiquer au mieux ; si, par extraordinaire, il s'en présente encore, je n'ose pas l'imaginer, il faudra continuer notre salutaire devoir de nettoyage, explique-t-il en se passant l'index, du nœud de la dernière phalange à l'extrémité de la phalangette, à ras du menton, en arc de cercle, sur la peau translucide de son cou. Zzzasss, siffle-t-il pour conclure son mime tranchant.

Alors que l'amphitryon du banquet commence à répondre à son ami prêtre, le lieutenant-colonel de la garde civile, caricature de sa caricature, à l'œil mauvais, lèvre supérieure vibrant sous le sang pulsé, plantée d'une moustache au poil rêche, humide de colère, de méchanceté, lui coupe net son élan pour lui voler la surenchère : C'est la raison pour laquelle je ne suis pas convaincu que nous ayons raison de tenter de rapatrier encore aujourd'hui tous les enfants de ces Rouges qui ont à l'époque fui en URSS ; ils doivent être à présent collectivisés jusqu'au manche du marteau, bolchévisés jusqu'à la pointe de la faucille ; nous-mêmes, opusdéistes que nous sommes, n'avons désormais aucune chance de leur transmettre les vraies valeurs, de les éduquer comme il se doit, répète plusieurs fois le lieutenant-colonel Claudio Borreguil en plantant ses yeux malfaisants sur l'horizon, comme s'il cherchait à atteindre Moscou de la seule intensité de son regard transperçant, violemment bleu.

Vous avez raison, Claudio, enchaîne le curé ;

d'une certaine façon, ceux-là ne font pas directement tort à notre régime christo-traditionaliste ; là-bas, c'est la propagande qui gouverne, c'est la haine de l'excellence, y compris de la famille ; ici, dans notre grand pays, libre, enfin uni, ils ne pourraient que nuire à notre religieuse, à notre séculaire hispanité ; nous serions à l'évidence forcés de… zzzasss ; comme nous l'avons fait avec les autres sans regret, comme nous le faisons encore lorsque cela se révèle nécessaire, ajoute le curé en remplaçant les phalanges de son index par sa lourde fourchette en argent, dans le même mime expéditif que celui de tout à l'heure.

Il plante son couvert dans l'assiette de gambas en sauce piquante, épaisse, style bisque gourmande, qu'on vient de lui servir, pour souligner qu'il est bien le premier invité d'honneur. Le deuxième à être servi est le chef de la garde civile, puis le psychiatre militaire, avant que ne vienne le tour des femmes ; d'abord la mère, ensuite la communiante, puis toutes les autres de la plus âgée à la plus jeune invitée, enfin tous les mâles qui ne peuvent se prévaloir d'être prélats, médecins acoquinés, chefs de quelque chose.

Comme c'est la tradition chez ces gens-là, les convives de sexe masculin sont placés d'un côté, alors que les convives de sexe féminin le sont de l'autre, les enfants présents composant la soudure, au centre de la tablée. Tous les participants sont disposés au pied d'un pin maritime qui n'a pas encore eu le loisir de grandir, ne pouvant ainsi protéger l'ensemble du banquet dans l'ombre peu étanche de ses jeunes branches résineuses.

Tenant couteau ainsi que fourchette avec un raffinement surfait, chacun s'applique à décortiquer les gambas de type *Penaeus stylirostris*, dont la tête est harmonieuse, bien équilibrée, à ne pas confondre avec les *Parapenaeus longirostris*, au rostre plus allongé, peu chargé en savoureux corail, qu'il convient d'ailleurs, pour tout gourmet qui se respecte, de ne pas oublier négligemment dans l'assiette.

Laura, placée à proximité de ses neveux, en face de Gloria, à droite de Severo, à la charnière que forme le territoire féminin avec le monde des enfants, montre pour la ixième fois à ce dernier, avec une patience tout à fait exemplaire, comment il faut s'y prendre pour planter son couteau là où la carapace dorsale s'articule avec l'enveloppe ventrale, afin d'ôter la solide cuirasse protectrice des malacostracés. Finalement elle opte pour lui décortiquer toute sa ration : Regarde ta sœur, ronchonne-t-elle ; elle est bien plus petite que toi, pourtant elle y arrive toute seule ; si tu ne deviens pas plus adroit, tu ne seras pas danseur, pas chorégraphe non plus, rien du tout. Le gamin tourne le regard vers sa tante avec des yeux excédés, il pense sans savoir l'exprimer : Un ballet… c'est autre chose que la décortication d'une grosse crevette en train de surnager entre deux densités de sauce piquante, tante Laura !

Sachant que la femme sera bientôt au bord de s'attendrir, Severo se tourne ensuite vers Gloria dont le sourire complice marque la bonne entente qui règne dans la fratrie. Puis tous deux pouffent, contaminent Laura d'un fou rire malicieux. Eleonor, la mère, tente de les rallier à sa fragile raison en se faisant sévère devant la grimace fulminante de son mari qui continue d'idéologiser à l'autre extrémité de la tablée.

Vu que seules les trois têtes autorisées du banquet, le curé, le militaire, le psychiatre des armées, ont le privilège de s'exprimer sur la marche de l'Espagne, le repas en l'honneur de la communion de Gloria se poursuit sans autre incident que l'expression de l'impétuosité des trois hommes à formuler leur point de vue devant l'assemblée.

Le psychiatre explique qu'il n'y a pas d'autre solution avec les Rouges, avec leur famille que celle, certes expéditive, préconisée par le curé. Puis, tentant de rationaliser les choses, de leur attribuer une valeur : Scientifique, précise-t-il, il donne quelques pistes à propos des recherches entreprises depuis presque une dizaine d'années, en expliquant que son éminent professeur de psychiatrie, enseignant à l'Académie de santé militaire, a pu mener correctement ses travaux, portant sur le psychisme du fanatisme marxiste, grâce à la considérable quantité de prisonniers de guerre tombés aux mains : Des forces nationales, des forces salvatrices de notre grand pays, l'Espagne, pontifie-t-il avec fierté ; grâce aux encouragements, à l'agrément, poursuit-il, de Son Excellence l'inspecteur des camps de concentration, que nous avons remercié en son temps comme il se doit, même davantage, pour sa chaleureuse, fraternelle collaboration, le groupe de recherche de l'Académie a pu entamer des travaux ciblés sur des individus marxistes, précise-t-il en battant la mesure de son discours avec son poing fermé sur la table.

Le curé l'écoute avec agacement, frotte son visage érythémateux, insiste de la paume de la main sur son front, révélant une incompréhensible exaspération. Il attend son tour pour intervenir : Je vous en prie, venons-en aux faits, mon cher Fortuna, explose-t-il ; nous sommes tous impatients de prendre connaissance de vos travaux. Flatté, le psychiatre se lance derechef dans la suite de sa démonstration : Ces travaux ont pour objet de trouver les rapports que ne peuvent manquer d'entretenir les qualités biopsychiques d'un sujet marxiste avec le fanatisme politique démocratico-communiste ; après de longues mises en perspective, nous en sommes venus à la conclusion que l'environnement démocratique a toutes les chances de se révéler extrêmement néfaste pour les enfants de ces individus.

Le curé passe ses mains dans ses cheveux blancs, clairsemés, laissant à découvert les rougeurs congestives de son cuir chevelu. Il bout de l'intérieur, incitant par forces quintes de toux le psychiatre à conclure. De son côté, le chef de la garde civile acquiesce, adhère aux aboutissants d'une théorie compliquée dont les tenants le dépassent de plusieurs coudées : Mmm, hum, hum ! fait-il, évitant de développer. Le psychiatre achève enfin de déballer la teneur de ses recherches : Nous en sommes venus à la conclusion qu'il convient de combattre la prédisposition dégénérative des jeunes enfants élevés dans des environnements républicains en les retirant à leur famille afin de les isoler dans des institutions idoines, simples asiles, maisons du Secours social, que les religieux pourraient tout à fait encadrer en ouvrant leurs locaux, couvents, monastères, dans le souci de leur enseigner, de leur inculquer les valeurs de notre sainte mère l'Église, bien entendu de notre Hispanité commune, fondatrice.

Ce qui revient au même, ose ponctuer le chef de la garde civile en avalant la chair blanche, chitineuse d'une ultime crevette. Puis, devant le regard ébahi des deux autres têtes, il entreprend de se justifier : Hispanité, valeurs de l'Église, cela revient au même ! non ? vous n'êtes pas d'accord ?

Le psychiatre se renfrogne : Je disais que nous en sommes venus à la conclusion, poursuit-il, craignant de ne jamais pouvoir conclure son exposé pourtant bien rodé ; je disais donc qu'il convient d'isoler les enfants des Rouges dans des institutions où l'on pourra enfin promouvoir une réelle exaltation des qualités biopsychiques de la race, en s'efforçant de détruire, d'éliminer les facteurs environnementaux qui tout au long des générations conduisent à la dégénérescence du biotype.

Le père Angel Salami a avalé depuis plusieurs minutes, de façon bruyante, sans l'aide du couteau, encore moins de la fourchette, sa ration de *Penaeus stylirostris.* Les fruits de mer trop rapidement ingérés doivent à coup sûr lui démonter le ventre parce que, sans pouvoir se retenir davantage, il laisse exploser une aigreur trop longtemps contenue : Pour cela, canonne le curé, il est indispensable de rétablir, je n'ai pas de réticences à utiliser le mot, il est indispensable de rétablir une In-qui-si-tion ; une Inquisition modernisée, bien entendu, avec d'autres orientations, surtout d'autres fins que l'Inquisition de nos aïeux, avec d'autres moyens aussi, une organisation tout à fait différente, ce qui n'écarte pas l'idée d'une Inquisition rigide, austère ; comme se doit d'être toute inquisition.

À son tour, le lieutenant-colonel Claudio Borreguil ne tient plus en place. Il commence à se balancer sur sa chaise. Après avoir fini de manger, ses couverts reposés, il ne sait plus que faire de ses deux mains. Il opte pour entrelacer ses doigts devant lui en les refermant en forme de dos-d'âne avant de les presser sous son double menton de pélican, comme il arrive qu'on prie parfois à la va-vite. Alors que le curé ne lui demande rien, le chef de la garde civile croit bon de l'encourager : Je suis bien d'accord avec vous, père Salami, une Inquisition rigide, intransigeante, non seulement austère, également implacable, fayote-t-il.

Sans prêter attention à son disciple occasionnel qu'il considère devoir se tenir à la disposition de l'Église, un point c'est tout, le curé reprend : Je parlais d'une Inquisition différente ; je disais différente ; je pensais aussi : im-pi-toy-able, in-flex-ible ; à la fois savante, prudente ; une Inquisition capable de faire obstacle à l'empoisonnement littéraire des masses, à la diffusion des idées antipatriotiques, à la ruine définitive de l'esprit de notre Hispanité.

Le silence s'est abattu sur l'ensemble de la tablée. La totalité des convives tourne les yeux vers le curé qui, se redressant peu à peu pour finir debout, balance ses bras au-dessus de sa tête, replie les coudes en rythme, puis lance à nouveau les bras au ciel, dans une sorte de mouvement de ressort que suivent les pupilles des spectateurs surpris par cette soudaine emphase.

Les deux gardes civils sans uniforme, réquisitionnés pour surveiller les abords de la villa, écarter les curieux, les intrus, quittent leur poste de vigie devant la grille, s'approchent pour évaluer la situation. Ne perdant cependant jamais le contrôle de ce qui se passe autour d'eux, le chef de la garde civile ainsi qu'Angel Salami fixent leur regard sur les policiers, les interrogeant sans parler : Quelque chose ne va pas ? questionnent-ils des yeux.

Les policiers font un petit signe en direction du curé poursuivant sa harangue avec une identique véhémence : Nous devrions promouvoir, comme je l'expliquais tout à l'heure, sans convoquer la moindre périphrase, la création d'un corps d'Inquisiteurs portant haut, avec une exceptionnelle fierté, son nom. Une vraie sentinelle de la pureté des valeurs scientifiques, philosophiques, culturelles présente dans notre rigueur populaire. Je vous le dis ; un corps d'Inquisiteurs empêchant la diffusion de toutes ces idées étrangères qui corrompent les valeurs universelles de notre His-pa-ni-té.

Hector Fortuna ainsi que Claudio Borreguil applaudissent le discours d'Angel Salami. Le curé se rassoit. Le chef de la garde civile prend à son tour la parole sous le regard admiratif de l'assistance, y compris des deux factionnaires qui, d'un commun accord, comprenant que personne ne s'y opposera, décident de cesser de planter devant la grille.

Les Rouges purgeront les peines qu'ils méritent, la peine de mort sera pour eux la plus douce des punitions que nous leur réservons, tranche le lieutenant-colonel Claudio Borreguil ; certains souffriront une émigration perpétuelle, loin de la mère patrie qu'ils n'ont jamais su aimer ; les gamins peu affectueux ont eux aussi la nostalgie de la chaleur maternelle.

Dans l'assemblée, l'attention commence à se dissiper, les rires des enfants fusent, ainsi que les plaisanteries de circonstance, lorsque les domestiques font leur apparition en apportant sur la table plusieurs plateaux sur chacun desquels repose un cochon de lait rôti, farci, pointant des oreilles, du groin, tirant le bout de la langue, la peau croustillant, croquant à point. Le chef de la garde civile a toutes les peines de ce bas monde à poursuivre son discours couvert par la joie des convives : D'autres perdront la liberté, insiste-t-il malgré la rumeur de la fête ; ils geindront pendant de longues années dans les prisons, purgeront leur peine pour les délits qu'ils ont commis, en accomplissant des travaux forcés pour gagner leur pain, ils légueront à leurs enfants un nom tout couvert d'infamie ; comment ceux qui ont trahi leur patrie pourraient-ils léguer à leur descendance des noms honnêtes, je vous le dis…

Un désordre inexplicable survient. La première qui se met à glapir de petites interjections aiguës, rapidement imitée par les enfants de la communion : Pili, pili…, est Laura qui montre du doigt un cabri au pelage d'une blancheur d'hermine en train de zigzaguer à angle droit à la vitesse d'un météore entre les arbustes du parc. Les deux gardes civils le prennent en chasse. L'animal, d'ordinaire peu farouche, s'avance d'abord vers eux, puis comprend leur intention peu amicale. Il se sauve aussitôt en leur mettant plusieurs mètres dans la vue. Ensuite, il fait mine de les attendre, les observant à travers l'amande de ses pupilles fendant à l'horizontale ses iris vert d'eau. À peine approchent-ils à moins de deux mètres que l'animal les distance une nouvelle fois en quelques bonds gracieux. Le chef de la garde civile fulmine devant l'impuissance de ses hommes, réfléchit à les punir s'il le faut. Humilié par le rire moqueur des enfants, qu'il réprimande d'un regard acéré, il manque s'étrangler de rage, se prépare même à intervenir lorsque le chevrier apparaît dans une veste de toile brune, le béret calottant son crâne, un interminable bâton de pâtre à la main.

Ce cabri est à toi, connard de paysan ? hurle le lieutenant-colonel Claudio Borreguil, des inflexions bêlantes dans sa voix de gorge.

Il est à Dieu, qui me l'a donné, s'excuse l'autre

en prenant le béret dans ses mains en signe de soumission. Pour un peu, il se serait agenouillé.

Dieu n'a pas commerce avec toi, paysan de merde ; tu vas comprendre ce qu'il en coûte de blasphémer, lance le chef de la garde civile en tirant un pistolet de sous la vareuse de son uniforme.

Claudio, je vous en prie ; il y a des enfants, ici ! proteste le psychiatre. Laura prend sa nièce avec son neveu dans ses bras, les mères du banquet en font autant avec leurs enfants. Il va rappeler son cabri, on n'en parle plus, tente tant bien que mal de négocier Hector Fortuna.

Il faut manger les cochons, sinon ils vont refroidir, essaie de transiger Eleonor Mole Lobon.

Oui, je vais l'attraper, l'emmener avec moi, Votre Excellence, s'excuse le paysan en courant derrière son cabri qui prend à présent le drame pour un jeu.

Pressentant ce qui risque de se passer, les enfants pleurent, tandis que mères ainsi que tantes les consolent. Perplexes, les autres convives mâles du banquet, qui n'ont jusqu'à présent rien dit, continuent à se faire discrets, invisibles même.

C'est Laura qui, la première, laisse éclater sa colère : Qu'est-ce qu'il vous a fait, cet animal ? vous êtes siphonnés ; laissez ce pauvre cabri tranquille ; vous êtes des misérables !

Toi, Laura, tu ferais mieux de te taire, si tu

crois que je n'ai rien remarqué tout à l'heure, crache le père Angel Salami en se grattant le crâne.

Qu'est-ce que vous avez remarqué, l'abbé ? le provoque-t-elle d'un ton insolent.

Cependant que la discussion s'envenime, le lieutenant-colonel de la garde civile rejoint ses subalternes. À moins de trois pas de l'animal, il vide la moitié de son chargeur sur le cabri. Le silence se fait. Gloria se débat, réussit à quitter l'étau des bras de Laura qui la maintient serrée avec Severo.

Elle court vers le chevrier, qu'elle connaît parfaitement depuis toutes les fins de semaines ainsi que les vacances passées à la propriété. Elle prend sa main râpeuse dans la sienne à la peau toute fine de communiante : Damian, tu pleures ! murmure-t-elle. Plusieurs larmes roulent sur le visage du vieux chevrier tandis qu'il regarde son animal baignant dans son sang au point qu'on peut à peine deviner les traits de sa barbichette qui rebiquait, il y a seulement quelques secondes. Son poitrail, tout le corps ont été ravagés par les balles. Dans un dernier réflexe, pris de convulsions, le cabri de Damian bande ses muscles, se tourne vers Gloria, entrouvre les yeux… deux globes verts au milieu d'une masse difforme de chairs rouges, bientôt noircies. On devine la terreur dans le regard du cabri, la surprise également, peut-être l'angoisse qu'il transmet à Gloria. L'animal tente de bégueter une dernière fois, pour la forme, pour ne pas partir sans protester à son tour. Il soulève une patte, à dure peine, la laisse retomber dans un même mouvement définitif. Il meurt.

Damian, tu pleures, dit aussi Severo qui, ayant rejoint sa sœur, lui passe un bras autour des épaules.

Le chevrier les regarde sans parler, s'essuie une larme, se tourne vers les gardes civils, vers le lieutenant-colonel Claudio Borreguil qui, d'un geste, lui fait signe de disparaître avec le cadavre de son cabri. Impuissant, Damian s'exécute. Il s'accroupit, prenant l'animal dans ses bras, renifle dans son pelage. Le bout du nez se tache de rouge, les manches de la veste également, le tricot de coton qu'il porte en dessous, sa main où le sang dégouline avec une lenteur de cortège.

Tous les convives regardent Damian s'éloigner en direction de la grille de la propriété, recouverte d'une épaisse couche de minium. Tous les convives, sauf Hector Fortuna qu'on retrouve immobile, assis à table, plié en deux, la tête reposant dans son assiette, la glabelle trempant dans un reste de sauce, les bras ballants, les mains à hauteur de ses mollets.

Le psychiatre ne bouge plus depuis plusieurs minutes lorsque Eleonor, l'apercevant dans cette position de détresse, se lance à son secours. Découvrant le visage de son mari, elle lui relève la tête, puis la laisse retomber en poussant un bêlement d'épouvante. Le chef des gardes civils qui, lors de son instruction, a acquis quelque notion de secourisme du genre : On n'achève pas systématiquement les blessés, surtout s'ils sont du même camp, se précipite, prend son pouls en comprimant un des poignets qu'il saisit dans sa main droite avec l'index de la même main. Ensuite, il soulève une paupière du malade : Tout semble normal, diagnostique-t-il vaguement ; il vaudrait tout de même mieux aller chercher le médecin en bas, au village.

Il n'a pas encore fini la phrase que le psychiatre reprend connaissance, regardant autour de lui, sans comprendre. Il s'essuie le front, la racine puis l'arête du nez.

Les cochons de lait ont refroidi. Le banquet est maintenant compromis, cependant Hector Fortuna, pâle comme une cornette de bonne sœur, ne l'entend pas de la sorte. Reprenant du poil de la bête, il s'adresse à l'assemblée avec une solennité de Premier ministre éprouvé : Rasseyez-vous, nous n'avons pas fini le repas ; ce n'était qu'une faiblesse passagère ; je travaille trop ces jours derniers.

Une voix féminine intervient : Mon Javier est allé chercher le docteur au village.

Alors le psychiatre s'adresse à sa femme qui, d'être trop inquiète, ne parvient pas à obtempérer, à s'installer à nouveau autour de la table :

Je recevrai ce médecin… lorsqu'il se présentera ; je vous en prie, en attendant reprenons notre déjeuner en l'honneur de la communion de Gloria.

Quelques minutes plus tard, dissimulant du mieux qu'il peut son malaise, la nausée qui le tient, malgré le teint qu'il ne recouvre pas, Fortuna trinque comme si de rien n'était. Cependant l'esprit n'y est plus. Dans son for intérieur, le psychiatre des armées attend l'arrivée du médecin du village comme une délivrance, du moins pense-t-il que celui-ci parviendra à diagnostiquer ce mal mystérieux qu'il cache à sa famille depuis plusieurs semaines, pour ne pas gâcher la fête, qu'il cache aussi à ses confrères, par crainte d'être mis à l'écart des conclusions concernant les derniers travaux effectués au sein de l'équipe.

Malvina

1948-1952

Le nouveau calvaire d'Esther dure cinq années pendant lesquelles aux viols commis sur elle par les bonnes sœurs succèdent les viols perpétrés par leurs supérieurs mâles, notamment par un certain prêtre devenu prélat, plus assidu que les autres curaillons de passage avec son visage ravagé de roséole, qui par ailleurs grimpe à une vitesse vertigineuse, suspecte, les échelons de l'Église, dont la jeune fille n'a jamais connu le véritable nom, puisque sœur Catalina ainsi que mère Monica se sont toujours contentées de lui donner du : Mon père ceci, du : Monseigneur cela, du : Monseigneur par-ci, du : Mon père par-là, indistinctement.

Ne comprenant pas vraiment les souffrances d'Esther, les détenues commencent bientôt à se méfier d'elle, la regardant en coin, parfois la bousculant comme par mégarde, en ricanant de cruelle façon, ce qui rend l'atmosphère de la réclusion de plus en plus irrespirable. La jeune fille finit par s'abstraire, se transformant en objet que chacune, sans distinction, gardienne, gardée, utilise à sa guise, certaines pour lui martyriser les entrailles, les autres pour en faire le symbole de la mauvaise manière de se comporter en présence de l'ennemi.

Après son premier viol, on ne cesse plus de transférer Esther de la cellule collective au cachot prévu pour les punitions des prisonnières, parfois carrément à la cellule de mère Monica, ce qui complique de façon dramatique les relations avec ses codétenues. Celles-ci la harcèlent. Elles l'interrogent à feu nourri, veulent savoir pourquoi elle passe les nuits ailleurs, où elle les passe exactement. Esther ne parvient pas à leur avouer ce qui lui arrive. La confidence est au-dessus de ses misérables forces. Il est évident que les détenues connaissent le comportement des religieuses. Elles tentent cependant de se persuader qu'Esther n'est qu'une gamine, que les bonnes sœurs n'ont pas mis leurs pattes sur elle. Il est insupportable pour les prisonnières de s'avouer qu'on la viole. Elles préfèrent penser que mère Monica ne la touche pas. Pour elles, c'est comme si Esther passait les nuits dehors, loin de la prison, dans on ne sait quel lieu vertueux d'après-guerre, bal de sociétaires, cinéma des Ramblas. On ignore ce qu'elles préfèrent imaginer, malgré la réalité qui les meurtrit dans le secret de leur propre ventre.

Lorsque, plusieurs heures après le premier viol, on jette à nouveau Esther dans la vaste cellule collective, il ne subsiste plus sur son corps la moindre trace de sadisme. Chaque ecchymose, chaque contusion a été soignée, habilement dissimulée. On la remet en état à l'infirmerie. Il faut la préserver pour les prochaines *parties.* De toute façon une langue écorchée, un nez qui saigne, ça ne laisse pas vraiment de traces, les blessures sont ailleurs. Esther saigne à l'intérieur de soi, au plus profond de son esprit aussi, dans les contreforts ébranlés de sa pensée en désordre. L'hémorragie est dans son cœur. Son identité commence à se vider. Ses codétenues font ce qu'il faut pour ignorer sa condition, sans doute craignent-elles d'affronter la réalité. En quelque sorte, comme Esther ne dit rien, elles préfèrent imaginer qu'elle a choisi de découcher. Leur souffrance les pousse à penser que l'adolescente en profite pour les trahir. Que peut-il bien y avoir à trahir depuis ce trou de misère, de puanteur, de bassesse ?

Plusieurs fois Esther se rebelle : Vous êtes folles ! Elle ne parvient pas à leur révéler les souvenirs déchirants qui habitent ses absences, de quoi celles-ci sont faites. Elle n'arrive pas à leur expliquer ce que dissimule chacune de ses fugues. Esther n'a jamais eu le courage de leur décrire ses fréquentes convocations dans la cellule de mère Monica. Vient le moment où elle a réellement le désir de mourir.

Dans la cellule commune, il y a aussi de nombreuses femmes portant dans leurs bras des enfants en bas âge, d'autres venant à peine d'accoucher, certaines enceintes d'elles ne savent quel violeur, tellement curés ainsi que militaires ont plusieurs fois forcé leur ventre. Les enfants pleurent par longues rafales, aussi meurtrières que des balles. Ils ont faim. Le sein de leur mère est devenu une poche flasque, tombante, à la liqueur aigre, tarie, parcheminée de mille veinules bleues, un désert maternel sans mirage, sans illusion. Pour ces enfants affamés, il n'y a d'autre refuge que l'infirmerie du couvent, surpeuplée de petits êtres simplement malades (il y en a peu), parfois gravement atteints (ils sont légion) qui ne reverront plus leur mère, l'inverse aussi. De nouvelles détenues arrivent pour remplacer celles qu'on exécute juste après que leur dernier enfant est sevré, parfois est tout simplement mort, séparé d'elles, pendant la nuit. Dans ce couvent, les transparences de l'aurore sont un couperet qui tranche, permettant seulement de surseoir. On ne sait jamais à l'avance sur quelle horreur la première lueur de l'aube va se poser.

Il y a de terribles traditions dans ces prisons de femmes. Plusieurs détenues empruntent régulièrement la barque, pour traverser les eaux noires du fleuve Folie. Là, devant les autres détenues, elles posent le pied sur l'autre rive, puis sans un cri, sans hurlement, sans plainte, foulent d'un pas éternel le *taedium vitae*, une noyade quotidienne sur la terre ferme, un spleen continu, prolongé, conscient, l'embarquement outremer, via la *terra incognita* de leur mélancolie.

Une des infortunées camarades d'Esther, avant que celle-ci ne rencontre Julia, s'appelle Malvina. Les bonnes sœurs l'ont surnommée Malvenida, autrement dit Malvenue, à d'autres occasions Malavida, Mauvaisevie. Un jour, sa petite fille Emilia contracte la rougeole, alors elle tente de le cacher aux autres mères. Elle craint que ses codétenues ne la dénoncent pour préserver la santé de leur propre enfant. En effet, si les bonnes sœurs apprennent qu'Emilia est malade, elles la lui retireront pour la conduire à l'infirmerie, ensuite on séparera pour toujours la mère de la fille.

Dans ces lieux, les enfants ne sont jamais rendus, sauf quelquefois, par exemple s'ils sont morts dans la nuit, pas toujours.

La supercherie de Malvina ne dure pas plus de deux jours, peut-être trois. Sœur Catalina, qui a l'œil, l'oreille aussi, s'aperçoit assez vite qu'Emilia ne parvient plus à pleurer tellement elle tousse : Montre-moi ta fille, Mauvaisevie, demande-t-elle à la mère ; elle tousse si bizarrement, elle doit avoir attrapé la coqueluche, montre-la-moi, ne fais pas d'histoires ; on va te la soigner, je te dis.

Avec vous, c'est la mort qu'elle attrapera, répond Malvina. Elle refuse de lâcher Emilia : Non, tu ne l'auras pas ! hurle-t-elle ; je ne te laisserai pas faire ; pas elle !

Chacune tire la petite Emilia à soi, la mère en pleurant, la bonne sœur en jurant. Malvina passe les mains sous les aisselles de sa fille tandis que sœur Catalina saisit le bébé par les pieds. Puis les protestations des autres détenues commencent à devenir menaçantes : Qu'est-ce qui se passe ? on n'a pas le droit de faire ça ! on n'est pas des bêtes ; ça suffit ; laissez son bébé tranquille ; laissez-le-lui !

Au milieu de la horde malodorante des prisonnières, la bonne sœur prend peur, lâche les jambes maigres d'Emilia pour regagner la porte surveillée par deux novices du couvent : Tu ne la garderas pas longtemps ; tu le regretteras, Malvenue, tempête sœur Catalina.

À ce moment, l'incroyable se produit. Faisant irruption depuis un coin sombre de la cellule, une détenue, qu'on appelle Folía, qui passe le plus clair de son temps à ponctuer de gloussements nerveux une mélodie langoureuse, amorçant une série illogique de pas de danse, arrache Emilia des mains de Malvina. En éclatant de rire, elle tend le bébé à sœur Catalina, qui s'en empare aussitôt, s'enfuit dans les couloirs.

Malvina n'a pas le temps de réagir. Les novices ont refermé la porte. La clé a tourné dans la serrure. Folía continue de fredonner la même chanson. Personne ne la moleste. On ne lui fait pas de reproche. La mère se contente de la fixer avec un regard égaré. Peut-on s'en prendre à quelqu'un qui a déjà rejoint le Paradis de l'Enfer, qui rit désormais à la barbiche des diables ? On n'a d'autre choix que subir sa béatitude jusqu'à l'arrachement. C'est une déchirure sans nom. Tant de choses sont sans nom dans cette cellule, comme si les bonnes sœurs avaient trouvé le secret qui emprisonne les mots.

Chez ces vicieux gardes-chiourme que sont devenues les religieuses, il y a une perversion difficile à imaginer, qui ne se traduit pas toujours par la mort, par la souffrance physique. Elles ont parfaitement appris à arracher à l'âme des prisonnières les cris du pire supplice, celui du sentiment, celui de l'imagination aussi.

L'une d'elles, sœur Ana qu'on appelle la Satana, à cause de Santa Ana, prend un plaisir retors à torturer les mères dont les enfants sont malades. Elle vient, au petit matin, donner des nouvelles de ce qui s'est passé à l'infirmerie pendant la nuit. Que peut-il bien se passer pendant la nuit à l'infirmerie d'une prison ? Les guérisons sont rares au couvent cependant, malgré tout ce qu'elles savent, les mères espèrent jusqu'à la fin. On ne peut pas interdire à une mère d'espérer.

En revanche, on peut utiliser son espoir, on peut la démolir avec, la détraquer à jamais, lui martyriser l'âme, lui ravager le tréfonds de l'être. La Satana a appris, elle sait tout à fait s'y prendre.

Chaque matin, après avoir réuni l'ensemble des prisonnières, elle ouvre le registre de l'infirmerie, commence à lire les noms des bébés, des enfants, morts pendant la nuit. Elle s'acquitte de sa besogne lentement, méticuleusement, en traînant sur chaque prénom, en levant les yeux, en attendant quelques instants lourds, angoissants, insurmontables, agonisants, avant d'ajouter le premier nom, celui du père disparu, puis le second, celui de la mère en sursis, révélant ainsi l'identité complète du bébé devenu un petit corps raidi : Maintenant, fait la Satana, je vais vous lire les noms des enfants qui cette nuit sont allés rejoindre Notre Seigneur Jésus-Christ. Elle se signe : Que dans sa grande miséricorde, reprend-elle, Dieu les garde auprès de lui, pour leur donner le bonheur qu'ils n'ont jamais connu auprès de leur tribu infâme. Elle s'arrête une nouvelle fois pour examiner les yeux des mères rivés sur elle : Je vais vous énumérer la liste de celles, de ceux que Dieu a rappelés, sourit-elle. Puis elle commence à lire : Eulalia… Il se passe plusieurs secondes, peut-être une minute avant qu'elle n'ajoute le nom. Comment imaginer l'attente des mères dont la fille s'appelle Eulalia. Suit un long temps d'arrêt, aussi une longue déchirure, puis : Camacho. C'est le nom du père. Long temps d'arrêt. Parfois, il reste encorc unc chance. Le nom de la mère qui s'effondre : Sastro. Certaines perdent la raison, comme Folía l'a perdue.

L'échange

Décembre 1952

Un dimanche, après le passage de la Satana, mère Monica se présente pour conduire Esther dans la cellule servant aux châtiments. C'est l'heure de la messe obligatoire. Ce jour-là, un certain curé a projeté de venir officier au couvent.

Monseigneur s'occupera de toi cet après-midi, tu recevras sa bénédiction, explique mère Monica à Esther ; je lui ai vanté ton plus profond respect pour notre mère l'Église, ainsi que ta parfaite soumission à Dieu ; il va sûrement devenir évêque ; tâche de ne pas me faire mentir, Étrange-fruit ; dépêche-toi, nous allons être en retard pour la messe, ajoute-t-elle en la poussant hors du cachot.

Lorsque Esther arrive à la chapelle, toutes les prisonnières y sont déjà, agenouillées, la tête couverte d'un bout de tissu quelconque faisant office de voile, de foulard, de mantille. Elles attendent en silence l'entrée du prélat qui, comme d'habitude, tarde à se présenter. Cela peut prendre un temps considérable. Les détenues finissent par s'agiter, passent d'un genou sur l'autre, grimacent. Elles ont beaucoup maigri. La rotule repose sur la barre des prie-Dieu sans être protégée par le parchemin desséché de leur peau. Il n'est pas question de se lever, encore moins de s'asseoir. Certaines sont proches de l'évanouissement. Sœur Catalina s'installe à l'orgue, s'évertue à jouer une musique que les prisonnières n'écoutent que de façon lointaine. La religieuse s'acharne sur les trois claviers, s'échine sur le pédalier de l'instrument pour faire résonner les différents tuyaux à l'extrémité desquels on croit reconnaître un requiem. Même si personne ne sait qu'il s'agit d'un lointain arrangement de celui de Saint-Saëns, personne n'ignore de quels morts il est question lorsque l'instrument tonne pour réclamer le repos des âmes.

Le chœur s'anime : Monseigneur est prêt à officier, levez-vous ! tempête mère Monica. Bousculant la chronologie du rituel de la messe, un grand prélat, au ventre imposant sous sa chasuble brodée, se précipite sur la chaire dont il gravit les marches deux à deux avant de cracher sa haine en direction des rangées de détenues : À genoux, j'ai dit à genoux, hurle-t-il tandis que les détenues s'exécutent ; je vous préviens, Dieu ne vous ratera pas, Dieu ne rate pas les hyènes comme vous, je ne vous raterai pas non plus, vous êtes toutes des chacals, des harpies ; vous êtes de vrais vautours, je le sais ; vous êtes plus que des harpies, que des vautours… vous êtes possédées par les vomissures des Rouges ; Dieu connaît votre concupiscence ; tout le monde sait en Espagne que vous avez fricoté avec Satan, avec ses suppôts ; ne vous faites surtout aucune illusion, n'allez pas rêver à je ne sais quelle grâce ; pour vous, pour les démons rouges, il n'y aura aucune amnistie, il n'y aura pas de grâce, sur la terre comme au fin fond des forges brûlantes de l'enfer, ainsi soit-il, amen, s'époumone le prélat en se raclant la gorge. Il ne parvient pas à réprimer une quinte de toux pendant laquelle les détenues mettent leur visage dans leurs mains.

C'est lors de cette messe suivant son premier viol qu'Esther prend vraiment conscience de ce que signifie un curé engagé dans la croisade franquiste. Les phalangistes disent toujours : La Croisade. Les prêtres n'hésitent pas à confesser les guerriers de leur bord pour leur offrir une conscience. Le pape Pie XII lui-même donne l'exemple.

Un mercredi de décembre 1952, vers dix heures du soir. Esther, qui vient d'avoir dix-sept ans, se trouve une fois de plus toute seule dans le cachot du couvent lorsqu'elle entend une clé fourrager dans le canon rouillé de la serrure. Une seconde plus tard, la porte s'ouvre violemment. Sœur Catalina pénètre à grandes enjambées dans la cellule. Elle se précipite sur Esther, lui saisit les poignets : Ce soir, tu retournes avec les autres.

On a transféré Esther ici dans l'après-midi, après avoir vérifié la netteté, la précision, de la toilette effectuée dans la cellule de mère Monica. Voilà que, contre tout pronostic, on la reconduit dans son nid aux odeurs plurielles, rempli des pleurs des nouveau-nés réclamant autre chose de leur mère qu'une existence aussi étanche.

En sortant du cachot, elle a la surprise de croiser une gamine de treize ans, peut-être quatorze, dont mère Monica bloque le bras dans le dos pour la conduire dans la cellule qu'elle-même est en train de quitter : Comme tu le vois, ce soir nous avons décidé de faire échange, Étrange-fruit, dit la supérieure du couvent.

C'est Julia. Elle a de longs cheveux, dont il est difficile de déterminer s'ils sont blonds, s'ils sont châtains, ils sont sillonnés de reflets qu'au naturel on devine paille de blé. Ce soir, ils sont salis de terre que la transpiration a collée en formant de larges plaques sombres à la trame emmêlée. Sur le haut de la pommette, une cicatrice encore fraîche, suturée à la va-vite avec du fil grossier, souligne son œil gauche. Julia a été battue. Esther se demande ce qu'elle a bien pu faire pour atterrir ici. Elle n'a pas le profil, la silhouette des autres prisonnières du couvent, y compris la silhouette d'Esther, dont les vêtements, quoique propres, semblent avoir été portés pendant des années, seront sans doute utilisés aussi longtemps qu'ils ont déjà servi. Le profil, cela ne signifie pas grand-chose dans cette prison, celui de la nouvelle détenue semble avoir été arraché à une famille bourgeoise : Il ne restera pas longtemps en l'état, se dit Esther. La gamine ne tardera pas à comprendre que sa robe de crinoline noire va devenir un haillon si elle n'y prend garde, un luxueux linceul pour jeune défunte maltraitée. Peut-être la lui volera-t-on avant, pour l'offrir à une charmante nièce de nonne, de curé.

Il n'est pas dans les habitudes des bonnes sœurs d'enfermer les nouvelles venues dans le cachot dès leur arrivée. De toute évidence, mère Monica veut engager Esther sur la mauvaise piste d'une remplaçante pour ses jeux. Ce n'est pas une fille de Rouges, se dit Esther en cédant aux mêmes lieux communs qu'elle entend combattre. Avec des manières aussi élégantes, aussi raffinées, ce n'est pas possible, murmure-t-elle en silence.

Lorsqu'elles se retrouvent l'une devant l'autre, toutes les deux maintenues par les bonnes sœurs, se dirigeant dans des directions opposées, croisant leur regard fugitif puis se fixant dans les yeux, un frisson zigzague dans le dos d'Esther.

À l'angle du couloir sombre de ce couvent, à treize années de distance, c'est l'image de treize autres jeunes filles qui s'imprime sur la rétine d'Esther. Plusieurs détenues ont quelquefois évoqué l'existence de ces jeunes militantes, surtout l'une d'entre elles qui a été transférée de la prison madrilène de las Ventas d'abord à la prison Modelo de Barcelone, puis dans ce couvent.

Ces jeunes filles, qu'on connaît aujourd'hui sous le nom des Treize Roses, ont été exécutées le 5 août 1939 à Madrid. Elles s'appelaient Carmen Barrero Aguado, Martina Barroso Garcia, Blanca Brissac Vázquez, Pilar Bueno Ibáñez, Julia Conesa Conesa, Adelina Garcia Casillas, Elena Gil Olaya, Virtudes González Garcia, Ana López Gallego, Joaquina López Laffite, Dionisia Manzanero Salas, Victoria Muñoz Garcia, Luisa Rodríguez de la Fuente. Elles étaient membres des Jeunesses socialistes unifiées.

Après des jours de torture, un jeune dirigeant du Parti, à bout de forces, décide d'abréger ses souffrances. Il craque, donne leur nom parmi ceux de nombreux autres camarades. Dans les jours qui suivent, les recherches se multiplient, tout le monde est arrêté sans ménagement, jeté en prison. Chacun encaisse la cruauté de son calvaire. Outre les coups, les viols, la baignoire remplie d'eau glacée, les treize jeunes filles endurent d'autres tortures qu'a inspirées la Gestapo à leurs bourreaux: décharges électriques déchirant les seins, broyant les poignets, les orteils, plusieurs autres raffinements. Elles en sont là de leurs souffrances, lorsqu'un commandant de l'armée, accompagné de sa fille, tombe avec son chauffeur dans une embuscade tendue par les résistants espagnols. Ils sont tous trois tués. Immédiatement, les fascistes décident de faire un exemple. Ils forment un peloton d'exécution. Ce ne sont pas seulement treize jeunes filles qu'on fusille dans les quelques jours qui suivent. On assassine quarante-trois autres personnes pour parfaire les représailles. Au petit matin du 5 août, les Treize Roses entendent un camion, aux ridelles chahutées par les nids-de-poule, les ornières du chemin, qui vient les chercher pour les conduire au mur du cimetière où on les fusille en présence d'une bonne sœur, les religieuses sont omniprésentes dans ces macabres cérémonies.

Dans les cellules, d'autres détenues entendent un terrible tremblement lointain, le tonnerre assourdissant des fusils, l'écho alarmant d'une tempête de sang. Les cœurs se mettent à battre dans toutes les poitrines, pompant le sang noir de l'infortune, pulsant l'hémorragie de la révolte, le sang rouge vif des treize jeunes filles craché devant les tombes.

Avant de partir pour son martyre, une autre Julia, Julia Conesa Conesa, dont le dernier souhait a été de ne pas être oubliée de l'histoire, écrit une lettre en se recoiffant dans le miroir imaginaire de sa cellule. Elle se met à chantonner, à vérifier ses ongles comme s'ils étaient faits de frais le matin même, comme s'ils n'étaient pas noircis par les coups, comme si elle se préparait pour sortir. Puis on la pousse dans le camion. Cependant quelques instants plus tard, effrontément coquette, elle prend soin de sa silhouette avant de descendre de la plate-forme du véhicule qui vient de l'emmener, avec ses camarades, devant le mur du cimetière.

Ma chère mère, mes chers frères,

C'est avec toute mon affection, tout mon enthousiasme que je vous demande à chacun de ne pas me pleurer. Moi-même, je m'en vais sans pleurer. Ils vont tuer une innocente. Je vais mourir comme meurent les innocents. Mère, petite mère, je vais retrouver ma sœur, retrouver papa dans l'autre monde. Sois tout à fait sûre que je meurs en honnête personne. Adieu, mère chérie, adieu pour toujours.

Ta fille qui désormais ne pourra plus t'étreindre, t'embrasser,

Julia.

PS : J'aimerais seulement que mon nom ne s'efface jamais de l'histoire.

Quelques secondes après la fusillade, les détenues restées dans les cellules entendent s'égrener un, puis deux, puis trois, quatre, cinq… Treize coups de grâce déchargés à bout portant dans la nuque, tendre calice, des Treize Roses. Par la suite, certaines prisonnières sont devenues folles à la prison de las Ventas. Se tenant le ventre à deux mains, elles vomissent leur désespoir comme on vomit le fiel, la haine, par la bouche, par le nez, avec les yeux injectés de sang qui pleurent d'impuissance. Une autre se frappe si violemment la tête contre le mur que, laissée sans soin par les geôlières, elle en meurt deux jours plus tard. Tandis que les Treize Roses viennent de recevoir la première salve, une bonne sœur se penche sur chacune d'elles pour l'insulter encore, avant que le chef du peloton d'exécution ne mette un terme à sa mission macabre.

Esther en est là des images se bousculant dans sa tête lorsque le poing de sœur Catalina vient se planter dans ses reins : Je me demande ce qui te passe par le crâne ; dépêche-toi, avance, Étrange-fruit !

J'ai peur

Octobre 1952

Presque trois mois plus tôt, début octobre, Hector Fortuna vient rendre visite à son ami, le docteur Ricardo Martinez. Le cabinet du médecin est une espèce de réduit sombre aux murs recouverts d'une tapisserie terreuse qui a dû être d'un beige quelconque le jour de sa pose. Outre une bibliothèque peu fournie en livres de médecine, plutôt alourdie par de gros volumes de mémoires divers, pour autant qu'ils soient extrême-droitiers comme la sienne, de mémoire, on peut voir, accroché derrière le bureau de consultation, un crucifix jouxtant une photographie en pied du général Franco. L'objet religieux est en bois sculpté, il doit être plutôt ancien, en effet Jésus n'est plus recouvert que des lointains vestiges d'une peinture usée par le temps. Penchant sa tête en avant, il est coiffé d'une couronne de ronces tressées, hérissée d'effroyables épines acérées, meurtrières. Le clou, enfoncé dans le pied droit, traverse le pied gauche qui se trouve en dessous. Un filet de peinture marron, qui en d'autres temps a dû être rouge, coule sur toute la longueur du cou-de-pied jusqu'aux deux plus petits orteils sculptés avec une minutie particulièrement léchée. Près de la croix, qui porte dans la partie supérieure, comme s'il s'agissait d'une étiquette du rayon quincaillerie d'un grand magasin, l'inscription INRI, on peut voir un cadre où Franco est représenté avec un uniforme à poches à rabat, un ceinturon, des guêtres basses sur les chevilles, un calot sur la tête. La photographie a été tirée d'un journal de l'époque de la *croisade.* Sur la page découpée, jaunie, celui qui deviendra caudillo reçoit l'hommage de Burgos.

Hector Fortuna s'assoit en face du docteur Ricardo Martinez, il frotte ses mains douloureuses, puis se les masse l'une dans l'autre pour finir par les croiser en formant une sorte d'entonnoir où il cale son menton : J'ai d'abord fait le tour de nos confrères militaires, explique-t-il à son collègue ; je suis ensuite allé consulter de nombreux médecins libéraux, dans le civil ; je ne sais plus ce que je dois faire, Ricardo, les réponses sont invariablement les mêmes, autrement dit personne ne sait, se plaint-il à celui qui est devenu son ami, aussi désarmé que lui devant cette incompréhensible absence de résultat.

Il faut bien se rendre à l'évidence, Hector Fortuna souffre d'un mal jusqu'ici inconnu. Une pathologie dont les effets se manifestent par de brusques pertes de conscience devenant de plus en plus longues, handicapantes.

Le malaise du psychiatre, le jour de la communion de Gloria, ne s'est pas révélé aussi passager, aussi bénin, qu'on a bien voulu le croire dans un premier temps. Au fil des ans, d'autres malaises ont suivi, plutôt espacés au début, ils sont devenus de plus en plus fréquents. Les médecins ne sont jamais parvenus à en diagnostiquer l'origine. Si bien que, après lui avoir conseillé de consulter ce qu'on fait de mieux en matière de spécialistes dans toute la Catalogne concernant des disciplines aussi différentes que cardiologie, angiologie, phlébologie, neurologie, une kyrielle de troubles dégénératifs, le médecin personnel d'Hector Fortuna, sans rien comprendre non plus au désordre, au mal de son ami patient, finit aujourd'hui par se prononcer pour un repos complet, auquel pourrait très bien s'ensuivre, pourquoi pas, une anticipation de la retraite : Je ne peux rien faire d'autre pour toi que t'encourager à prendre un long congé ; peut-être pourrais-tu te rendre à ta villa de Castelldefels, loin de l'agitation de Barcelone, lui explique-t-il en tirant plusieurs profondes bouffées de son Faria qui fait mine de s'éteindre.

Un dense mouton de fumée âcre se répand dans le cabinet. Le visage des deux médecins s'efface dans une brume bleutée. Hector Fortuna s'évente d'une main tandis qu'il s'époumone, au bord de l'asphyxie : Merde, Ricardo, tu veux nous tuer avant l'heure ; tu fumes toujours ces cigares dégueulasses ; tu devrais changer de marque une bonne fois !

Je n'ai pas les moyens de me payer des H. Upmann, des Montecristo non plus, mon cher Hector ! riposte le fumeur.

Un Montecristo, oui ! se lance à plaisanter Fortuna malgré son mal ; avec un petit coup de lacryma-christi blanc, du Vésuve, c'est un vrai paradis ; au moins ça n'empoisonne pas autrui, Ricardo !

Puis oubliant les plaisirs des dieux, tentant sans doute de se rassurer, Hector Fortuna revient à la suggestion de son collègue qu'il accueille avec philosophie : Tu as sans doute raison, Ricardo, je pourrais choisir de m'installer quelques mois à la mer avec Eleonor, elle non plus n'a pas une santé très solide, tu le sais ; elle n'est pas à l'abri d'une rechute ; ça m'ennuie tout de même de devoir retirer les enfants de l'école ; peut-être qu'avec un précepteur ; ce pourrait être une solution ; Severo travaille si bien ; s'il n'avait pas cette lubie du ballet ; je te jure que ça m'exaspère, ça m'inquiète ; je serais si fier de lui ; puis, même si ça n'a pas toujours été le cas, j'ai fini par m'attacher à Gloria ; c'est une brave gamine, elle a parfaitement intégré nos valeurs.

Persuadé que sa façon de voir est la bonne,

Ricardo renchérit : Sans compter que ça te permettrait de t'éloigner un peu de ta sœur, mon cher Hector, de prendre du champ comme on dit, du repos ; le jour viendra où ça ne pourra que te rendre service ; je crois que Laura va finir par se faire arrêter une nouvelle fois ; plus personne ne pourra plus lui venir en aide ; c'est ta sœur, néanmoins elle est extrêmement dangereuse, Hector ; elle a une langue de vipère, tu le sais ; les choses n'iront certainement pas en s'arrangeant.

Comme pour se détendre, Hector Fortuna pose ses mains sur sa tête : J'ai bien l'impression que tu n'as pas tort, Ricardo ; par-dessus le marché, je pourrai mettre à profit tout ce temps pour réunir, classer les notes que nous avons recueillies pendant ces dernières années, tente-t-il de se convaincre lui-même en se grattant nerveusement le cuir chevelu à deux mains ; ah ! cette tête qui me démange ! se plaint-il ; il ne me manquait plus que ça.

Les deux hommes appartiennent au même laboratoire de médecins psychiatres qui a entamé des recherches biopsychologiques sur les combattants opposés à la Phalange pendant la guerre civile. Ils ont mis au point un singulier protocole d'observation du comportement de plusieurs populations de prisonniers républicains, parmi lesquelles on trouve aussi bien des *échantillons femelles,* ce sont leurs termes, que des *échantillons mâles* de miliciens espagnols marxistes, quelquefois anarchistes, ils n'ont jamais su faire la différence, ainsi que des soldats des brigades internationales triés par nationalité. Ces observations ont permis à toute l'équipe de savants franquistes de tirer des conclusions que les médecins eugénistes nazis n'auraient à coup sûr pas désavouées.

Pour nous, le terme de race est quelque chose de tout à fait différent de ce qu'on entend d'habitude ; il n'a rien à voir avec les thèses biologiques des Français, des Britanniques, même avec celles des Allemands, a prétendu à plusieurs reprises Hector Fortuna, à titre de déclaration liminaire, lors des nombreux colloques, des interminables congrès organisés par les services psychiatriques des armées.

Soudain le psychiatre est pris d'un nouveau malaise dans le cabinet de son ami. En plusieurs étapes, lentes, bien tranchées, sa tête tombe en avant jusqu'à demeurer penchée, immobile sur sa poitrine qui se soulève bruyamment au début, pour rester silencieuse ensuite, enfin ne plus se gonfler comme si le cœur avait cessé de fonctionner. La pensée de Fortuna se brouille. Celui-ci a l'impression de parcourir à rebours le temps devenu une distance, un vulgaire sentier le long duquel lui revient la rumeur de voix familières qui ont résonné au cours des interminables journées de synthèses, de spéculations, dans l'amphithéâtre de l'Académie de santé militaire, qu'il ne se résout pas à oublier derrière ses paupières mortellement closes.

Je soutiens que le concept de race n'est pas lié à un groupe biologique humain, qu'il peut être appliqué à une société tout entière, tempête une des voix dans la tête de Fortuna.

Tandis que Ricardo le secoue, le psychiatre se met à flotter dans une inconscience profonde. Hector, Hector, réveille-toi, nom de Dieu ! tu ne vas pas me faire ça ; pas ici, pas dans mon cabinet.

Les voix continuent dans la tête de Fortuna : Alors vous prétendez vraiment limiter le concept de race à une société ; si je comprends bien, vous pensez à notre société espagnole ?

Bien entendu ; nous pensons surtout qu'en Espagne le concept de race pourrait être appliqué à cette société remarquable dont l'apogée a eu lieu lors de notre grande époque de la Chevalerie, renchérit-on.

Ce que vous voulez dire par là, c'est que ce concept peut être limité à une simple classe sociale.

Bien sûr que oui.

Malgré ses efforts, Ricardo Martinez ne parvient pas à faire revenir son ami à lui. Ouvrant en grand la porte de son cabinet, il demande de l'aide à l'extérieur. Personne ne lui répond. La secrétaire est partie depuis une bonne demi-heure. À ce moment de la journée, les consultations sont terminées, elles ne reprendront que plus tard dans la soirée. Sans fenêtre, lumière éteinte, le couloir se trouve dans la pénombre. Tandis qu'Hector Fortuna continue de nager parmi les voix de son passé, le médecin appelle une nouvelle fois dans le vide.

Ce concept peut s'appliquer à une classe sociale, parfaitement ; notre race, c'est tout simplement le modèle dont nos ancêtres étaient les dépositaires, tout bonnement le modèle que nous a légué l'aristocratie espagnole, gronde une voix.

Si l'on poursuit le raisonnement, on pourrait même appliquer le concept à notre façon de gouverner, fondée sur la discipline militaire, lance une deuxième voix.

La première voix se jette sous l'averse : En effet ! on pourrait affirmer que la race est aussi le concept dépositaire de nos vertus patriotiques, outrageusement menacées par l'esprit plébéien de la bourgeoisie, ainsi que des basses classes de la population.

Une autre voix rejoint la nauséabonde intempérie : La race, pour nous, c'est l'Hispanité.

Une rafale, un pilonnage d'applaudissements brouille la tête d'Hector Fortuna. Ricardo Martinez réussit à allonger son collègue sur le sol. Il desserre le nœud de sa cravate, ouvre le col de sa chemise.

Les voix continuent à pleuvoir à verse dans le cortex ondoyant du psychiatre : La race n'a rien à voir avec la langue, avec la culture, le territoire, même les idées.

On renchérit : C'est un sentiment de type spirituel qui permet de différencier les groupes entre eux ; un point c'est tout.

Les voix se déchaînent : Je dirai même un sentiment de type spirituel qui n'est autre que cette partie de l'esprit universel que l'individu n'a pas la possibilité de faire sien, dans le but de l'assimiler pour en devenir le dépositaire, tout simplement parce que c'est un sentiment qui fut créé par ses parents qui le lui ont légué à titre de patrimoine génétique ; nous avons pu observer que tout autre sentiment que celui-ci, à l'intérieur de la société, ne peut s'étudier que comme une infériorité mentale.

On veut se faire préciser : Si je vous suis bien, cher docteur, vous voulez dire que le marxisme serait un symptôme de franche infériorité mentale ?

C'est exactement ce qu'on s'évertue à démontrer depuis des années ; la vérification de nos hypothèses a, bien entendu, entraîné la mise en place d'un certain nombre de dispositions politiques, ainsi que de déterminations sociales, de mesures appropriées ; étant donné que nous avons pu prouver que ce sont plutôt des psychopathes antisociaux qui militent pour le marxisme, il a bien fallu se résoudre à opérer une ségrégation desdits sujets dès leur plus jeune âge, c'est d'ailleurs ce que nous continuons à faire dans les foyers du Secours social, afin de permettre à notre grande société espagnole de se libérer d'un fléau extrêmement dangereux dans le cadre de sa survie, ainsi que de sa pérennité.

À cet instant, Hector Fortuna rouvre les yeux. Il voit devant lui l'image du crucifix jouxtant celle du visage de Franco, souriant sur sa photographie de généralissime. La lassitude ne le lâche pas pour autant. Il soupire bruyamment, s'ébroue, comme un chien goyesque se dégageant de la boue dans laquelle il vient de s'enliser.

Hector ! enfin ; comment te sens-tu ? ces malaises sont plus que mystérieux ! lance Ricardo agenouillé auprès de lui ; évite de t'agiter, allonge-toi à nouveau ; je vais t'installer un coussin pour te soulager la tête.

Ignorant les conseils prodigués par son ami qui lui prend le pouls, Hector Fortuna tente de se relever une nouvelle fois. À mi-chemin, il laisse retomber son crâne en arrière sur le coussin : Je suis foutu, Ricardo ! je n'arrive même plus à tenir ma tête droite pendant plus de quelques secondes, se plaint le psychiatre. Ricardo s'énerve : Ne recommence pas avec tes conneries ! je fais venir une ambulance ; je te raccompagne chez toi ; aujourd'hui, tu te couches ; si tu veux bien, demain on reparle de tout ça dans le calme, le rassure finalement son ami.

Tu me prends pour un imbécile, Ricardo ; je vois dans quel état je suis ; à toi, je peux le dire : j'ai peur !

Cantinflas

Laura, la sœur d'Hector Fortuna, va ouvrir la porte d'entrée de l'immeuble pour accueillir Ricardo Martinez accompagné d'un ambulancier. C'est une femme plutôt ronde, raffinée, malgré sa robustesse. Elle porte des lunettes aux verres délicats qui mettent en valeur des yeux pétillants, malicieux. De presque dix ans l'aînée de son frère, elle a quarante-six ans lorsqu'en 1936, soutenu par le clergé, Franco entreprend d'établir un ordre nouveau en Espagne. Profondément républicaine, nourrissant un douloureux désaccord avec son frère cadet, elle n'a cependant jamais quitté l'immeuble familial dont chacun occupe en privé un étage de plusieurs pièces. La sœur partage les repas avec son frère, dans la salle à manger du premier étage où loge celui-ci avec sa femme, ses enfants.

À la mort des parents, d'un tacite accord, régi par l'habitude, l'affection que génère le temps, ont-ils dit, ils ont pris la décision de conserver en commun les gens de maison ainsi que l'organisation de la domesticité. Victoria, la régisseuse, est restée vivre avec eux, elle commande toujours la même cuisinière, ainsi que la même femme de chambre au service des deux familles.

Le mot famille n'est pas très juste. Laura a toujours vécu seule. On ne sait que peu de chose de sa vie sentimentale, si ce n'est que, jeune femme, elle a été liée, durant plusieurs années, à un haut fonctionnaire de la Généralité de Catalogne présidée avant-guerre par Lluis Companys.

Son fiancé, un homme de belle allure, est tombé aux premières heures de la tentative de soulèvement du général Goded, à Barcelone. Il a reçu une balle tirée par le colonel Lopez Amor lui-même, commandant le régiment de la caserne de Pedralbes. Foudroyé par la mitraille, le malheureux est mort sur le coup. Il n'a pu assister à la reprise du Central téléphonique par les miliciens de la CNT, de la FAI, à la reddition de Manuel Goded de Llopis retranché à la caserne d'Atarazanas. Laura trouve encore injuste que son fiancé fasse partie des victimes de cette contre-attaque glorieuse. Comme si gagner ce qu'elle considère être une juste bataille devait avoir raison de tous les malheurs survenus dans le camp des vainqueurs.

Après ce drame, sans prendre toutefois part à la lutte armée aux côtés des combattants anarchistes, Laura prend intellectuellement parti pour la CNT, elle commence à lire les théoriciens libertaires : J'ai troqué le catéchisme familial contre le *Catéchisme révolutionnaire* de Bakounine, de Netchaïev, déclare-t-elle à qui veut bien se donner la peine de l'écouter. Cela lui vaut d'abord l'adversité de son frère Hector, surtout plusieurs mois de prison à la fin de 1939, puis au début de l'année quarante. C'est à contrecœur qu'Hector Fortuna intervient. Il a d'ailleurs toutes les peines du monde, d'abord à obtenir un régime de faveur pour sa sœur aînée, puis à l'extraire des fantomatiques geôles du régime.

Cependant, loin de se réjouir, Laura accepte mal sa libération arbitraire due à la gracieuse intervention d'un collègue haut placé de son petit frère. Loin de remercier Hector, elle lui voue une haine chaque jour grandissante, qui atteint son paroxysme lorsque celui-ci entreprend des recherches soi-disant biopsychologiques sur d'anciennes camarades de cellule. Les disputes deviennent alors quotidiennes, d'une violence rare dans la fratrie. Seule Eleonor semble épargnée. C'est une retenue de surface. Le mépris de Laura pour sa belle-sœur n'a jamais eu d'égal que celui qu'elle éprouve pour les franquistes : Cette tribu de tortionnaires opusdéistes, dit-elle.

Lorsque Laura entend les incessants coups de sonnette du docteur Ricardo Martinez accompagné de l'ambulancier, elle dévale l'escalier menant d'abord à l'appartement de son frère, puis à la rue où, en ouvrant la porte, elle reconnaît le collègue de son frère : Ricardo, que se passe-t-il ? s'exclame-t-elle en observant l'ambulance stationnée devant la maison. Le psychiatre regarde ses chaussures : Eleonor est ici ? se contente-t-il de demander en guise de réponse. Laura rugit au fond d'elle-même : C'est bien la première fois qu'il prend des nouvelles de la *Daurade*, celui-ci ! Puis, voyant que le médecin s'impatiente, elle finit par lui sourire : Elle est partie attendre Gloria à la sortie du collège. Elle fait une pause en le regardant dans les yeux : Ne crains rien, Hector leur a donné l'autorisation d'aller au cinéma, sur les Ramblas, précise-t-elle ; Severo ne va pas tarder, il avait cours au lycée, jusqu'à quinze heures ; les domestiques en ont profité pour prendre leur après-midi ; est-ce que cela te suffit comme explication ?

Extrêmement contrarié de se voir contraint de demander de l'aide à Laura, Ricardo Martinez lui explique ce qui se passe en faisant aller puis venir son regard de l'extrémité de ses chaussures au bout manucuré de ses ongles : Ton frère est dans l'ambulance ; il a eu un nouveau malaise, dans mon cabinet ; je crois qu'il pourra monter l'escalier tout seul, cependant je préférerais qu'il reste couché deux jours, peut-être trois ; je vais m'arranger pour lui envoyer un collègue neurologue, je ne vois pas très bien ce qu'il va réussir à trouver de plus que les autres ; je lui ferai une petite visite dans la soirée, lorsque Eleonor sera rentrée.

Laura sourit. Elle est inquiète pour son frère, cependant elle refuse de le montrer à Ricardo. Sans ajouter un mot, elle se dirige vers le véhicule pour aider l'ambulancier à soulever Hector Fortuna qui se défend : Lâchez-moi ; je ne suis pas à l'article de la mort ; je peux tout à fait me débrouiller seul ; sois sans crainte, mon cher Ricardo, je me couche tout de suite, j'attends le neurologue.

En disant ces mots, il s'approche du pan coupé où la porte de l'immeuble est restée ouverte, donnant sur une magnifique entrée, dallée de marbre, tapissée de plusieurs miroirs aux cadres imposants, dorés à la feuille. Des plantes grasses ornent les angles du vestibule. Un immense lustre précieux tend depuis le plafond des tentacules de bronze constellés d'une galaxie de ventouses de cristal. L'ambulancier suit de près les pas peu assurés du malade qui agrippe la rampe de fer forgé.

Laura anticipe la question qui traverse à cet instant l'esprit silencieux de son frère. Elle lui répond : Eleonor est allée au cinéma avec Gloria ; on passait un Cantinflas, sur les Ramblas, précise-t-elle ; tu leur en avais donné l'autorisation, n'est-ce pas ?

Il n'y a rien d'autre à faire

Décembre 1952

Deux mois plus tard, après une énième crise, Hector Fortuna perd à nouveau connaissance à l'heure de sa promenade matinale, juste après le petit déjeuner. Comprenant que cette fois son état s'aggrave, Eleonor prévient tout de suite Ricardo Martinez qui, n'écoutant que son devoir professionnel, quitte la consultation pour se rendre chez son ami. À l'issue de l'examen, il insiste pour que son collègue soit conduit sur-le-champ à l'hôpital Sant Pau de Barcelone. Les ambulanciers arrivent sans tarder. Deux jeunes en blouse blanche s'emparent du malade avec des gestes précis, sans égard pour la famille, veillant seulement à bien accomplir leur tâche. Ils enfournent la civière dans le break, puis le bruit de la sirène finit par s'évanouir dans les rues tortueuses du quartier.

En début d'après-midi, alors que, morte d'inquiétude, elle se lève tout juste de table, Eleonor reçoit la visite d'un étudiant en médecine, stagiaire du docteur Martinez, qui l'encourage à se rendre auprès du malade dans les délais les plus brefs. Immédiatement si c'est possible. Il se propose de la conduire jusqu'à l'hôpital dans sa vieille Oldsmobile recyclée ayant appartenu au corps diplomatique de l'armée, datant à peu près des années trente, peut-être début quarante.

Une demi-heure plus tard, Eleonor accompagnée de Laura ainsi que de Gloria arpentent les couloirs labyrinthiques, étroits, sombres d'un des étages de l'hôpital en grande partie consacré à la cardiologie. C'est une spécialité encore balbutiante à l'époque. Elles s'arrêtent devant une porte toute blanche au-dessus de laquelle est fixé un crucifix de bois, plutôt une simple croix catholique vernie, étant donné que le supplicié n'y figure plus. Peut-être que déjà, à l'origine, le fabricant n'a pas poussé l'idolâtrie jusqu'à l'y clouer. Le bienveillant guide gratte du bout des doigts à l'une des portes. Sans espérer, sans attendre de réponse, il pénètre le premier dans la chambre avant de disparaître comme il est venu, de telle façon que, personne ne l'ayant revu par la suite, Laura conserve toujours en elle un capiteux parfum de mystère le concernant.

Fait extrêmement rare, la pièce où se trouve Hector Fortuna n'est pas un dortoir abritant une chambrée de grabataires. Le psychiatre y est seul. Étendu sur un lit de fer, peint en blanc pisseux, son corps figé est devenu un poulpe gisant.

Tubes, tuyaux lui sortent de partout, menant les liquides, les gaz aussi, vers l'organisme, dirigeant les humeurs vers l'extérieur dans des bocaux apparents, transparents, étiquetés, alignés au pied du lit. D'autres tentacules, plus fins que les premiers, sont reliés aux appareils de mesure dernier cri. Les défibrillateurs viennent à peine de faire leur apparition dans l'univers hospitalier. C'est une époque où la cardiologie s'enseigne dans le même temps qu'on la pratique, tout en la découvrant. C'est un bouillonnement d'hypothèses, d'expériences, d'avancées qui se répètent à une fréquence respectable, faisant progresser la spécialité à grandes enjambées. Les étudiants apprennent dans le même temps que leurs professeurs trouvent, montrent, plus qu'ils n'enseignent, ne démontrent. Les appareils électrocardiographiques sont encore des instruments de type photographique qui nécessitent le développement en laboratoire des bandes enregistrées.

Hector Fortuna ne reprend pas conscience. Front blanc, froid, presque translucide dans sa pâleur glacée, yeux parfaitement clos, soulignés de cernes violacés, creusés, bouche largement entrouverte dans un bâillement de carpe statufiée, le psychiatre respire faiblement, sans la moindre équivoque, il vit à minima.

Sans frapper, le cardiologue de l'hôpital entre dans la chambre. Il est accompagné d'une infirmière qui demeure sur le pas de la porte, les trois femmes se tournent pour observer les fines montures dorées des lunettes du médecin. Il n'a pas boutonné sa blouse blanche. Elles aperçoivent sa tenue de ville : pantalon légèrement bouffant, chemise de riche drap, ceinture, chaussures en croco, cravate de soie, chaussettes de fil. Le grand luxe. Rangeant le stéthoscope dans la poche droite de sa blouse, il tente de prendre Eleonor à part dans un coin de la chambre. Laura s'impose. Après tout, il s'agit de son frère. Elle a aussi le droit de savoir.

J'irai sans ambages, murmure le cardiologue, comme si le malade pouvait entendre le diagnostic ; concernant son état, je ne suis même pas certain que votre mari soit dans le service idoine ; à première vue, son affection ne relève pas de la cardiologie ; cependant personne ne connaît le mal dont il souffre ; vous le savez bien, depuis toutes ces années que ses incompréhensibles pertes de conscience se répètent.

L'œil vitreux, la bouche grand ouverte, Eleonor fixe le chef de service avec une expression proche de l'incrédulité : Qu'allons-nous faire ? bredouille-t-elle dans une espèce de bâillement perplexe.

Je l'ignore, nous sommes en présence d'un cas tout à fait étranger pour nous, un syndrome nouveau ; pour l'instant, nous lui administrons un calmant par voie veineuse, du glucose pour le nourrir ; c'est une moindre thérapie, ça ne peut pas faire de mal.

Enfin, docteur, il ne peut pas rester dans cet état ! s'impatiente Laura ; mon frère doit bien souffrir de quelque chose.

Oui, tout à fait, mademoiselle, de quelque chose que, vu l'état actuel de la science, nous ne savons pas identifier ; le problème est celui-là ; la chose, comme vous dites, reste à découvrir ; nous y travaillons. Le cardiologue se gratte la tête, puis lisse sa cravate du bout des doigts. Il reprend : Nous devons attendre ; il n'y a rien d'autre à faire ; demain matin, un de mes confrères madrilènes, de passage à Barcelone, viendra l'examiner ; on s'accorde à considérer que son diagnostic est remarquable ; peut-être que, qui sait ? il parviendra…

Comprenant que le médecin laissera sa phrase en suspens, Eleonor finit par se résigner : Est-ce que nous pouvons rester auprès de lui cette nuit ?

Une seule personne, décrète le cardiologue ; M. Fortuna a besoin de calme ; de toute façon, dans ce service, il est difficile de faire mieux que d'installer un fauteuil dans les chambres ; elles sont si petites.

Puis il conclut sa phrase en s'approchant à petits pas du malade inconscient au fond de son lit, il pose sa main droite à plat sur le front de celui-ci, comme s'il voulait s'assurer qu'il n'a pas de fièvre, peut-être seulement pour marquer la complicité virile qui les unit : Il faut vous réveiller, monsieur Fortuna, murmure-t-il ; l'Espagne a besoin de vous.

Est-ce bien à moi que cela s'adresse ?

Eleonor ayant décidé de passer la nuit auprès de son mari, dans un fauteuil aménagé, Laura rentre à l'appartement avec sa nièce. Severo s'y trouve déjà, profondément triste, tout comme Gloria qui se rebelle, ne croit pas vraiment ce qu'elle dit : Il ne peut pas mourir d'un coup, comme ça !

Tu vas le regretter peut-être ? demande Severo qui fixe sa tante avec une étrangeté, une énigme au fond du regard, que Gloria ne lui a jamais connue. Il cherche l'assentiment de Laura qui, assise sur le canapé, bout de l'intérieur, ne souffle mot.

Il ne nous a jamais aimés, reprend Severo ; il n'a d'affection que pour sa politique, son pouvoir, les courbettes qu'on lui fait, la terreur qu'il inspire ; ses amis sont pires que lui : le père Salami, Borreguil…

Qu'est-ce qui te prend ? demande Gloria à Severo, en dirigeant à son tour le regard vers sa tante, toujours assise sur le canapé, toujours au bord d'exploser. Cependant, vaguement, dans sa tête, Gloria sent bien que ce qu'elle reçoit quotidiennement de cet homme, de sa femme, n'est pas l'affection d'un père, encore moins d'une mère. Avec Laura c'est différent, sa tante l'a toujours protégée. L'adolescence venant, Gloria comprend, se referme sur elle-même plutôt que de hurler. C'est seulement son corps qui hurle. Elle ne sait pas très bien pourquoi. À mesure que les minutes passent l'ambiance se tend.

Severo ne tient plus. Il saisit l'énorme poste de radio à lampes, le transporte dans sa chambre, s'installe pour écouter la diffusion de la rencontre de football qui oppose le grand club de Barcelone aux *merengues* du Real Madrid, peut-être est-ce aux joueurs de l'Athletic Club de Bilbao, en tout cas le match compte pour la Coupe de la ligue. C'est Barcelone qui gagne ce jour-là puis, quelques mois plus tard, le fameux Barça, comme on l'appelle aujourd'hui, se paye le luxe de remporter la finale.

Gloria est restée seule avec sa tante, elle lui dit que Severo est trop dur avec leur père, que bien entendu elle aussi l'aurait aimé plus affectueux, cependant…

La tante Laura devient folle, elle le sait. Elle tente de se contenir, se lève, s'éloigne du canapé, fait le tour de la pièce, se rassoit. Ses yeux chavirent, on n'en voit que le blanc. Comme illuminée, elle se lance dans une logorrhée incompréhensible au début. C'est le cours de la jeune vie de Gloria qui tout à coup flue entre ses lèvres, qui bientôt bondit dans sa voix rocailleuse. Gloria vit une situation épouvantable. Son père est mourant sur son lit d'hôpital, sa mère le veille, tandis que son frère fuit… c'est le moment que choisit sa tante pour lui démolir la raison : Gloria, je ne veux plus être leur complice ; Severo n'a pas tort ; il faut que toi aussi tu saches. Le blanc des yeux de Laura s'injecte de sang. La folie d'Hector Fortuna sort de sa bouche démente. Elle dit : Ce ne sont pas tes géniteurs ; tu ne t'appelles pas Gloria ; Severo n'est pas plus ton frère que je ne suis ta tante ; les papiers sont tous faux.

Que se passe-t-il ? qui parle ? pourquoi Laura me confie-t-elle cela tout à trac ? qui le lui a demandé ? est-ce bien à moi que cela s'adresse ? se demande-t-elle.

Avec ses treize ans, Gloria a du mal à comprendre. Elle est surtout effrayée par le mauvais scénario qu'on lui sert, bourré de flash-back, montant en désordre les scènes d'une vie, plus exactement de sa vie. Les nombreux moments restés sibyllins dans la tête de Gloria s'éclairent soudain pour elle. Le puzzle des remarques, des attitudes mystérieuses, s'emboîte pile-poil à présent, les réactions incompréhensibles de ses parents, les phrases tronquées, les regards complices, insatisfaits, tout le reste. Cette façon qu'on a toujours eue de lui dire, en l'examinant en présence de Severo, qu'elle ne ressemble vraiment pas du tout à son frère, qu'ils forment une drôle de fratrie.

À l'époque, Severo ignore tout, lui aussi, prend l'affaire à la rigolade, attrape sa sœur par les épaules, colle sa joue contre la sienne en inclinant la tête : Vous trouvez qu'on ne se ressemble pas, vraiment ?

Le silence qu'elle ressent au fond d'elle n'est pas une plage creuse de la pensée, il n'est pas une lame uniforme, sans faille, sans fracture, sans anfractuosité, sans la plus infime fissure. La béance qui habite la tête de Gloria, ce jour-là, n'a rien d'un silence étale. Il s'agit d'une suite de silences courts qui, additionnés les uns aux autres, peuvent être pris pour un silence plus long, où en réalité se succèdent pêle-mêle, au gré de ses malheurs, indépendamment les uns des autres, les pires glissements qu'une conscience puisse endurer, les plus coupantes cassures qu'une personnalité parvienne à supporter.

Elle se souvient de cette première fois où Hector Fortuna reproche à celle qu'elle croit encore être sa mère sa fécondité disparue. Elle ne savait pas que c'était après la naissance de Severo. Elle se souvient de cette deuxième fois où il susurre à l'adresse du curé : J'ai fini par m'attacher à elle, j'espère que je n'aurai jamais à le regretter. Elle se rappelle les troisième, quatrième, énième fois gravées dans sa mémoire, comme autant de douloureux silences. Elle revit les regards en coin, toujours inquisiteurs, du père Angel Salami, sa façon d'épier chacun de ses gestes, chacune de ses attitudes, d'étudier la moindre de ses passions, en se demandant si elle est bien la réussite attendue :

L'éducation que vous donnez, avec Eleonor, à cette gamine est irréprochable, déclare-t-il un jour sans se demander si elle peut entendre ; cependant il semblerait bien que vous fussiez tombés sur une perle rare, cette petite apprend extraordinairement vite, dans la perfection des règles.

Mon flair, Angel, mon flair, répond son père en se pinçant le nez.

La nuit de cette révélation, Gloria apprend également que sa vraie mère a été arrêtée par les fascistes de la Phalange, plusieurs mois avant sa naissance.

Angelines, c'est le prénom de sa mère, ignore encore être enceinte d'une petite fille. Elle s'en aperçoit en prison alors que les coups lui pleuvent quotidiennement dessus, tandis que le sang des règles ne vient pas. Ce retard qui s'ajoute à la souffrance des coups, ce retard qui dans d'autres circonstances l'aurait rendue heureuse la taraude à chaque seconde. Cependant, malgré la torture, elle continue à fabriquer la vie.

Il faut plusieurs semaines aux tortionnaires de sa vraie mère pour comprendre que ses malaises répétés, ses vomissements insensés, ses effroyables maux de tête qui ne se calment jamais ne viennent pas seulement du consciencieux tabassage qu'ils lui infligent.

Ceux qui la giflent, la frappent sans réfléchir, surtout au visage, à la tête, ceux-là mêmes qui lui cassent le nez, lui ouvrent la pommette, lui font éclater les deux arcades, finissent par comprendre qu'elle se protège seulement le ventre, tandis que son visage devient une large entaille grenée de caillots, de croûtes de sang mal séché. Lorsqu'elle comprend à son tour que les tortionnaires ont percé son secret, elle ne se contrôle plus, entre dans une furieuse folie.

Puis les craintes du début retombent. Une intuition lui dit que son ventre la protégera. Il la préservera pendant les quelques mois de sa grossesse. Ensuite, personne ne veut prendre conscience de l'horreur qui s'installe au fil des mois dans les cellules. Bientôt, c'en sera fini d'elle. Toutes les prisonnières ne réagissent pas de la même façon au moment où l'on arrache l'enfant à leur étreinte.

Hector Fortuna fait irruption dans la vie d'Angelines par hasard. Au début, il doit se contenter de l'examiner pour une visite de routine : Je voudrais vérifier ton état psychique, déclare-t-il. Il le fait avec toutes les femmes enceintes emprisonnées à la Modelo : celles qui le sont avant leur arrestation, ainsi que celles qui doivent leur grossesse aux viols répétés de leurs tortionnaires. La garde civile n'a jamais été aussi féconde, plaisante toujours le chef des tricornes vernis. Puis, en interrogeant Angelines, Hector Fortuna s'aperçoit que la future jeune mère de dix-neuf ans, entrée enceinte à la prison malgré son âge, n'a plus de famille en Espagne.

Par la suite, il fait diligenter une enquête au-delà des Pyrénées, où se sont réfugiés des milliers de combattants républicains. On n'y découvre que ce qu'il estime être bien peu de chose, c'est-à-dire qu'aucun parent proche de la jeune femme n'a réussi à s'exiler en France. Le père, la mère d'Angelines ont été tués. Son oncle, sa tante, assassinés pendant les combats. Toutefois Fortuna retrouve la trace d'un cousin, bien plus âgé qu'Angelines, qui a émigré dans les années vingt du côté de Carcassonne, s'est marié voilà plus d'une dizaine d'années avec une militante du Parti communiste français. Il s'appelle Andrés, vit à Villerouge avec une certaine Marceline, son épouse. Tout cela est si éloigné, si diffus, qu'il n'y a pas de quoi inquiéter Hector Fortuna qui, irrité de savoir sa femme incapable d'enfanter à nouveau à la suite de son problématique accouchement de primipare, a néanmoins décidé de se construire ce qu'il appelle : Une famille comme il faut. C'est-à-dire, selon l'Église, une famille d'au moins deux enfants. Fortuna profite de la solution qui s'offre à lui avec tant de facilité, l'adoption illégale : Comme un cadeau du Ciel, prétend-il, masquant son forfait derrière la majuscule.

Severo n'a alors que trois ans. Avec un peu de chance, il ne s'apercevra de rien. C'est exactement ce qui se passe. Quant aux voisins, il suffira de confiner Eleonor quelques mois à la maison, ce qui ne sera pas très difficile à obtenir d'elle, vu qu'en temps ordinaire elle ne sort de toute façon jamais, d'annoncer le moment venu que c'est le nouvel enfant du couple. Pour régler le problème de la légitimation, le docteur Hector Fortuna va jusqu'à mettre un point d'honneur à obtenir les papiers officiels de la naissance auprès du médecin de famille.

Laura raconte cela en toute tranquillité à Gloria. Elle ajoute qu'elle-même a été arrêtée à cette époque, jetée en prison, qu'elle soupçonne son propre frère d'y être pour quelque chose, même si c'est lui qui est intervenu pour sa libération, plusieurs mois plus tard, alors que Gloria a déjà fait son entrée dans la famille Fortuna : Il m'a fait jeter en prison, Gloria, s'insurge Laura. Puis elle se tait, regarde autour d'elle, hésite, prend un ton de tragédie : Je ne devrais pas t'appeler Gloria ; avant de mourir, ta mère avait choisi Julia.

Gloria-Julia

Le monde vient de s'écrouler pour Gloria-Julia, en plusieurs avalanches. Elle ne sait plus sous quelle coulée de silence elle gît. Pendant plusieurs minutes, elle ne peut articuler un mot, pousser une plainte, démarrer un cri. Treize ans de duperie, de mensonges carillonnent dans sa tête. Elle vient de mûrir trop vite, d'un coup.

Elle se met à hurler, traverse l'appartement avec une force que Laura ne parvient pas à maîtriser. Elle saisit un à un tous les cadres de la maison contenant les portraits des membres de la famille, les jette au sol, où les verres se brisent. Les doigts couverts de coupures, elle attrape chacune des photos, les déchire avec rage, son sang coule sous ses ongles : le portrait de Fortuna en militaire, le portrait d'Eleonor toute seule, le portrait de Fortuna avec Eleonor le jour de leurs noces, les mille portraits de Severo, de sa naissance jusqu'à aujourd'hui, les portraits des aïeux, son portrait de première communiante, le portrait de Laura également le jour de sa première communion à elle, une cinquantaine d'années plus tôt, il y a aussi le portrait de la Vierge, jouxtant celui de Franco, éclairés par un bougeoir de cuivre, dans l'entrée de l'appartement, aux côtés du saint crucifix garni d'un rameau de buis.

Le match de football vient de se terminer. On entend quelques commentaires, puis une musique, genre fanfare militaire, qui prend le relais.

Victoria, la régisseuse, accourt pour prêter main-forte à Laura. À toutes les deux, elles parviennent à immobiliser Gloria-Julia. Elle pleure :

Ce n'est pas mon frère ; ce n'est pas mon frère.

Qu'est-ce qu'elle raconte ? Severo où est-il ? demande Victoria à Laura.

Elle ne raconte rien, Severo est dans sa chambre ; le match de football, dit Laura.

Que se passe-t-il, madame Laura ? Est-ce que Gloria est devenue folle ?

Non, il ne faut pas dire ça ; elle n'est pas folle, Victoria ; la pauvre petite !

Laura aussi pleure. Dans la pièce, des éclats de verre jonchent le sol, il y a des photographies déchirées dans tous les coins, des bougies, des bougeoirs de cuivre renversés.

Gloria-Julia ne parvient pas à maîtriser son chagrin. Les minutes passent, deviennent des heures. Elle finit par accepter de regagner sa chambre. Victoria aussi se couche. Laura soigne les coupures des doigts de sa nièce qui fait semblant de s'endormir pour rester seule, pour ne plus voir sa tante, ne pas voir Severo, ne voir absolument personne. Elle fait promettre à Laura, à Victoria de ne pas parler à Eleonor de ce qui vient de se passer. Elle s'arrangera pour dissimuler les blessures de ses mains.

Bien entendu, cette nuit-là, elle ne dort pas. Elle reste longtemps dans son lit, sans bouger. Elle ne veut pas risquer d'attirer l'attention de Laura restée dormir sur le sofa du salon. Puis, vers six heures du matin, c'est le petit jour, une force étrange s'empare de Julia. Elle quitte son lit, frissonne à cause du manque de sommeil. Elle a une sensation de fièvre, entrouvre la porte de sa chambre, longe le couloir. En passant devant la porte vitrée du salon, elle entraperçoit sa tante allongée sur le canapé. Elle perçoit sa respiration puissante. C'est presque un ronflement. Elle traverse la salle à manger, pénètre dans la cuisine plongée dans la pénombre argentée de l'aube. Elle verse un peu de lait dans le fond d'une casserole, craque une allumette pour le réchauffer sur le réchaud à gaz butane. Elle racle plusieurs fois le soufre sur le grattoir en papier de verre de la boîte d'allumettes, une flamme, un mélange de couleur jaune, de couleur bleue, se met à vaciller, à ondoyer, à danser devant ses yeux.

Une sorte de musique joue dans sa tête, un air déjà entendu il y a longtemps, elle ignore où.

Le feu prend d'abord aux voilages de la fenêtre, puis gagne les rideaux, commence à lécher la crédence ancienne où l'on range la vaisselle courante. Quelques minutes plus tard, le vaisselier devient un flambeau. Elle est forcée de quitter la pièce envahie par la fumée. En ouvrant la porte, l'aspiration attire une torche enflammée qui pénètre dans la salle à manger.

Un rapport avec la lumière

Immobile, Julia regarde Hector Fortuna étendu sur son lit de douleur, de souffrance, bientôt de mort, à l'hôpital Sant Pau de Barcelone. Elle imagine le même homme, treize ans plus tôt, en train de réfléchir pour prendre la décision de commettre l'enlèvement, son enlèvement à elle, se rendant chaque jour à la prison Modelo de Barcelone, demandant qu'on ouvre la cellule où, nouvellement née, elle est enfermée en compagnie de sa mère affaiblie par les tétées combinées à une nourriture pauvre.

À des années de distance, elle voit le psychiatre pincer son visage de nourrisson, lui passer la main sur la tête, le front, lui tâter les mollets pour vérifier qu'elle reprend correctement du poids, que son corps est bien potelé. Julia imagine cet homme brutal, sévère, inflexible, forcé de se soumettre à la nature, en train de s'impatienter dans l'attente du grand événement du sevrage.

Angelines sait ce que cela signifiera pour elle, les jours qui suivront.

Comme elle est frêle, fragile, aujourd'hui, cette silhouette étendue, malade ! se dit Julia ; j'ai du mal à croire que cet homme a commandé l'exécution de ma mère.

C'est pourtant lui qui a tout imaginé depuis le début, qui a commencé par programmer une série de consultations médicales avec celle qui va devenir mère dans quelques mois, avec celle qui se remet à peine de plusieurs difficiles semaines d'intenses tortures. Hésitant, bredouillant, sans habitude de la situation, ne sachant trop comment s'y prendre, Hector Fortuna tente dans un premier temps de tranquilliser la jeune prisonnière : Il ne faut pas que cet enfant naisse dans la fureur, Angelines, explique-t-il ; tu dois absolument te calmer, retrouver la sérénité que tu as perdue ces derniers jours.

Il s'arrête de parler, examine le visage meurtri de la prisonnière, regarde au plafond. Il enferme un instant son nez dans son poing gauche : J'ai donné des ordres pour que plus personne ne porte la main sur toi, reprend-il ; pour que personne sans exception, même les bonnes sœurs, les curés qui viennent quelquefois à la prison, ne te maltraite d'aucune façon, y compris avec tous ces mots qui se disent ici, qui blessent aussi fort que les coups, je le sais, Angelines ; à partir d'aujourd'hui, tu pourras vivre sereinement.

Angelines ne répond pas, n'ose pas lever les yeux, poser son regard sur le médecin militaire, qui n'en est pas à son premier paradoxe, tentant de se faire passer pour l'agneau qu'il n'a jamais été. Hector Fortuna ne pousse pas la familiarité jusqu'à prendre sa main au creux de la sienne, caresser son front meurtri, blessé. Il fait de terribles efforts pour adoucir sa voix qui d'habitude sait seulement commander : Plus personne ne te fera de mal ; tu dois me croire ; il n'y a pas grand-chose à manger, ici, je le sais ; je vais donner l'ordre qu'on te nourrisse plus que les autres, mieux que toutes ces dé… détenues ; tu mangeras dans une autre cellule ; tu auras deux rations de lait par jour ; j'y veillerai moi-même ; regarde-moi, Angelines ; lève les yeux ; quel âge as-tu ?

Voilà une infinité de fois qu'il lui demande son âge, qu'il veut qu'elle le regarde aussi. Angelines dirige vers lui des yeux apeurés, les vaisseaux ont éclaté sous la violence des coups qui ont ravagé le blanc inexistant des globes, devenu tache rouge autour de sa pupille charbonneuse, les contours des orbites ne sont plus que deux hématomes bleu-noir, chapeautés par les arcades dont Hector Fortuna a lui-même suturé les lèvres de la plaie. Il lui manque plusieurs dents, une incisive à la mâchoire supérieure, les deux canines de chaque côté du maxillaire inférieur.

Les lésions accidentelles ne se transmettent pas à la progéniture, se dit-elle pour se consoler, elles ne sont pas héréditaires. Peu à peu, il n'y paraîtra rien, tu verras, s'excuse Fortuna ; tu voudrais que quelqu'un t'aide, n'est-ce pas ? moi, Hector Fortuna, je peux te tirer de là, ment-il sans sourciller ; tu ne veux pas perdre ton enfant, n'est-ce pas ? dis, comment vas-tu l'appeler, ce bébé ? demande-t-il en adoucissant sa voix, en laissant retomber ses épaules de champion du ring.

Angelines hésite un long moment, cependant que l'envie d'en parler à quelqu'un, n'importe qui, la taraude, elle se lance : Si ce doit être un garçon, bredouille-t-elle sans bouger la tête, il s'appellera comme son père, fait-elle sur un ton devenant peu à peu provocateur. Elle se met à sangloter. Les larmes brûlent les blessures de son visage. Dans l'impossibilité de s'essuyer les joues, elle se les tamponne de la pointe du col de son chemisier. Elle insiste en comprimant très fort la plaie, en serrant les dents pour surmonter la souffrance.

Aussi dur qu'un roc de marbre, sans la moindre émotion, Fortuna ne cille pas : Comment s'appelle son père ? tente-t-il de savoir. Angelines serre les lèvres, d'abord ne répond pas, puis : On ne sait pas où est le père. Quelques secondes plus tard, elle se détend, cette douleur qui en couvre une autre est devenue un soulagement : Pourquoi te martyrises-tu ? laisse sécher tes blessures, sinon elles ne guériront jamais, dit le psychiatre des armées en lui ôtant les mains de son visage.

À cet instant, on devine la guerre, le temps, comme une pierre blanche au fond des yeux d'Angelines. Elle mastique le silence.

Elle pose les deux mains sous son ventre, creusées en forme de berceau. Hector Fortuna approche sa bouche de son oreille, elle peut sentir la tiédeur aigre de son souffle : Si ce n'est pas un garçon, si c'est une fille ? demande le psychiatre en flûtant tant bien que mal sa voix.

Elle est un instant surprise par l'attitude, par le ton de son interlocuteur. Elle le regarde d'un air stupéfait avant de se décider à répondre d'un timbre clair, l'air rêveur : Ce sera un prénom qui ait un rapport avec la lumière, chantonne-t-elle.

Puis elle se reprend : Non, pas la lumière ; je l'appellerai plutôt Julia, oui, sans doute ; Julia, en souvenir de Julio, mon père, pour combattre l'oubli.

Hector Fortuna se balance sur sa chaise, en équilibre précaire sur les pieds de derrière, fait mine de réfléchir : La lumière vient de Dieu, lance-t-il en soupirant ; la mort, c'est l'affaire de l'homme… *le fidèle peut l'adoucir ici-bas, en servant le Ciel,* on peut lire ça dans le grand livre des prières.

La discussion dure plusieurs heures. Hector Fortuna prolonge le dialogue à souhait. Interrogeant la future mère, il tente de se faire une idée du nouveau-né qu'elle va mettre au monde. Ce sera une fille, il en est convaincu, en tout cas c'est ce qu'il désire, c'est ce qui guide son démoniaque dessein. Si ce devait être un garçon, comme Severo, le psychiatre ne serait pas certain de donner vie à son projet.

Je suis persuadé que c'est une fille ; je le vois à la forme de ton ventre, dit-il en joignant ses deux mains, à plat, en forme de pointe, comme pour la prière ; tu la portes en avant.

Depuis le début, Angelines en est convaincue. Elle se laisse prendre à la perversité du psychiatre qui la tient à sa merci, peut la pousser à rêver s'il le veut. Elle répond : Il me semble aussi que c'est une petite fille ; parfois, la nuit, j'en rêve ; c'est une lumière qui sort de moi, se tortille sur mon corps, rampe pour venir téter ; je sens une telle douceur au fond de mon ventre que parfois je me réveille, je profite ensuite toute la nuit de cet instant, les yeux ouverts.

S'apercevant qu'elle s'est laissée aller, qu'elle est en train d'offrir, sans y prendre garde, ses sensations les plus intimes à son bourreau, elle se tait.

Hector Fortuna en profite pour la sermonner : En attendant, il te faut manger ce qu'on t'apporte, reproche le psychiatre avec la voix d'un père. Retrouvant son tic, il passe plusieurs fois la main dans la brosse rase de ses cheveux : On m'a dit que, ce matin, tu avais renversé ton bol de lait.

Angelines résiste : Il avait tourné ; c'était du vinaigre, rétorque-t-elle ; je ne vais pas donner du vinaigre à mon bébé !

Fortuna objecte : Ton bébé, comme tu dis, ne sait pas encore ce qu'est une saveur. Même tourné, ce lait pouvait le nourrir, tu ne sais pas ce que tu dis.

Angelines ne s'en laisse pas conter : Ma fille sait ce qu'est une sensation, y compris un sentiment, se défend-elle.

Parce que c'est sûr, c'est une fille ? rayonne le psychiatre. Il se met à battre des paupières sans parvenir à se contrôler, entrecoupant sa toux nerveuse de petits éclats de rire mal assurés. Cela ne dure pas. Le ton redevient vite péremptoire : Tu n'es pas à l'hôtel, ici ; tu n'es pas dans un château non plus ; tu es à la Modelo ; tu n'es pas l'infante d'Espagne ; je t'ai déjà expliqué qu'il fallait prendre soin de toi ; ne m'oblige pas à le faire malgré toi ; tu vas te surveiller, n'est-ce pas ? tout ira bien ; tu veux avoir un bel enfant ? c'est ce que tu m'as dit, Angelines.

Peu à peu devenu menaçant, Hector Fortuna recouvre son calme, peut-être même de la gentillesse, une affabilité forcée. L'important est que la mère soigne sa progéniture. À ce stade de la grossesse, soigner sa progéniture, c'est se soigner soi-même : Pour la suite, on verra, pense-t-il sans le dire ; tant que le sevrage n'aura pas eu lieu, il faudra prendre toutes les précautions.

Il se lève, contourne le bureau autour duquel vient d'avoir lieu l'entretien, s'approche d'Angelines en lui tendant un morceau de biscuit qu'il tire de la poche de sa blouse, une barre de pâte de coings grossièrement enveloppée dans de la cellophane. Angelines se demande ce qui se passe, elle baisse les yeux, n'ouvre pas sa main. Hector Fortuna insiste : Prends, c'est pour toi ; il faut que tu manges ; il n'y a pas grand monde, en Espagne, aujourd'hui, qui puisse se vanter de manger du biscuit, de la pâte de coings ; c'est la cuisinière qui l'a faite, chez nous ; dehors, c'est la misère, le peuple n'a rien pour se nourrir ; occupés qu'ils étaient à s'insulter à l'Assemblée, les Rouges ont ruiné le pays pour des années ; personne ne voulait plus travailler ; l'économie est exsangue ; il est temps que notre Caudillo balaie cette attitude délétère ; il faut remettre de l'ordre, de la vie dans le pays ; prends ça, Angelines, c'est pour toi ; il faut que tu manges, répète-t-il en retirant le papier transparent.

Il lui saisit la main, en desserre les doigts, dépose le coing confit dans la paume de la jeune femme. Angelines demeure immobile. Loin d'être dupe, elle comprend ce qu'on lui veut. D'ailleurs le psychiatre ne tente pas de le lui cacher : C'est pour ton bébé, souffle Hector Fortuna qui contient sa fureur. Il se sent ridicule d'avoir à prodiguer tant de soins à cette inconnue. Sans lever les yeux, d'où coule la terrible acidité des larmes, la future mère se résigne à porter la pâte de coings à sa bouche. Lorsqu'elle veut mastiquer, elle grimace de douleur. À la commissure des lèvres, un peu de sang se mêle au mince filet de sucre qui s'échappe de sa bouche, coule sur le menton.

Hector Fortuna fait mine de n'avoir rien vu : Tiens, prends le biscuit aussi ; lorsque tu auras fini de manger, tu pourras t'installer dans ta nouvelle cellule ; j'ai ordonné qu'on te sépare du reste de la vermine ; on a transformé l'ancienne pharmacie, spécialement pour toi, jusqu'à l'accouchement, Angelines ; tu peux être fière.

Le psychiatre va se rasseoir à sa place habituelle, derrière le grand bureau de bois qui trône au centre de la salle de consultations, parfois réservée aux interrogatoires des fortes têtes ainsi que des nouvelles détenues.

Julia est brutalement tirée de sa rêverie. Soudain, sans le moindre égard pour le malade allongé dans son lit, la porte de la chambre d'Hector Fortuna s'ouvre d'une franche volée. Un officier de la garde civile en uniforme fait irruption dans la pièce. Il est accompagné d'Eleonor, de Laura aussi. Cette dernière a les cheveux tout décoiffés. Les joues extrêmement rouges, elle transpire abondamment. En revanche, fidèle à sa nonchalance naturelle, Eleonor n'exprime rien, se contente de grimacer. Elle ne comprend pas ce qui a bien pu se passer. Au petit matin, elle est rentrée à son appartement. Pourquoi n'a-t-elle pas croisé Gloria, sur le chemin ? Lorsqu'elle est arrivée chez elle, sa belle-sœur Laura, aidée de la régisseuse, avait réussi à éteindre l'incendie.

Aucune des deux femmes ne s'attendait à trouver Gloria dans la chambre du psychiatre. C'est le chef de la garde civile, le lieutenant-colonel Claudio Borreguil, qui, tout de suite prévenu de l'incendie chez les Fortuna par un agent de ses services posté en surveillance au bas de la maison, puis de la fuite de Gloria, a pris la décision de se rendre à l'hôpital, avec le sentiment que Gloria pouvait s'y trouver à coup sûr : finesse de limier.

Craignant le pire, les deux femmes de la maison ont insisté pour l'accompagner dans sa voiture. À présent, elles se demandent ce qui a bien pu traverser la tête de Gloria, aux aurores, lorsqu'elle s'est enfuie de la cuisine en feu.

Après avoir médité plusieurs heures la confession de Laura à propos de ses origines, après s'être levée, puis avoir mis par inadvertance, du moins c'est ce qu'elle affirmera aux enquêteurs par la suite sans jamais varier, le feu à la cuisine de l'appartement, Gloria a pris l'escampette sans réfléchir, en hurlant. Elle s'est rendue à l'hôpital décidée à obtenir des précisions de celui qu'elle sait désormais ne pas être son père. Que s'est-il passé à ce moment-là dans sa tête ?

Elle se renseigne sur la direction à prendre pour se rendre à l'hôpital Sant Pau auprès d'un motocycliste garé au bas de l'immeuble. La voyant si désorientée, si bouleversée, apeurée, si loin de son but aussi, celui-ci lui propose de s'installer derrière lui, sur le double siège de l'engin. Après avoir roulé un bon quart d'heure, il la dépose juste devant la porte principale de l'établissement de soins : Tu vas te perdre, toute seule, là-dedans ! lance-t-il avant de s'éloigner.

Elle ne se perd pas, bien au contraire, repère l'aile du bâtiment où se trouve le service de cardiologie. Comme elle l'a fait la veille, guidée par le jeune stagiaire du docteur Martinez, elle longe le lacis des étroits couloirs sombres de l'étage pour arriver juste devant la porte au-dessus de laquelle se trouve la croix en olivier teinté, dépourvue du supplicié ressuscité. Elle pénètre dans la chambre où Hector Fortuna, inconscient, respire en silence. Elle se dirige vers lui, à pas feutrés sur les vieilles tommettes disjointes de la pièce. À sa hauteur, elle tente de le réveiller en secouant plusieurs fois, avec précaution, son bras d'où partent les tentacules transparents qui transportent la nourriture jusqu'aux veines du malade. L'homme ne réagit pas. Un instant plus tard, elle va pour poser la main sur son front large, pâle, presque translucide, bleuté. Ses doigts demeurent en l'air sous l'effet de la surprise…

La porte de la chambre explose plus qu'elle ne s'ouvre dans un fracas assourdissant. Tricorne en moins, l'uniforme vert du chef de la garde civile se dessine en plein cadre du chambranle de l'entrée. C'est lui qui vient d'ouvrir la porte d'un grand coup de godillot : Gloria, qu'est-ce qui t'a pris ? demande Laura sans laisser le temps de parler au chef de la garde civile ; nous aurions pu brûler vifs, ton frère, Victoria, moi aussi.

Gloria est pétrifiée. Ce qu'elle a vécu depuis la veille défile à toute vitesse dans sa tête. Elle comprend que l'histoire a changé autour d'elle, la mémoire aussi, puis son identité au sein de la tragédie. Un nouveau combat commence. Il n'a pas fallu plus de quelques minutes, après que Laura a décidé de lui faire ses atroces confidences, pour qu'elle devienne orpheline, pire qu'orpheline, une orpheline de l'histoire. Elle a l'insupportable sentiment d'avoir trahi sa véritable mère, d'être responsable de sa mort, d'avoir enterré sa mémoire, maintenant qu'elle sait que celle-ci existe.

Dans quelques instants, on l'accusera d'avoir intentionnellement mis le feu à l'appartement de ses bienfaiteurs. Peut-être la garde civile l'arrêtera-t-elle. Vous n'allez pas l'arrêter, lieutenant-colonel ? proteste Laura en voyant l'officier s'approcher du lit d'Hector Fortuna. Toujours dans la même position, Gloria demeure figée. Blanche de terreur, elle tremble : Il ne manquerait plus que ça ! proteste Eleonor en faisant un effort surhumain pour soulever ses paupières.

Lorsque le cardiologue, tel un furet, pénètre dans la chambre, le chef de la garde civile se tourne vers lui : Que faites-vous là ? ce n'est pas l'heure des visites, proteste le médecin ; Hector Fortuna est entré dans le coma, ce matin de très bonne heure, juste après votre départ, explique-t-il en s'adressant spécialement à Eleonor ; comme je vous l'ai dit, mon collègue de Madrid sera ici vers midi ; nous procéderons à de nouveaux examens ; d'ici là, je préférerais qu'il reste seul, conclut-il en se dirigeant vers Gloria. Il passe son bras autour des épaules de la jeune fille, la reconduit vers la porte, en invitant du geste le chef de la garde civile à quitter lui aussi la chambre redevenue silencieuse.

Dans le couloir, Gloria échappe à l'étreinte du cardiologue. Elle se blottit dans les bras de Laura. Au plus profond de cette confusion, celle qui a trahi le secret demeure toujours son alliée la plus sûre. Eleonor lui fait l'effet d'un monstre d'autant plus dangereux qu'elle est, comme d'habitude, apathique, sans le moindre sel.

Je vous raccompagne chez vous, propose le chef de la garde civile ; du moins à ce qui reste de votre appartement, après l'incendie.

Vous forcez les choses, lieutenant-colonel ; un peu de mesure ; nous n'allons pas faire un plat de deux rideaux brûlés, proteste Laura.

Ne minimisez pas, je vous prie ; mon devoir est d'interroger Gloria... qu'elle se tienne à mon entière disposition ces prochains jours, poursuit-il en insistant particulièrement sur le mot *entièèèrrre*, qu'il fait traîner dans sa bouche.

Claudio, ne soyez pas ridicule ; mon mari n'apprécierait pas votre attitude, intervient Eleonor.

Je n'en suis pas si certain ; puis les procédures sont les procédures ; dans pareil cas, la procédure dicte d'interroger la pyromane.

Tout en discutant, le groupe longe l'entrelacs des couloirs en sens inverse, débouche dans la vaste cour d'honneur de l'hôpital, dominée par les tours, les flèches, les innombrables échauguettes du bâtiment, où est garée la jeep du chef de la garde civile. Ce dernier invite les femmes de la famille Fortuna à prendre place dans son véhicule.

Alors vous l'interrogerez à la maison, mon cher Claudio ; ce sera en ma présence, sinon il n'y aura pas d'interrogatoire, décrète Eleonor dans un pathétique accès de rébellion.

Le ton péremptoire sur lequel l'épouse de Fortuna règle l'affaire est si inhabituel, si nouveau, comme ressuscité d'un tréfonds ignoré de tous, que Laura, Gloria, Claudio Borreguil aussi, en restent sans voix, le regard cloué au sien qui fixe le chef de la garde civile dans une attitude de ridicule défi.

Le chef de la garde civile n'en pense pas moins : Ce sera comme vous le direz, doña Eleonor, fait-il mine d'accepter ; veuillez prendre place, je vous prie ; je vous accompagne jusqu'à l'appartement.

Tu n'es pas mon frère

Décembre 1952

Les caves de la caserne de la garde civile ont été réaménagées juste après la prise de Barcelone. Depuis, elles servent de cellule d'isolement, de salle d'interrogatoire. Malgré les lourdes portes, l'épaisseur des murs, la terre battue qui amortit le son, on perçoit les hurlements que les hommes au tricorne arrachent à leurs suppliciés.

Severo s'est rendu dans ce lieu pour prendre des nouvelles de Gloria qui n'est pas rentrée dormir à l'appartement du quartier de Gracia cette nuit. Bien entendu, il n'a pas plus prévenu sa mère que sa tante, de crainte qu'on lui interdise de sortir de la maison tant que son père ne sera pas rentré de l'hôpital, ce qui ne semble pas d'actualité pour le psychiatre tombé en syncope depuis plusieurs jours. Severo est en train de gravir le vaste perron de la caserne lorsqu'un acolyte du lieutenant-colonel Claudio Borreguil l'arrête sur les premières marches. Celui-ci connaît parfaitement le garçon, il s'agit de l'agent qui a été chargé de surveiller la famille juste après les premiers symptômes d'Hector Fortuna, le jour de la communion de Gloria : Où vas-tu, Severo ? demande-t-il en se postant devant lui pour le saisir par les deux épaules. Le garçon, qui lui ne le connaît pas, réussit à se dégager, à poursuivre son ascension du perron. Il n'a cependant pas le temps de gravir une deuxième marche. Le garde civil le rattrape par le bras, le lui vrille dans le dos, l'immobilisant à même la pierre du large escalier. À genoux, la joue contre terre, Severo se met à hurler avec une telle souffrance que l'homme relâche sa torsion pour ne pas attirer l'attention sur lui. Ignorant les quelques curieux qui passent par là, qui de toute façon osent à peine regarder la scène, il commence à se payer sa tête : Malgré ce qu'on t'a plusieurs fois conseillé, tu veux te rendre à la caserne, mon cher Severo, alors allons-y ensemble, lance-t-il à son prisonnier sans lui lâcher le bras maintenu dans le dos par une clé extrêmement efficace ; allez ! monte, espèce de clown. Le garçon fait mine de se relever, cependant le garde civil maintient la prise pour lui faire à nouveau poser les genoux à terre, son visage sur le gradin de pierre : Écoute-moi, Severo, tu vas monter ce perron, bien sûr ; auparavant il faut que je te dise que c'est pas un moulin ici, t'es pas un don Quichotte non plus, alors tu monteras jusque là-haut de la même façon qu'on gravit la Scala Santa. Il relâche une nouvelle fois la clé afin que le garçon puisse entamer sa progression à genoux. Il l'accompagne ainsi jusqu'à la plate-forme qui donne de plain-pied sur l'entrée principale de la caserne. Une fois là-haut, il le pousse de toute sa force, le regardant rouler jusqu'au bas du perron, atterrir juste devant le lieutenant-colonel qui vient prendre ses quartiers.

Claudio Borreguil reconnaît immédiatement le fils de son ami. Furieux de ce qui se déroule devant ses yeux, il aide le garçon à se relever : Eh bien ! sergent Garcia, espèce de connard, tu es devenu dingue ; qu'est-ce que tu fais à l'aîné des Fortuna ? Éberlué par la réaction de son supérieur, le garde civil observe tour à tour le soleil, en clignant d'un œil, le bout de ses solides chaussures d'épais cuir noir, en fronçant les sourcils. Il se demande quelle erreur il a bien pu commettre en maltraitant le frère de Gloria.

Le sergent manque d'éléments, bien entendu. Il manque aussi de mesure, épargnons-lui son esprit d'analyse. Il ignore que Severo n'a aucune raison d'être traité sur un pied d'égalité avec Gloria. Les deux enfants n'ont jamais eu le même statut dans la famille Fortuna. L'un est le fils, l'aîné, le mâle légitime, celui qui deviendra le garant plus tard de la fierté de la famille. L'autre, la cadette, est la fille qui ne transmettra jamais le nom qu'on a eu la bonté de lui céder pour l'éduquer, pour la sauver de cette gangrène psychique qui terrasse les Rouges : Tous autant qu'ils sont, quelle que soit leur nationalité, dit-on en évoquant les brigadistes venus d'Europe défendre la jeune république.

Le sergent Garcia ne peut pas imaginer que Gloria puisse bénéficier d'un régime de faveur. Il ne peut pas croire qu'on garde une détenue toute la nuit à la caserne sans que celle-ci soit traitée comme une coupable qu'on devra à toute force faire parler. Pour le sergent Garcia, il est impossible de concevoir que Gloria n'ait pas été rouée de mille coups, sous une pluie d'injures.

Il est incapable de comprendre que le lieutenant-colonel qui, malgré les protestations d'Eleonor, s'est entêté à interroger Gloria dans sa caserne, a cependant le sentiment de marcher sur des œufs, entend se garder de tout dérapage. Ce dernier a d'ailleurs prévenu ses hommes que l'interrogatoire devait être mené comme une confession, avec les pressions psychologiques que les curés savent mettre en œuvre dans la ténébreuse froideur de leur église au cours de la collecte des péchés de leurs paroissiens, sans les coups qui fusent d'habitude chez les militaires chargés de faire parler les suspects.

Sergent Garcia, tu as perdu ta langue ? il faudra vérifier ça tout à l'heure ! lance le lieutenant-colonel vert de rage, en prenant Severo par son bras endolori, gravissant lui-même le perron où s'est déroulée la scène qu'il ne pardonnera jamais à son subalterne. Arrivé sur la plate-forme, il oblige le sergent à solliciter les excuses de Severo. Il lui donne l'ordre de le précéder dans l'entrée principale de la bâtisse. Lorsqu'ils en franchissent le seuil, les sentinelles se mettent au garde-à-vous. Le lieutenant-colonel hurle dans l'entrée : Qu'on s'empare du sergent Garcia, qu'on le conduise dans une cellule ; pour l'instant, j'ai à faire ; je m'occuperai de lui tout à l'heure.

Deux gardes civils se précipitent aussitôt pour désarmer le sergent, qui ne tente pas de résister, se contente de regarder autour de lui, l'air hébété, comme si l'on venait de le tirer de son lit, en plein sommeil : Je suis désolé, mon colonel, murmure-t-il en tendant ses poignets, je suis désolé.

Un des gardes civils commence à lui passer les menottes avec des égards qui ne sont pas du goût de son collègue. Ce dernier termine l'opération avec la brutalité de règle. Il finit en donnant une grande claque au tricorne du sergent, qui roule au sol sur plusieurs mètres : Avance, fils de pute ! lance-t-il comme s'il s'apprêtait à conduire un Rouge à la torture.

Ces retournements de situation ne sont pas rares parmi les membres de la police. Un tel, qui est aujourd'hui respecté, adulé, garde de base, gradé, peut se retrouver le lendemain dans une situation désastreuse, pieds liés aux montants d'unc chaise, en situation de répondre à des dénonciations absurdes dont il méconnaît l'origine. L'esprit de corps disparaît soudain. Les gardes civils se dévorent l'un l'autre. La méfiance devient peu à peu la règle, il n'est pas si rare de se voir suspecter du jour au lendemain par son propre collègue de patrouille. Dans cet après-guerre assassin qu'est devenu le fascisme espagnol, il n'est pas question d'imposer sa façon de voir les choses à des vaincus qui pensent différemment, il faut supprimer ceux qu'on vient d'écraser, les autres aussi qui pensent comme eux, jusqu'à ce qu'il n'en reste plus. Il n'est pas question de convaincre, d'asservir les vaincus. On doit les éradiquer avec la peste rouge, la grippe marxiste, qu'ils contractent en naissant.

Dans les casernes, les policiers ont en permanence à l'esprit l'histoire de ce garde sans grade incarcéré pour ne pas avoir arrêté son père. Cela se passe en 1944, à la fin de la Seconde Guerre, alors qu'Hitler est en train de tirer ses dernières cartouches, tandis que Mussolini s'entête. Certains républicains espagnols réfugiés en France se prennent à rêver de reconquérir leur péninsule, de reprendre le pays aux phalangistes. Ils pensent que s'ils commencent l'offensive, la France qui se libère à peine viendra leur prêter main-forte en Espagne. Pourquoi le ferait-elle plus qu'en 1936 ? Néanmoins l'offensive a lieu au val d'Aran ; romantique offensive ! Romantique jusqu'au désespoir, jusqu'à sa fin tragique, jusqu'à la mort, à la mélancolie ! Il ne faut pas plus de huit jours à l'armée espagnole pour maîtriser l'aventure. En Europe personne ne bouge. Il se peut même que seule une poignée de Français ait eu vent de l'offensive. Les autres pays n'en savent rien encore aujourd'hui.

C'est alors que l'horreur franquiste s'abat partout, dans la province de Lérida. On recherche les complices de ce coup de main. Une simple dénonciation suffit à faire fusiller son voisin. Dans cette confusion, au milieu de ces exécutions sommaires, le nom du père d'un garde civil est évoqué. Le lendemain, lorsqu'on vient l'appréhender, le vieil homme a disparu. S'est-il enfui ? Va-t-il revenir bientôt ? En tout cas, c'est le silence, nul ne peut dire ce qu'il est devenu.

En cet hiver 1944, la montagne est blanche. Il a aussi neigé à basse altitude, dans les vallées. L'homme a pu se faire surprendre par le froid. Il n'est plus si jeune. Il a pu souffrir d'un malaise, subir un accident. On peut tout imaginer. À la caserne, on demande à son fils s'il sait où se trouve son père. Celui-ci est désolé, il est prêt à coopérer. Cependant il ne sait rien. Il le jure à plusieurs reprises. Le lendemain, on insiste encore. Troublé par tant d'acharnement, le garde bafouille, s'énerve devant l'inimitié qu'on porte à son père : C'est un homme simple, honnête, rétorque-t-il ; il n'a aidé aucun de ces Rouges qui ont voulu reprendre l'Espagne ; il s'est toujours occupé de ses cabris, jamais de politique. Cependant rien n'y fait.

Au troisième jour, on arrête le garde civil, l'enfermant dans une cellule de la caserne avec les marxistes, les maquereaux, les droits communs aux branches diverses. On ne fait pas le tri. À partir de là, il doit souffrir tous les jours plusieurs heures d'interrogatoire. On commence par le traiter de fils de pute, ensuite de fils de plusieurs mères toutes accablées de spécialités variées. On le menace de toutes sortes de sévices qu'on lui fait endurer sur-le-champ. On le déshabille, on joue avec son corps comme parfois les enfants, dans l'apprentissage de la cruauté, jouent avec celui des insectes. Le garde continue à lancer de persistantes obsécrations. Peu à peu, il devient lui-même un insecte. On peut lui arracher les pattes, ses déprécations n'ont plus d'effet, bientôt il ne crie plus, il n'a plus la force de supplier, on peut lui arracher les yeux, l'arroser d'essence, y mettre le feu.

C'est exactement ce qui se passe au dixième jour de cet interminable interrogatoire. On le conduit nu, ensanglanté, dans un champ, on lui passe une blouse pour que le liquide s'imbibe. On lui vide un jerricane d'essence sur la tête, une douche d'hydrocarbure qui l'aveugle, ravive la douleur des plaies. On le libère pour qu'il ait le loisir de courir. On l'enflamme par une mèche de ses cheveux. Plus tard, son corps cramoisi est criblé de balles sur place. Il n'a pas eu la force de faire un pas. Il est devenu un insecte incapable de voler. On lui arrache les ailes, au petit matin de la veille.

Puis, quelques jours plus tard, autour du village de son père, des chasseurs retrouvent le corps du vieil homme, couvert de feuilles froides, trempées, entamé par les morsures des sangliers, commençant à se décomposer par les oreilles, par le nez. Probablement victime d'un malaise, il n'a jamais réussi à se relever.

Tandis que, conduit en cellule, le sergent Garcia commence à comprendre ce qui l'attend, le lieutenant-colonel Claudio Borreguil continue à faire les yeux doux à Severo pour tenter d'éviter le scandale qui pourrait s'ensuivre, dans l'éventualité d'une soudaine guérison d'Hector Fortuna. On a déjà vu de telles rémissions. Il fait entrer le jeune homme dans son bureau. Chacun d'eux s'apprête à prendre place dans un des quatre confortables fauteuils cabriolets, installés autour d'une table ronde, réservés à la réception des invités non suspects, non coupables. Le chef de la garde civile fait mine de s'asseoir, se relevant dans un même mouvement de bascule pour s'approcher du téléphone qui se trouve sur son bureau : À ton âge, on est un homme, on boit du café fort, n'est-ce pas ? lance-t-il à Severo. Sans attendre la réponse, il décroche le combiné : Qu'on nous apporte du café, bien fort, demande-t-il ; évidemment avec du lait, idiot ! fais venir Gloria Fortuna aussi ; son frère est là ; on va la relâcher. Il raccroche, revient s'asseoir dans son fauteuil, pose sa grosse main sur celle plus fine de Severo, lui expliquant l'intérêt d'interroger Gloria dans ces locaux plutôt qu'à l'appartement, où les gardes civils n'auraient pu éviter les interférences d'Eleonor.

Alors qu'il expose ses arguments à l'aspirant chorégraphe, devenu muet depuis qu'il a roulé au bas du perron, la porte du bureau s'ouvre après trois coups discrètement frappés. La silhouette d'un garde civil sans tricorne, apportant le café, s'approche de la table pour déposer un plateau avec des tasses, des petites cuillères, du lait, du sucre, une cafetière en émail fané qui a dû autrefois être blanc. L'homme se dirige vers la porte pour ressortir lorsque Gloria fait son apparition dans l'encadrement.

Claudio Borreguil se lève d'un coup, se dirige vers elle, qui baisse les yeux comme un enfant qu'on réprimande : Avance, entre, je t'en prie, viens t'asseoir avec nous, dit le chef de la garde civile en la prenant par le bras pour la conduire jusqu'à la table où le café vient d'être servi. Apporte une troisième tasse, caporal, demande-t-il ensuite à son adjoint ; du biscuit aussi ; est-ce qu'il y a Dieu moyen de trouver du biscuit dans cet établissement ?

La jeune fille a pleuré. Ses cheveux sont tout dépeignés, en bataille, froissés, comme si elle venait de se lever après une nuit très agitée, entrecoupée de terribles cauchemars. En réalité, elle n'a pas du tout dormi, on l'en a empêchée. Au moment où ses yeux se fermaient tout seuls, les questions se mettaient à pleuvoir à seaux, qui la tiraient chaque fois de sa somnolence.

Severo se lève. Prend Gloria dans ses bras : C'est fini, petite sœur, dit-il en l'embrassant partout sur le visage, sur les pommettes, sur les yeux. Asseyez-vous, je vous en prie, invite le lieutenant-colonel en tentant de juguler une effusion qu'il n'a jamais imaginée de ce frère d'apparence si dépariée de sa sœur, que cependant tout unit dans le secret. Entre-temps la troisième tasse arrive avec un énorme biscuit, qui ressemble à une brioche criblée d'éclats de fruits confits rouges, jaunes, verts, dont la partie supérieure est recouverte de gros sucre blanc. Le chef de la garde civile partage la pâtisserie en quatre morceaux, tendant l'assiette aux deux jeunes assis autour de la table : Servez-vous, vous pourrez en reprendre, moi, je ne mange pas ce genre de choses, explique-t-il en tirant une cigarette de sa poche. Le téléphone se met à sonner. Reposant le biscuit, Claudio Borreguil décroche. Il parle fort, presque à hurler, d'une voix de tête insupportable : Je t'avais dit de ne pas l'arrêter ; je t'avais dit que ce type ne m'intéressait pas ; je voulais remonter la filière, frapper la tête ; oui, abruti ; qu'est-ce que tu veux que ça me foute d'arrêter un imprimeur lambda ? quoi ? oui, ça veut dire n'importe quel imprimeur, imbécile ! des imprimeurs, il y en a partout, il n'en manque pas ; maintenant, ils sont prévenus ; ils vont être sur leurs gardes ! Le lieutenant-colonel demeure ensuite un long moment en silence, écoutant ce qu'on lui dit dans l'appareil, commençant à s'agiter : Je viens voir ça, lance-t-il. Il jette l'écouteur sur son socle. La bouche écumant de rage, il s'excuse à peine auprès de Gloria regardant Severo. Il quitte la pièce en claquant la porte.

Restés seuls, le frère ne sait que dire à sa sœur. Ils ont hâte d'abandonner le bureau, de se retrouver à l'extérieur. Gloria craint que l'ami de son père ne mette des heures à revenir, c'est ce qui s'est passé lorsqu'elle a été conduite à la caserne, l'après-midi de la veille. Vers sept heures, on est venu la chercher pour l'enfermer dans une autre cellule, l'interrogeant jusqu'à dix heures. Ensuite, elle a pu manger du pain, de la charcuterie apportée par un jeune militaire. Restée sur une chaise, elle a dormi assise, le sommeil entrecoupé par de courtes questions, dont le but était seulement de la réveiller à intervalles réguliers, puis on a recommencé à l'interroger de façon plus systématique très tôt dans la matinée. Elle a toujours maintenu la même exacte version des faits : Nous avons parlé jusqu'à très tard, dans la soirée, avec ma tante ; nous étions inquiètes à propos de mon père ; je n'avais presque pas dormi ; je me suis réveillée de bonne heure ; ma mère était à l'hôpital ; ma tante dormait sur le sofa ; j'ai voulu faire chauffer mon petit déjeuner ; j'ai craqué une allumette ; le feu a pris au rideau ; je ne sais pas ce qui est arrivé ; j'ai eu peur ; je ne savais plus ce que je faisais ; je me suis dit qu'il fallait que je me rende tout de suite auprès de mes parents, à l'hôpital ; j'étais dans un état ; je ne sais pas pourquoi je me suis dit ça ; je ne sais pas ce qui m'est passé par la tête ; il n'y a rien d'autre.

Elle a répété cela des dizaines de fois, les yeux noyés de larmes. Elle n'a pas évoqué les révélations que Laura lui a faites ce soir-là. Elle n'a pas dit qu'elle n'avait qu'une seule idée ensuite, interroger personnellement Hector Fortuna.

Tu sais, pour notre père ! murmure Severo en vérifiant que la porte du bureau est bien fermée. Je sais quoi ? demande Gloria. Pour notre père, Laura t'a dit, elle m'a tout avoué à moi aussi ; c'est pour cette raison que j'ai transporté le poste de radio dans la chambre ; que je me suis enfermé pour écouter le match ; je te jure que tante Laura m'a tout dit ! hier soir, après qu'ils t'ont emmenée, elle m'a donné d'autres détails ; notre mère, pardon, Eleonor était furieuse, atterrée.

Quels autres détails ? demande Gloria à son frère.

Je t'aime, Gloria ; pour moi, ça ne change rien ; tu es ma sœur.

Severo, tu n'es pas mon frère ! proteste-t-elle.

Celui-ci la presse dans ses bras : Moi, je t'aime comme une sœur ; nous ne sommes pour rien dans…

Tu ne peux pas dire une chose pareille, Severo ; c'est fatalement notre histoire.

Nous n'avons rien fait pour.

Pour toi, ça ne change rien, Severo ; ça reste tes parents ; pour moi…

Gloria ne finit pas la phrase. L'émotion lui obstrue la gorge. Sa voix commence à trembler, à chevroter, elle tousse, renifle.

Gloria, fait le garçon.

L'adolescente corrige : Julia !

Gloria, répète-t-il.

Elle insiste : Julia !

Pourquoi dis-tu *Julia* ?

C'est mon vrai prénom, Julia ; c'est ma mère qui l'a choisi, dans sa cellule ; si on lui avait permis de m'élever, je me serais appelée Julia !

Tu veux dire que…

Oui, Hector Fortuna m'a volée à ma mère ; il l'a fait exécuter ; une adoption, Severo, pas très régulière, dont il n'y a même pas eu de trace sur les registres truqués : on a changé mon prénom, ton père m'a imposé son nom ; tu vois bien que tante Laura ne t'a pas tout dit.

Envole-toi, petite sœur

Décembre 1952

Les voitures arrivent l'une après l'autre en flot continu devant l'appartement du quartier de Gracia. La garde civile a décidé de neutraliser la circulation. La rue est devenue un vaste parking où les automobiles, aiguillées par plusieurs hommes en tricorne, se garent côte à côte en épi pour attendre la levée du corps, partir en cortège vers l'église. Le fourgon des pompes funèbres n'est pas encore arrivé. Certains privilégiés vont saluer une dernière fois la dépouille d'Hector Fortuna. Celui-ci est mort dans la nuit de l'avant-veille. Le légiste a autorisé le rapatriement du corps vers l'appartement familial afin d'organiser la veillée mortuaire dans les grandes largeurs, les règles de l'époque.

Le salon du vaste appartement a été entièrement transformé. On a libéré le mur nord de la pièce de tous les meubles qui en obstruaient l'accès, on y a accolé perpendiculairement un châlit appartenant à l'armée, sur lequel repose le corps sans vie du psychiatre, yeux clos, mains croisées sur la poitrine, emprisonnant entre ses doigts les perles blanches d'un chapelet se finissant par un riche crucifix d'argent ouvragé, la poitrine parée de toutes ses décorations militaires.

Le père Angel Salami a fait apporter, de chaque côté de l'installation funèbre, deux imposants chandeliers pascals, montés sur pied, dont le métal mordoré brille à la lueur rectiligne des cierges. Une fine colonne de fumée noire, qu'aucun souffle ne fait ondoyer, prolonge la flamme à la verticale en direction du plafond.

On a disposé tout autour de cette installation mortuaire une bonne quantité de sièges, collectés dans l'ensemble des pièces de l'appartement, sur lesquels sont assis, bras croisés comprimant leur poitrine, Eleonor Mole Lobon, Laura Fortuna, Severo, Gloria Fortuna Mole, ainsi que plusieurs autres membres de la famille, arrivés la veille dans la capitale catalane, puis les amis du couple parmi lesquels on compte de nombreuses personnalités. Un proche collaborateur de Franco a fait parvenir un témoignage de condoléances du Caudillo à la famille du défunt.

Lorsque le maître de cérémonie entre en grand apparat, corseté dans son costume, le cou engoncé dans une épaisse cravate de laine noire à large nœud, la démarche empesée, les mains gantées du deuil, tous les regards se dirigent vers lui : Mesdames, messieurs, je vous prie de m'excuser ; je vous demande de bien vouloir patienter à l'extérieur de la pièce, nous allons procéder…, explique-t-il évasivement dans un murmure condescendant, à la limite du servile, avec force mimiques affligées d'une obséquiosité toute professionnelle.

Les endeuillés se lèvent illico, sauf la veuve qui se demande ce qui vient de lui tomber dessus. Elle n'a jamais envisagé la perte de son mari. À présent tout se passe comme si, prostrée devant sa dépouille, elle attendait toujours l'autorisation de son conjoint pour bouger le petit doigt. Elle est demeurée immobile, à ce point figée qu'il faut l'intervention de Severo, appelant Gloria à la rescousse, pour qu'Eleonor se redresse, en se laissant porter par ses deux enfants, la tenant chacun par un bras.

Nous allons procéder à la mise en bière, croit bon de préciser finalement le maître de cérémonie tandis que le personnel des pompes funèbres attend dans le hall pour pénétrer à son tour dans le salon, avec un cercueil de chêne massif aux lourdes poignées de bronze.

Le transfert du corps dans la bière n'a duré que quelques minutes pendant lesquelles, dans l'entrée de l'appartement, les proches en ont profité pour tomber dans les bras les uns des autres, avec la mine de circonstance exprimant quelque chose du genre : Tu te rends compte, ce qui est en train de se passer, dans le salon ? À quoi on répondait par une autre question : Eh ! qu'y pouvons-nous, si Dieu le rappelle ? Pendant plusieurs minutes, on ne cesse de se taper dans le dos avec la main ouverte, la paume en position concave, façon bénitier de poche. Un geste qui produit un son caverneux de froide catacombe.

Si vous désirez reprendre vos places, nous avons terminé les préparatifs, annonce le maître de cérémonie d'un ton monocorde, profondément désolé.

Lorsqu'on pénètre à nouveau dans le salon, le cercueil est ouvert, placé sur un catafalque composé de tréteaux recouverts d'un velours de coton noir, dont les franges balaient le sol. Le châlit replié a été rangé contre le mur du fond. Le corps du psychiatre est tout rabougri, ratatiné entre les longues planches latérales. Il se dégage de lui une présence mystérieuse qui pour un peu ferait entrevoir les portails du Ciel, celui de l'Enfer, qui sait ? En tout cas, il règne dans la pièce cette odeur sirupeuse de l'huile avec laquelle on lubrifie les gonds des grandes portes.

Le dormeur éternel qui, durant son coma, a raté plusieurs fois la barque du passeur, attend à présent en toute sérénité l'imposant voilier qui l'emportera, lui, son âme ternie, vers le purgatoire où l'on tente de remplacer la haine identitaire, goutte après goutte, par du sang tiède, fraternel.

Vous pouvez embrasser une dernière fois votre parent, psalmodie le maître de cérémonie en invitant d'abord la veuve à s'approcher du catafalque. Les enfants suivent leur mère avançant toute seule, chancelant en direction du corps de son mari enveloppé dans un linceul de satin blanc. Severo ouvre ses bras derrière elle, sans la toucher, entoure sa silhouette égrotante, prêt à la rattraper si elle devait en quelque moment s'affaisser. Gloria se met à cet instant en retrait. Est-elle déjà consciente que, comme le défunt, elle non plus ne reviendra jamais dans l'appartement qu'elle s'apprête à quitter ? Les lèvres pâles d'Eleonor se posent, pour la dernière fois, sur le front glacé d'Hector Fortuna, puis elle fait le signe de croix, s'effondrant ensuite dans les bras de Severo. Isolée dans un angle du salon, Gloria n'oubliera jamais cet instant où, du fond de sa froideur, elle observe cette foule compacte, silencieuse, autour du cercueil. Procédez à la fermeture, commande le maître de cérémonie à son personnel. Le couvercle fait alors son apparition dans le plus grand silence, il semble que jusqu'ici on ait pris soin de le dissimuler. On l'assemble sur le cercueil où repose le corps. Les gestes sont rapides, précis. On entend une mouche voler, seulement le bruit sec des planches qui s'ajustent, le grincement d'un boulon, dont le filetage mord les fibres du bois, puis un autre boulon, les semelles des croque-morts grinçant dans la pièce, sortant de celle-ci pour revenir plusieurs minutes plus tard, recouvrir la bière du drapeau espagnol, puis la charger sur l'épaule avec une chorégraphie de ballet moderne.

Eleonor se demande comment, dans l'état de tristesse où elle se trouve, elle va réussir à se rendre jusqu'à la voiture qui a pris la tête du cortège, juste derrière le corbillard croulant sous des fleurs rouges, jaunes, aux couleurs du drapeau national.

Le temps hésite, se balance. Sa tête est prise dans une ouate tamisant les bruits autour d'elle, en même temps que jaillissent les images d'un passé en suspens, où les visages n'ont pas vieilli. Eleonor revoit Hector Fortuna, le jour de leur mariage, en 1934. Il a trente-quatre ans, elle vingt-cinq. Leurs fiançailles ont été si longues ! L'hésitation des familles si grande ! Elle se retrouve enceinte trois mois plus tard. Il est si beau, son Hector, dans son uniforme neuf de l'armée espagnole ! Puis les années de guerre ne tardent pas à venir. Elle a si peur au début, lorsque la garde civile, appuyée par les gardes d'assaut, aide les anarchistes, les trotskistes, les socialistes du PSUC à reprendre Barcelone. Il faut se cacher pendant plusieurs mois, comme des scélérats, une attente interminable. Elle a eu si peur toute sa vie, y compris au moment où le cours de l'histoire s'infléchit, que commence l'extermination des Rouges.

Le convoi s'ébranle. À travers le brouillard de son impuissance, Eleonor croit apercevoir une colonne de blindés se presser derrière le corbillard, comme lorsque les chars de Franco ont remonté les Ramblas, en cette année 1939 : Maman, maman ! qu'est-ce qui t'arrive ? s'inquiète Severo en secouant Eleonor que les souvenirs ont désarticulée.

À l'arrivée devant la cathédrale de Barcelone, un violent orage éclate. La cérémonie religieuse est poignante, ensuite. Bien entendu, c'est le père Angel Salami qui dit la messe en racontant, par le menu, le parcours de bon mari, de père remarquable, d'excellent chrétien, d'exemplaire phalangiste du défunt. C'est Claudio Borreguil qui, représentant l'autorité madrilène, prononce l'éloge funèbre d'Hector Fortuna, médecin des armées, coauteur de plusieurs travaux sur l'infériorité du psychisme marxiste...

Ici, une main rebelle s'arrange pour esquiver la messe. C'est cette même main qui vient de stopper le récit de la cérémonie, devant les portes de l'église, pour s'intéresser aux pigeons tout frigorifiés, en cette fin d'année 1952, picorant on ne sait quelles graines allégoriques sur les dalles assemblées du vaste parvis. Tandis que, à l'intérieur, on partage le pain pour le repos de l'âme du psychiatre, que résonne le requiem sous la haute nef de la cathédrale, à l'extérieur, une silhouette contemporaine s'interroge, dans le froid, à propos de ce qui nous appartient vraiment sur cette terre : Rien n'est à nous, murmure la silhouette. Se jouant du temps s'envolant pardessus les années dans le vent glacial qui balaie le Barrio Gotico de Barcelone, on entend les bruissements de la voix d'Eugenio Montejo, depuis son paradis poétique, braver les eaux du violent orage :

Le temps est à toi lorsque ton corps passe
dans le frémissement du monde,
le temps, pas ton corps.
Ton corps était ici, allongé au soleil, il rêvait,
il s'est réveillé avec toi un beau matin
lorsque la terre l'a décidé.

Le toucher des mains est à toi, pas les mains ;
la lumière t'emplissant les yeux, pas les yeux ;
à la rigueur un arbre, un oiseau que tu aurais regardés,
cependant le reste n'est pas à toi.
Tout ce que la terre a accepté de prêter reste ici,
c'est à la terre.

Nous, nous avons juste apporté le temps d'être vivants
entre l'éclair puis le vent ;
le temps pendant lequel ton corps tourne avec le monde,
l'aujourd'hui, le cri devant le miracle ;

la flamme qui brûle avec le cierge, pas le cierge,
le néant auquel tout est suspendu,
— voilà ce qui est à nous.

Devant le cimetière, le déluge est passé. Cependant, il pleuvasse encore. Les véhicules s'embourbent dans le chemin de terre. Phares allumés, on se gare à nouveau en épi devant le mur d'enceinte constellé de sordides impacts de balles que personne n'a songé à combler. Puis on descend de voiture, chacun va prendre place dans le cortège qui s'allonge derrière le cercueil porté par quatre militaires en uniforme, remplaçant au pied levé les croque-morts, pour conduire Hector Fortuna jusqu'au caveau familial, dont on va inaugurer la première niche. Les tombes des ascendants affichant complet, on a bien été forcé de se faire construire son propre refuge mortuaire.

Les minuscules cailloux des allées roulent sous les chaussures, marquant le rythme lent d'une progression qui semble ne plus devoir finir. À contretemps, on a l'impression d'être soi-même pris sous une pluie de graviers, d'être emprisonné dans l'immense sphère d'une maraca galactique, marquant la lente rotation d'un univers occupé à se replier, peu à peu, sur lui-même. La répétition obsédante du même crissement des pierres, sous toutes les semelles, fait tournoyer l'esprit de chacun dans une sorte de malaise que sans doute Gloria éprouve plus cruellement que le reste du cortège. Elle a tout de suite compris qu'il s'agit de sa dernière sortie avec les Fortuna, de sa dernière promenade au bras de sa tante qui la serre fort contre elle, de peur de la perdre, faisant aller puis venir son regard du visage de sa nièce à celui du chef de la garde civile, en train de suivre d'un pas martial le dernier voyage terrestre du corps de son ami.

Les yeux du lieutenant-colonel Borreguil laissent pressentir ce qui va se passer lorsque, après le double rituel des condoléances, puis des remerciements, la procession se disloquera, se dispersant enfin à travers les carrés du cimetière.

Gloria conservera pour toujours les sons de cette cérémonie gravés dans la tête : le déluge des graviers qui soudain se tait, les toux qui se répondent, cassent le silence, un soupir, un sanglot, une semelle crissant sur place, une dalle qui frotte contre le calcaire des parois, les froissements feutrés des uniformes lorsque le cercueil est déchargé de l'épaule, le grincement des poignées de bronze, les quatre pas qui s'avancent vers la niche bétonnée, le frottement des cordages sur la bière, le léger claquement sec lorsque celle-ci touche le fond, se pose, à nouveau le feulement des cordes qu'on dégage, des cliquetis, des toux, les soupirs, les pleurs contenus qu'on libère malgré soi, un sanglot étouffé, la sourde rumeur des voix dont le murmure croît, la reprise des pas sur le gravier, les chuchotements qui montent peu à peu, deviennent des conversations, une vie qui prend sa revanche sur l'éphémère, combien de temps encore ?

Je suis extrêmement peinée par ce qui t'arrive, Eleonor, ma chérie, se lamente une femme à mantille noire, sans trop savoir comment exprimer son désarroi à la jeune veuve qui se craquelle devant ses yeux. Dans sa tête égarée, abasourdie par le malheur, Eleonor laisse s'envoler ce qu'on répond d'habitude dans ces moments-là. On entend à peine le mince filet de sa voix, parmi les sanglots impossibles à réprimer. Elle souffle dans un mouchoir de fil richement brodé : Mercimercimerci !

La pluie cesse, le soleil revient dans le ciel bleu froid du cimetière. À quelques pas de là, Laura, qui a déserté le poste des remerciements, tente de retrouver sa nièce soudain disparue dans la foule, qui renoue avec les conversations routinières, refait vivre le timbre de sa voix. Laissée un moment sans surveillance, tandis qu'on disposait la bière, Gloria s'est éloignée, s'est perdue dans le labyrinthe des allées du cimetière. Abandonnant la zone des caveaux luxueux, des panthéons aristocratiques, Laura atteint la région des niches, entassées les unes sur les autres, sur plusieurs étages, formant un immense bloc parallélépipédique fourré de macchabées. On a beau chercher dans tous les coins, l'appeler, d'abord à voix basse puis en haussant le ton, Gloria s'est envolée.

Un immense embouteillage s'est créé devant la grille d'entrée. Plusieurs inhumations ont été programmées dans la même tranche horaire, les véhicules se croisent dans un désordre épouvantable. Quelqu'un a même l'audace d'utiliser son avertisseur pour doubler un corbillard hors d'âge, bringuebalant, repartant vide vers le centre de Barcelone, peut-être pour accomplir la navette, qui sait ? Il n'est sans doute pas encore trop tard pour porter en terre.

Tout à coup, une charrette tirée par un âne fait irruption au beau milieu des véhicules glissant au fond des ornières boueuses du chemin. Peu soucieux du trafic autour de lui, l'animal cligne des yeux, bat des cils sans pour autant presser l'allure. Derrière, sur la plate-forme attelée, le muletier transporte quelques fleurs, du ciment pour sceller, réparer les stèles. Tirant sur les rênes, au mépris de tout code de circulation, il coupe la route pour se diriger vers une sorte de chemin de ronde, longeant la partie intérieure du mur, vierge d'impacts, permettant d'accéder aux tombes avec des matériaux ainsi que des outils.

Gloria ne réapparaît pas. Laura s'inquiète d'autant plus qu'elle n'aperçoit plus le chauffeur de la voiture qui l'a transportée tout l'après-midi. Elle arrête un couple d'inconnus, suivant le parcours d'une autre inhumation dans un carré éloigné. Je cherche une jeune fille, un peu évaporée, lance-t-elle en même temps que son regard se perd dans les allées. Le couple ne répond pas, fait mine de progresser en direction du cortège qui le distance. Agrippant la femme par la manche de son tailleur, Laura la retient un instant : Une jeune fille de treize ans, cheveux châtains ; elle porte une robe noire, longue, de crinoline, précise-t-elle en soulevant le voile en résille de son chapeau de deuil. Puis elle fixe le soleil froid dans le ciel. Fardé à la poudre de riz, son visage est de porcelaine, ressemble à l'ectoplasme incarné d'une mère à l'affût de la silhouette séraphique de sa fille, nimbée dans les limbes. Nous n'avons vu personne, proteste la femme en dégageant son bras. Elle est morte de frousse, s'accroche à son compagnon pour s'éloigner à grands pas. Celui-ci est aussi peu bavard que le marbre alentour.

Laura les oublie sur l'instant. La rumeur chuintante d'un groupe de vieillards cacochymes, quittant le cimetière, le crépitement strident des graviers sous leurs pieds mal assurés lui font tourner la tête. Elle est prise d'un vertige. C'est alors qu'elle aperçoit le lieutenant-colonel Claudio Borreguil s'approchant d'elle, plissant plusieurs fois les yeux, avec un tic singulièrement sagace, inédit chez lui : Laura, vous êtes ici ?

Comme vous le voyez, Claudio.

Vous cherchez Gloria, n'est-ce pas ? prophétise le militaire d'une voix pernicieuse, chantant faux.

Laura est sur le point de lui sauter à la gorge : Je n'y crois pas, ne me dites pas que…

Oui, parfaitement, je vous le dis, il ne faut pas la chercher, Laura ; il ne faut plus la chercher.

C'est…

Je vous interdis de la chercher, ordonne le militaire à Laura. Il se peigne la moustache du bout des doigts. Pâlissant plus que le kaolin de son fard, Laura est vraiment sur le point de se mettre à hurler.

À ce moment précis, Eleonor la rejoint avec le reste de la famille : Le père Salami a proposé que Gloria soit accueillie dans un couvent, pour quelques mois ; après ce qui s'est passé, ce n'est pas si mal, explique Eleonor.

Elle est partie, comme ça, sans rien dire ? s'indigne Laura, choquée.

Elle a fait ses au revoir ; le père Salami a pensé que ce serait mieux de te laisser en dehors de tout ça.

En quoi s'intéresse-t-il à moi, le père Salami ? proteste-t-elle.

Je sais…

Il n'est pas mon directeur de conscience, encore moins…

Les paroles de la tante s'envolent, se perdent.

Laura, je t'en prie ; pas ici ; nous parlerons de

tout ça à la maison ; Gloria a laissé un mot à ton attention, ajoute Eleonor, je te le remettrai à notre retour.

Un peu plus tard, enfermée dans son appartement, Laura lit le billet que Gloria lui a adressé la veille au soir. À l'évidence, quelqu'un lui a dicté le message.

Ma chère Tante,

Tu es triste, je le sais. Tu penses que je n'aurais pas dû partir de cette façon. Je n'ai pas eu le courage de te l'annoncer de vive voix, je vais continuer mes études, pour quelque temps, au couvent. J'avais peur de tes larmes. Je sais que tu pleures en lisant ces lignes. Ne crains rien pour moi, ma tante chérie. Bientôt je reviendrai.

Ta nièce qui t'embrasse très fort,

Gloria.

Julia n'a jamais compris ce qui lui est passé par la tête à l'instant où elle a écrit cette lettre sous la dictée du curé. Sur le moment, elle est tellement troublée par ce qu'elle vient d'apprendre qu'elle se laisse peu à peu porter par l'effervescence grandissant autour d'elle. Elle perd soudain l'enveloppe de Gloria, recouvre la carcasse ensevelie de Julia.

Le choc aurait pu lui faire perdre la raison.

Au lieu de cela, elle fait face. Elle-même ne sait pas d'où elle puise toute son énergie. Ce courage, d'où lui vient-il? Elle est encore si jeune. Comme le père Salami, elle a pensé que ce ne serait pas si mal de s'éloigner pour quelque temps de la maison du quartier de Gracia. Le couvent, pourquoi pas? Là-bas, elle pourra trouver une autre existence, des amies, prendre de nouvelles marques.

Au fond, elle est plutôt fière de savoir qu'elle n'appartient pas à ce monde dont elle n'approuve pas les valeurs, tout comme Laura, comme Severo aussi. Elle va au couvent, cependant qu'elle est flattée de ne pas appartenir à l'univers des curés qui martyrisent l'Espagne au nom de Dieu, en faveur de la Phalange.

Julia va enfin pouvoir effacer Gloria, se choisir une nouvelle existence. Ce qu'elle ne sait pas en revanche, c'est que Claudio Borreguil a tout prévu avec le père Salami. Le policier est tout à fait de mèche avec le curé, prétextant un contretemps, les deux hommes l'ont d'abord conduite dans le bureau du lieutenant-colonel.

C'est ainsi que, quelques heures après l'enterrement, elle se retrouve pour la deuxième fois dans les sous-sols de la caserne de la garde civile à devoir avouer on ne sait quelle implication de sa part dans la disparition de feu son faux père.

La peur a déserté sa tête. Dans son cachot insalubre, elle commence à penser à Severo, à leur dernière conversation, la veille des obsèques : Personne ne t'a demandé de t'en aller, Gloria.

Je ne m'en vais pas, je m'éloigne pendant plusieurs mois ; tu pourras venir me rendre visite.

Severo proteste, se renfrogne avec sa mine triste, son allure de grand adolescent : C'est ça, va-t'en, va-t'en !

Il ne faut rien dire à Laura, Severo ; tu ne diras rien, n'est-ce pas ?

Severo fait de larges gestes avec les bras, imite les ailes d'un oiseau s'éloignant dans le ciel, puis il ricane plusieurs fois : Envole-toi, envole-toi, petite sœur ; je te retrouverai… dans un nid, sur une branche.

Promets-moi de ne rien dire à Laura ; sur la tête de…

Je te le promets sur le repos de mon père : je crains le pire, se moque-t-il.

Puis il s'enferme dans sa chambre en faisant le même entrechat qu'il vient tout juste d'apprendre dans ce cours de danse qui ne pourra plus mettre Hector Fortuna hors de lui.

Entravez-les, au moins

Août 1953

Avoue que tu savais très bien ce que tu faisais ! Avoue-le, je t'assure que tu te sentiras beaucoup mieux… péché avoué… tu connais la suite, insiste le garde civil en approchant son visage aux traits grossiers à quelques centimètres de celui de Julia. Il fait rouler ses yeux au fond de ses orbites, dans une sorte de tic à mettre mal à l'aise n'importe quel droit commun endurci : Le feu a pas pu prendre tout seul ; t'es d'accord avec ça ? lance-t-il sur un ton faussement pédagogue. Julia reste muette. T'as expliqué que c'était pas volontaire, je veux bien admettre ça ; enfin, petite garce, tu peux pas me dire qu'Hector Fortuna a débranché tout seul ses appareils de survie, en plein milieu de l'après-midi, alors que tu étais auprès de lui ; comme un fait exprès, tu t'en serais pas aperçue ; on se moque de moi, ici ! hurle-t-il, écarlate de tant se contenir.

Tout décoiffé, transpirant à grosses gouttes malgré la fraîcheur de la cave, il conserve ses mains dans son dos : C'est pour pas…, fait-il entre ses dents. D'un air désespéré, Julia baisse la tête. Elle souffre de ne pouvoir essuyer ses larmes, à cause de ses mains liées. Elle est ligotée sur une chaise de paille, vêtue de la robe de crinoline noire qu'elle portait aux obsèques. Le colosse insiste : Allons ! finissons-en ; c'est toi, pour les appareils de survie, avoue-le ! répète-t-il en martyrisant ses mains restées dans son dos.

Julia ne comprend pas très bien où veut en venir le garde civil. Jusqu'ici personne ne lui a parlé d'instruments qu'on aurait débranchés. Elle continue à fixer son regard sur l'extrémité de ses chaussures vernies, crottée de la boue du cimetière.

Le garde civil s'énerve : Écoute-moi bien, Julia, je vais pas te le répéter trente-cinq mille fois ; tu vas parler, dis ? Puis il commence à faire le tour de la cellule en décrivant des cercles concentriques, tantôt s'approchant de Julia, tantôt s'en éloignant, hurlant, rouge de colère, d'impuissance aussi devant toujours la même réponse de la jeune fille :

Ce n'est pas moi, je le jure, sur…

Jure pas ! qui t'a demandé de jurer ? crie le garde civil.

Puis il reprend son parcours en cercle autour de la chaise où Julia se repasse dans la tête les images qu'elle a imaginées de sa mère en prison, après les révélations de Laura. Elle aperçoit un nouveau-né, c'est elle, dans le brouillard des bras d'Angelines, la tétant avec cette voracité qui rythme l'existence, à l'aurore de la vie. La compagne de cellule de sa mère la regarde, étrangement émue, sans doute imagine-t-elle à son tour la même scène, avec son propre nourrisson qu'elle n'a jamais pu mettre au monde.

Plongée dans cet autre temps où tout se trouble, Julia ne perçoit plus qu'une sorte de rumeur autour d'elle, ne comprend pas tout de suite que c'est le garde civil qui, grommelant tout seul, ne contrôlant plus ses gestes, finit par la gifler si dur qu'elle tombe de la chaise. Sa tête est projetée contre le sol de la cellule. L'adolescente reste plusieurs secondes inconsciente. Sous la violence du choc, le haut de la pommette a éclaté.

La porte de la cellule s'ouvre à toute volée. La voix de Claudio Borreguil tonne dans la pièce: Je le savais! tu es complètement siphonné, mon pauvre Alberto! Dieu t'a aspiré la cervelle avec un bambou, misérable abruti; je t'avais dit de ne pas lever le petit doigt sur la gamine, écume le chef de la garde civile en se précipitant sur Julia.

L'autre tente de se justifier, se malaxe les doigts: Mon colonel, je voulais pas…

Tais-toi, crétin! Continue comme ça, tu vas finir comme le sergent Garcia! quand on ne sait pas se contrôler, on n'est pas volontaire pour mener ce genre d'interrogatoire… avec une gamine de treize ans.

Elle va vers les quatorze, mon colonel, c'est elle qui me l'a dit; je vous assure que j'ai pas voulu, s'excuse le garde civil imprévisible.

Tais-toi; demande à Roberto de descendre, grosse brute; il doit être en train de cuver son anis sur le brancard de l'infirmerie; qu'il vienne ici, avec du fil à recoudre, lui ordonne Claudio Borreguil en examinant la plaie de Julia d'où s'écoule un flux de sang, faible, régulier, comme lorsque l'eau sourd d'une source.

Borreguil tire un mouchoir pas très net d'une poche de sa vareuse, tamponne la blessure de la gamine comme il peut, en attendant l'arrivée de l'infirmier affecté à la caserne. Puis il lui détache les mains. Julia les porte tout de suite à son visage en gémissant de douleur. Le lieutenant-colonel mastique sa vengeance: Il ne perd rien pour attendre, notre Alberto; on va s'occuper de lui, c'est moi qui te le dis!

À cet instant, les intentions du chef de la garde civile sont encore de rendre Julia à sa famille. Sinon, il ne prendrait pas soin d'elle de cette façon. Il se dit que le dénommé Roberto va recoudre la blessure, que lorsque Julia retournera à la maison de Gracia, pendant les vacances, dans quelques mois, certainement pour Pâques, il n'y paraîtra plus. L'homme réfléchit à haute voix: Le père Salami dit qu'il faut t'éloigner quelque temps ; il m'a parlé d'un couvent, je ne sais plus, dans le Nord ; la séparation sera bénéfique ; pour tout le monde.

Julia pense la même chose. Après ce qu'elle vient d'apprendre, le deuil qu'elle commence à vivre, elle n'a qu'une seule idée : fuir Barcelone, fuir l'appartement de Gracia, par-dessus tout, fuir Eleonor. Borreguil lui demande à brûle-pourpoint : Ça te plairait de devenir religieuse ? il me semble que tu serais à ton affaire dans un ordre contemplatif ; je t'y imagine tout à fait, en train de prier sans relâche pour le salut des âmes. Pourquoi contemplatif ? De quelles âmes veut-il parler ? Avec le même tissu, sans doute son mouchoir, il tamponne le sang sur le visage de Julia : Bien sûr, c'est ça ; religieuse, répète-t-il ; il faut que tu deviennes nonne, Julia.

Roberto se présente. L'homme a une démarche titubante. Cependant des gestes plutôt délicats qui contrastent avec sa stature robuste. Il salue Claudio Borreguil : À vos ordres, mon colonel.

Examine la gamine, Roberto, commande d'un ton sec le chef de la garde civile ; il faut lui poser quelques points, je crois.

Après avoir relevé ses pantalons en pinçant le tissu du bout des doigts au niveau des genoux, l'infirmier s'accroupit devant Julia. Retroussant les manches de sa blouse, passée sur l'uniforme, il étudie les lèvres de la plaie, tire de sa poche une boîte de fer-blanc entourée de deux gros élastiques disposés en croix pour maintenir le couvercle fermé.

Assieds-toi sur la chaise, demande-t-il à Julia qui est restée allongée, les mains libérées, sur le sol de la cellule ; on va réparer ça tout de suite ; n'aie pas peur ; tu ne sentiras rien.

Il aide la gamine à se rasseoir, puis s'adresse au chef de la garde civile : Alberto est une brute, il ne maîtrise pas sa force ; il frappe sans distinction ; Rouge, pas Rouge, c'est pareil pour lui.

Ouvrant la boîte à même la terre battue, il en tire un morceau de coton, une compresse, un flacon de teinture d'iode pour désinfecter sommairement la plaie : Mon colonel, accepteriez-vous de me rendre un service ? il faudrait saisir les mains de cette jeune fille, la maintenir immobile sur la chaise, pendant que je lui pose les points ; c'est tout de même un peu douloureux ; je ne voudrais pas qu'elle bouge, sans ça... Puis il s'adresse à Julia, dont le visage est devenu tout pâle. Elle est terrorisée, ne bronche pas. Roberto tente de la rassurer tout en enfilant du gros fil chirurgical dans le chas d'une aiguille courbe : Ça brûle un peu, ce n'est pas affreux, tu vas voir. Il rapproche les deux lèvres de la plaie, plante l'aiguille dans la chair de la pommette après l'avoir désinfectée. Surprise, Julia se met à hurler, son corps se raidit, puis se détend de telle façon que le lieutenant, qui la ceinturait par-derrière en lui emprisonnant les mains, manque la lâcher. Allons, allons, proteste l'infirmier qui vient d'achever son premier point avec les gestes délicats d'une habile couturière ; ne bouge pas ; nous allons faire une bêtise, ce sera pire. Puis, vérifiant que le lieutenant a resserré sa prise, il plante une deuxième fois l'aiguille courbe pour pratiquer le point suivant. Le corps de Julia se convulse une deuxième fois. Bloqué dans le puissant étau des bras du chef de la garde civile, il finit par se détendre, devenant une informe masse molle.

Je crois qu'elle s'est évanouie, Roberto, murmure impuissant Borreguil ; les jeunes d'aujourd'hui sont d'une fragilité, je n'en reviens pas.

C'est mieux ainsi, mon colonel ; je vais pouvoir achever le travail à mon aise ; continuez à la maintenir ; encore deux points, puis j'en aurai terminé avec elle ; on la réveillera lorsque tout sera fini ; j'ai apporté ce qu'il faut.

Roberto prend son temps pour suturer la plaie. Sans même qu'on ait à lui faire respirer des sels, Julia revient à elle au moment où l'infirmier lui applique une compresse de gaze maintenue sur la pommette par un morceau de sparadrap épais, couleur chair. Pendant l'intervention, Julia a transpiré, ses cheveux tout collés forment de grosses mèches humides, terreuses, lui dégoulinant sur le visage. On va la garder une bonne semaine dans une cellule de la caserne de la garde civile, sans l'interroger, juste le temps que la blessure cicatrise. Puis, lorsque l'infirmier aura retiré les fils, Claudio Borreguil la conduira sans délai au couvent, à la prison-couvent de Barcelone.

Il lui explique que la mère supérieure s'occupera de son transfert dans une autre institution religieuse du pays, afin d'y être préparée à devenir d'abord novice, ensuite on verra, cela ne tient qu'à elle de bien se conduire.

Quelques jours plus tard, le premier contact de Julia avec mère Monica n'est pas des plus tendres. Après le départ du chef de la garde civile, on la conduit, le bras bloqué dans le dos, dans un cachot où se trouve déjà une jeune fille plus âgée qu'elle, magnifique chevelure brune, un rien de strabisme dans le regard, une silhouette plutôt courte, aux courbes cependant plantureuses. Elle porte une chemise de coton ouverte sur une brassière gonflée par la générosité des seins. Leur première rencontre ne dure que quelques secondes. Tandis que mère Monica fait pénétrer Julia dans la cellule d'isolement, Esther en sort sous les grossièretés que sœur Catalina ne peut s'empêcher de lui débiter. Les deux jeunes filles ont juste le temps d'échanger un regard appuyé, tentant de se jauger.

Ce n'est qu'une semaine plus tard qu'elles ont l'occasion de mieux se connaître. Cela se passe après les fameuses messes obligatoires où les prisonnières se font copieusement insulter par le curé, beuglant du haut de sa chaire. Ce jour-là, les deux jeunes filles sont désignées pour effectuer la corvée d'assainissement de la chapelle du couvent, après les nombreuses manifestations de la Nativité, avant la messe de l'Épiphanie qui doit avoir lieu dans quelques jours. Il s'agit surtout de laver le carrelage du chœur, de nettoyer l'autel de marbre, la porte dorée du tabernacle, les différents ustensiles servant à l'office : fioles, ciboire, burettes, mille minuscules objets aussi fastidieux à lister qu'à briquer.

Sûres d'elles, les bonnes sœurs les laissent plusieurs minutes sans la moindre surveillance. C'est insensé. D'habitude, bien que chaque serrure donnant vers l'extérieur demeure close à plusieurs tours, on ne peut faire le plus infime déplacement sans se retrouver sous le regard vigilant de quelque geôlière. Elles commencent à parler à voix basse tout en effectuant les tâches commandées : Tu viens d'où ? demande Esther.

De nulle part, d'ici, de Barcelone, explique Julia en mettant sa main devant la bouche.

Tes parents sont des Rouges ?

Julia élude : C'est plus compliqué…

Esther renchérit : Ici, ce n'est jamais simple non plus ; moi, je suis dans cette prison depuis treize ans, autrement dit depuis 1940 ; lorsque je l'explique, personne ne me croit ; c'est devenu ma maison ; je suis entrée ici à quatre ans, avec ma mère ; on l'a exécutée le jour de mon anniversaire, en quarante-trois ; ça fait des années qu'on parle de me conduire dans une maison du Secours social jusqu'à la majorité ; tu vois, je suis toujours ici.

Moi, on doit me conduire ailleurs, un autre couvent dans je ne sais quelle région d'Espagne ; on ne m'a rien dit.

Esther s'étrangle. Le ciboire, dont elle est en train de lustrer le métal précieux, lui tombe des mains : Ne me dis pas que tu veux devenir nonne ; tu ne vas pas faire la bonne sœur, dis ?

Julia se baisse pour ramasser la coupe en or, qu'elle tend à sa sœur d'infortune : J'avais envisagé autre chose ; je crois que n'importe quoi sera préférable à la torture que je viens de vivre dans ce que je croyais être ma famille.

Ta famille ? je ne comprends absolument rien, s'étonne Esther ; quel âge as-tu ?

Quatorze ans ; j'aurai quatorze ans au mois d'octobre ; on m'a toujours dit que je faisais plus mûre.

Surprise par la façon de s'exprimer de Julia, Esther s'arrête de frotter pour l'observer attentivement : Tu parles comme une adulte, toi.

Julia regarde ses chaussures. Esther lui demande : Comment tu t'appelles ?

Désormais, je m'appelle Julia.

Moi, c'est Esther, fait la jeune fille sans relever la singularité de la réponse.

Comment a-t-on pu te garder aussi longtemps, dans cette prison ?

Je n'avais pas d'autre famille ; personne ne m'a réclamée ; après la mort de ma mère, j'ai commencé à faire partie des meubles ; tu vois, je suis encore ici aujourd'hui ; il y a quelques jours, les nonnes ont à nouveau parlé d'un pensionnat du Secours social ; je ne sais plus où ; j'ai toujours refusé de devenir nonne ; je crois que c'est pour ça qu'on me garde.

Julia essuie la burette contenant le succédané du sang du Christ qu'on boit pendant la Cène : Tu te méfies des bonnes sœurs, Esther ?

Ce sont des salopes ; je sais de quoi je parle ; il ne faut pas que tu deviennes bonne sœur !

Elles cessent de chuchoter. Sœur Catalina vient d'entrer dans la chapelle, tout essoufflée : Je crois que je commence à faire de l'emphysème, s'étouffe-t-elle ; qu'est-ce que vous complotez toutes les deux ?

Les mois passant, l'amitié des deux jeunes filles va grandissant. On les enferme dans la même cellule avec d'autres détenues. Elles sont les plus jeunes. Sœur Catalina, mère Monica, viennent quelquefois chercher Esther pour la traîner hors de la cellule : Nous avons à parler, soufflent-elles. Julia ne comprend pas où elles emmènent son amie. Elle ne se doute pas de ce qui se passe. Si elle le savait, elle comprendrait pourquoi on ne se presse pas de la transférer au pensionnat du Secours social dont on lui a parlé. Esther Flores Levi ne révélera à Julia la teneur de ces singuliers entretiens que bien des années plus tard, à Paris. Alors que Julia travaille déjà à la radio.

Puis un jour, en revenant d'une de ces énigmatiques équipées qui font jaser les autres détenues, Esther parle en secret à Julia : Y avait le curé ; elles se sont disputées avec le monseigneur ; je crois que je ne vais pas moisir ici, Julia ; il a dit qu'il ne fallait plus me garder ; ça ne l'a pas empêché de… il a dit qu'on avait amené une autre fille ici ; je crois qu'il parlait de toi, Julia ; il a dit que je n'avais qu'à partir avec elle ; je sais plus le nom du couvent ; il a parlé d'autres gamines plus jeunes aussi, orphelines ; je n'en ai pas entendu davantage.

Ensuite, les choses se précipitent. Dès le lendemain, on emmène les deux jeunes filles dans la cellule d'isolement. Il n'y a pas une heure qu'elles s'y trouvent lorsqu'on entend un raffut du diable, des voix d'hommes hurlant, le claquement de bottes sur les dalles de pierre, le bruit du métal, des armes qui s'entrechoquent. Les jeunes filles reconnaissent le cliquetis du trousseau de clés de sœur Catalina. La porte s'ouvre, on leur crie : Dehors en vitesse !

Dans le couloir, il y a des fillettes, âgées de cinq à huit ans. Plusieurs gardes civils en armes accompagnent le groupe. Ça sent le tabac, l'odeur animale du cuir. On ordonne à Julia de prendre la tête du rang avec Esther. Les gamines sentent la crasse. Chacune une mallette à la main, elles n'arrêtent pas de tousser. Le balluchon des deux jeunes filles a été préparé à leur place, il est bien maigre. Sœur Catalina le leur tend : Vous partez tout de suite. Mère Monica ajoute : On vous transfère au couvent.

On les fait monter dans un camion de l'armée pour les conduire jusqu'à la gare de France. Mère Monica accompagne les gardes civils, sœur Catalina est là. Elles montent dans le seul wagon de voyageurs accroché à un train de marchandises. On leur explique comment s'installer, tandis que mère Monica commence à protester : Vous ne partez qu'à deux ? ce n'est pas une escorte, ça ! dit-elle en regardant les autres gardes civils restés sur le quai ; vous ne prenez même pas la peine de leur lier les poignets ? entravez-les, au moins.

EMMANUEL

Danseuse

Octobre 1995

On sait que le noir sidéral contient une espèce de lait d'étoiles, qu'un grand nombre de celles-ci balisent notre univers de façon inégalement connue. Cependant, dans cette salle, il s'agissait d'un noir qu'on pouvait qualifier de mathématique, une obscurité scientifique qui avait avalé, à la façon d'un trou vorace, toutes les particules de matière qui font d'ordinaire que la lumière soit. Assis au centre de cet espace ténébreux, partant funèbre, sépulcral, on avait d'abord perçu un bruissement léger, un martèlement infime, comme un frémissement imperceptible au début qui, montant crescendo, finissait par devenir un roulement de bâtons percutant à la verticale une longue lame de bois installée horizontalement sur deux tréteaux d'acier.

Cela on ne le voyait pas encore, on avait juste aperçu une double silhouette traverser l'espace en effectuant un pas de deux, décrivant une trajectoire courbe, puis perçant la pellicule orbe des ténèbres, retombant à grand bruit sur la scène, avant que la foudre ne l'éclaire une nouvelle fois. Une sorte d'aurore synthétique annonçait les formes indécises d'un décor de ferrailles, de barreaux, de grilles, de fils de fer lisses, d'autres barbelés, de miradors cyclopéens que figurait la lentille des projecteurs du théâtre disposés sur des perches suspendues par des chaînes depuis les cintres.

L'aube se saturant davantage, on commençait à deviner les contrastes de la structure tubulaire rappelant de façon abstraite l'atmosphère qu'on trouve dans ces camps où l'on porte un soin particulier au raffinement des interrogatoires. Les danseurs évoluaient en couple, traversant la scène, étirant le pas, distendant leurs bras au rythme marqué par les monumentales lames de bois que plusieurs puissants txalapartaris balèzes, trapus, frappaient avec de gros bâtons. Menaçants, les trois instruments étaient disposés sur une même ligne, délimitant la coulisse, au fond de la scène.

Pierre-Alexandre restait figé au fond de son siège. Il était abasourdi par la brutalité avec laquelle le chorégraphe, un certain Sivero Mollo, avait réalisé son ballet, au grand théâtre de la Maestranza de Séville, tout près de la célèbre plaza de Toros, sur les rives du Guadalquivir. Il avait passé son bras autour des épaules de Julia. Ainsi enlacé, il encaissait les coups des instruments directement au creux de l'estomac ; son propre diaphragme était devenu la caisse de résonance, dont ces instruments basques traditionnels, genre xylophone gargantuesque, étaient dépourvus. Puis Julia s'était tournée vers lui dans la pénombre de la salle. Ouvrant la main, elle l'avait fait plusieurs fois pivoter devant son visage, façon de dire : Ça cogne sec ! Lorsque le silence s'était fait, au moment où l'on s'y attendait le moins, de façon brutale, leur tête se trouvait farcie d'acouphènes, leur poitrine saisie d'un intense fourmillement. Leur ventre était devenu un cratère. Le spectacle se voulait militant. On mettait en scène les actes de barbarie pratiqués dans toutes les guerres du monde.

Par intermittences fulgurantes, la scène s'illuminait de grands éclairs stroboscopiques, qui figuraient les orages qu'un homme peut faire subir à autrui lorsque, au-delà de la tourmente puis du déluge, le paradis devient le purgatoire de la violence, celui où l'on commence par détruire les mots pour s'attaquer dans un même élan à l'individu tentant de rassembler les bouts épars de sa pensée bousculée, mise en désordre. À n'en pas douter, la scène était devenue l'exutoire poétique de l'enfer du chorégraphe.

Lorsque, après la représentation, on sortait du théâtre de la Maestranza, puis qu'on regardait le ciel reflété par les eaux du Guadalquivir, au-dessous du pont Isabel-II menant au quartier de Triana, on retrouvait enfin une paix qu'on avait crue un instant perdue, tant l'angoisse dégagée par le ballet avait noué la gorge, creusant profond dans les entrailles, façon effet de blast, à la suite d'un terrifiant attentat à la ceinture d'explosif.

Maintenant, j'en suis certaine, expliquait Julia en s'arrêtant au milieu du pont illuminé par des réverbères de style ancien ; c'est lui sur la photographie du programme, on ne peut pas le reconnaître ; comment a-t-il pu changer à ce point ?

Au loin, à l'endroit où le paseo Christophe Colomb devient le paseo de las Delicias, on voyait la torre del Oro, aujourd'hui rendue à la pierre, s'élever, refléter sa silhouette polygonale, décapée de ses azulejos dorés, dans l'eau du fleuve que le vent crantait en maigres vaguelettes.

C'est inimaginable que vous vous soyez perdus de vue de cette façon, depuis si longtemps ; vous auriez pu… je ne sais pas, moi, s'étonnait Pierre-Alexandre. Bien sûr : Mollo ; la contraction de Mole Lobon, il utilise le nom d'Eleonor, disait Julia à son compagnon dépourvu des éléments nécessaires pour comprendre.

Le couple s'était installé à Séville, dans la rue Angostillo, presque en face de la taverne Santa Marta qui donne sur la place San Andrés, où l'on mange des plats maison, surtout un riz à vous taper sur les cuisses de contentement. Julia avait renoué avec ses activités de journaliste dans une radio de la ville. Pierre-Alexandre avait découvert la cité quelques années avant l'Exposition universelle de 1992, où il avait collaboré à l'élaboration du pavillon français, en compagnie de plusieurs autres architectes.

Pris d'une soudaine passion pour l'Andalousie, non seulement pour les villages blancs, pour les contrastes aussi, pour la douceur complexe du pays, Pierre-Alexandre avait réussi à convaincre Julia de troquer son travail en France contre celui qu'on lui proposait en Espagne du Sud. À l'époque, Emmanuel avait décrété : Je ne crois pas que ce soit une bonne idée de quitter la radio ; aujourd'hui, tes habitudes sont ici, Julia. Cependant Julia était déterminée. À Séville, elle ne craignait pas d'aborder l'assourdissant univers noir de son enfance. D'abord l'Andalousie, après… nous verrons bien, avait-elle pensé. Elle ne connaissait pas encore la trempe dans laquelle allait durcir l'acier de ce *nous-verrons-bien,* dont elle souffrait sans le savoir les premiers symptômes.

Il faut absolument que je rencontre ce Sivero, expliquait Julia à l'architecte ; je suis certaine que c'est lui sur la photo, même si je ne le reconnais pas tout à fait ; tant d'années ont passé.

Avant de quitter le théâtre, sous le conseil de Pierre-Alexandre qui trouvait un certain sel à la situation, elle avait confié à une des hôtesses derrière le guichet un message adressé au chorégraphe.

Mon cher Severo,
Tu es bien Severo. Je te reconnais malgré ta façon de joliment italianiser ton prénom ! Il y a des années que je cherche à retrouver ta trace, à prendre de tes nouvelles. Ce soir, j'ai été servie : le spectacle est si explosif ! Magnifique ! Voici mon téléphone à Séville…
Ta petite sœur, malgré les ans, le tumulte, les horreurs…

Julia.

Si ce n'est pas lui, je vais avoir l'air d'une cruche ! répétait-elle alors qu'ils rebroussaient chemin sur le pont, tout en feuilletant le programme du spectacle dont les pages se froissaient malgré l'excellente qualité du papier. Il n'y a pas d'autre photo de lui, là-dedans, se plaignait-elle avant de fourrer la luxueuse brochure dans son grand sac.

Reprenant la direction du théâtre, cependant sans l'atteindre, ils avaient bifurqué au niveau de la plaza de Toros pour aller dîner dans une taverne située dans les rues étroites qui s'étoilent, deviennent un labyrinthe, à partir des arènes de la Maestranza. Assise à une table restée miraculeusement vide, coincée dans une pagaille de tabourets, de chaises, de fauteuils, Julia expliquait à son compagnon que, sans jamais le dire à personne, même pas à lui, elle avait tenté depuis des années de retrouver le garçon qui avait un temps été son frère, en Espagne, juste avant le cataclysme de son adolescence.

Les lettres qu'elle avait expédiées à l'appartement du quartier de Gracia, à l'époque difficile cependant passionnante de son installation à Paris, avaient été décachetées par les services de la Sûreté, puis on les lui avait retournées estampillées avec le cachet du Secrétariat général de la censure. Elle avait eu très peur pour elle, y compris de nombreuses années plus tard, puis la terreur s'était éloignée, avait fini par seulement laisser un goût de cendres.

Il y avait quelques jours, lisant la presse espagnole, Julia était tombée sur un article annonçant le retour en Espagne d'un chorégraphe dont elle apprenait seulement l'existence, qui, d'après ce qu'écrivait le journaliste, avait mené sa carrière en Allemagne, avait été élève de Kurt Jooss, admirateur inconditionnel du Pragois Jií Kylián, ainsi que de Mats Ek, le Suédois.

Ce qu'on disait de cet homme, qui devait avoir un peu moins de soixante ans, qui avait quitté l'Espagne à la fin des années cinquante, au début des soixante, correspondait tout à fait au profil que pouvait se faire Julia de Severo. On parlait de son dernier ballet, avec lequel il était en train de réaliser une tournée en Europe : Stockholm,

La Haye, Berlin, Paris. On précisait que le parcours des capitales européennes se conclurait par une tournée de retrouvailles dans plusieurs grandes villes d'Espagne.

Julia avait commandé quelques portions variées à partager avec l'architecte : minipoivrons du *piquillo* farcis au thon, *patatasbravas*, jambon ibérique *pata negra* de *bellota*, minipoulpes frits, riz *casero*, savoureux pousse-pieds de Galice, provenance : *A Coruña*.

Depuis quelques semaines, ma vue empire à toute vitesse, s'énervait Julia en renonçant à déchirer le fourreau noir d'un anatife. Je ne distingue plus ce que je fais, protestait-elle en le reposant dans l'assiette. Il te faut consulter un ophtalmo, tu devais déjà y aller à Paris, avant ton départ, ça fait plusieurs années, s'inquiétait Pierre-Alexandre en saisissant le pousse-pied par la base du pédoncule pour le préparer, le tendre ensuite tout déshabillé à Julia. Le rendez-vous est pris, justement demain, à midi ; c'est un spécialiste que les collègues m'ont conseillé, excellent professeur, paraît-il.

Autour d'eux, conversations, rires, cris de joie battaient leur plein. Ils étaient forcés de parler haut pour couvrir la rumeur vive de l'ambiance. Plusieurs gamins couraient entre les tables en se cramponnant aux barreaux des chaises, aux tabourets, aux jambes des consommateurs, aux pieds des guéridons. Comme si tout était tranquille, serein, les clients se contenaient, personne n'intervenait pour tenter de calmer les intrépides enfants-rois. Une chope venait de se renverser. Une jeune femme, plutôt vautrée sur son siège, avait étouffé un cri, se relevant comme un poussah, s'affairant ensuite à essuyer sa jupe blanche, trempée de bière, collée sur le haut de ses cuisses, devenue transparente. Les éclats de rire avaient redoublé autour d'elle.

Julia avait invité Pierre-Alexandre à se hâter de terminer leurs tapas. Ils étaient ensuite allés payer, au bar. Immédiatement, plusieurs jeunes fêtardes s'étaient précipitées sur les deux places à peine libérées. Elles s'étaient assises à quatre fesses sur le même tabouret en faisant de grands signes en direction du garçon. Les adolescentes débarrassaient elles-mêmes le couvert, rassemblant assiettes, couteaux, fourchettes, verres, au centre de la table.

Avant de rentrer place San Andrés, ils avaient croisé une des nombreuses confréries sévillanes en train d'organiser une répétition en vue de la prochaine procession de la Semaine sainte, qui se déroulerait presque une année plus tard : On ne s'y prend jamais trop à l'avance pour bien honorer la Vierge ! ricanait Julia.

Arrivés à l'appartement, l'architecte s'était dirigé vers la salle de bains. Julia avait allumé le lecteur de disques compacts. Le premier *allegro* du *Concerto en la majeur pour clarinette & orchestre* de Mozart avait envahi la pièce. La femme s'était laissée tomber dans les coussins du canapé.

Pierre-Alexandre regagnait le salon, ses lunettes dans une main, se caressant la barbe de l'autre pour finir par la moustache qu'il s'attardait à lisser. La sonnerie du téléphone en était à sa deuxième intermittence. Julia s'était précipitée pour décrocher : Tu veux baisser la musique ? demandait-elle en saisissant l'appareil sans fil. Elle ne parlait pas. Elle écoutait son correspondant sans lui répondre, ne parvenant pas à interrompre ce qui était devenu un monologue qu'elle était la seule à entendre. Elle se contentait d'acquiescer de la tête. Ses membres tremblaient. Elle parvenait tout juste à maintenir l'écouteur collé à son oreille. Ses mâchoires vibraient de façon presque imperceptible. Elle avait du mal à prononcer finalement le premier mot, elle soufflait d'abord pour elle-même : Je ne peux pas ; depuis si longtemps que j'attends, pourtant je ne peux pas ! chevrotait-elle de façon inaudible, affalée sur le canapé. Elle ne pouvait contenir ses larmes. Le téléphone lui était tombé des mains, moites, il avait atterri dans son giron. Tentant de le rattraper, elle avait raccroché sans le vouloir, ne savait ensuite plus ce qu'il fallait faire, sans doute Severo la rappellerait… dans un instant. Julia, reprends-toi ! disait Pierre-Alexandre en la serrant dans ses bras. Je ne peux pas ; je ne comprends pas, je ne peux pas, tremblotait-elle en même temps que la sonnerie du sans-fil retentissait à nouveau. Pierre-Alexandre lui avait lancé un clin d'œil. Voulant la rassurer, il lui avait ensuite adressé un sourire mi-complice mi-compatissant, alors qu'elle entendait la voix de Severo dans l'écouteur : Gloria, tu as raccroché ?

Il y avait des années que plus personne ne l'appelait par ce prénom, il y avait tout le temps qu'elle estimait être sa vie. Le drame, elle avait voulu l'effacer. Je suis désolée, disait-elle ; une maladresse. Severo ne lui laissait pas poursuivre sa phrase : Il faut qu'on se voie, Gloria, tout de suite, si tu veux ; il est trop tard, c'est ce que tu penses, n'est-ce pas ? Julia regardait un peu partout dans la pièce, ne savait trop ce qu'il fallait répondre : Là, maintenant, c'est impossible, mentait-elle.

Peu à peu, elle reprenait ses esprits dans les bras de Pierre-Alexandre, elle recouvrait enfin son assurance, proposant à Severo : On pourrait, demain ; j'ai un rendez-vous dans la matinée, confiait-elle ; je ne peux absolument pas le déplacer ; pour le déjeuner, ça devrait pouvoir se faire, concluait-elle la voix chevrotant encore légèrement. Satisfait, Severo riait à l'autre bout des ondes : Vers quinze heures, est-ce que c'est possible ? je t'invite à déjeuner ; quinze heures, est-ce que ça te va ? demandait-il.

Bien entendu que ça lui allait. Prise dans un

univers de ouate feutrant les sons, estompant les contours du salon, Julia ne croyait pas ce qu'elle était en train de vivre, se demandait si elle devait craindre l'événement, peut-être au contraire le provoquer : Je dois me rendre à la radio à dix-neuf heures trente ; où se retrouve-t-on ? interrogeait-elle à son tour. On ira Chez Robles, proposait Severo. J'y ai dîné une fois avec les danseurs, après le spectacle ; je suppose que tu connais. Elle s'apercevait soudain que, pendant toutes ces années, elle n'y avait jamais mangé : Je vois très bien où ça se trouve ; je n'y ai jamais mis les pieds, disait-elle d'une voix maintenant assurée.

Ils avaient raccroché presque tout de suite après. Rendez-vous pris, un long silence s'était installé dans le salon de l'appartement. La musique était si faible qu'on percevait à peine les dernières mesures du *rondo allegro* : Tu vois, il y a des années que j'attendais ce moment ; à présent, je ne sais plus qu'en penser, disait-elle à Pierre-Alexandre ; je suis à la fois émue, puis c'est comme si rien ne s'était passé ; pour moi, nous nous sommes quittés hier, le plus normalement du monde, sans garde civile, sans couvent, sans cette famille de dangereux dingues qui s'était mis en tête de m'élever ; seule l'évasion nous distingue, plus qu'elle ne nous coupe, ne nous différencie.

En sortant de sa visite chez l'ophtalmologue, Julia avait accroché une frivolité au décolleté rond de sa robe, comme pour saper le caractère strict de sa tenue. Il était presque quinze heures. Elle n'avait plus le temps de repasser à l'appartement. Elle s'était rendue tout de suite au restaurant. Elle avait trouvé singulier d'avoir organisé leurs retrouvailles dans un endroit aussi inattendu, d'habitude fréquenté par les touristes, à l'angle que la rue Alemanes forme avec la rue Hernando Colón, dans le lacis de ruelles étroites, tortueuses, du vieux Séville, tout près de la cathédrale, de la célèbre Giralda.

Ils étaient tombés dans les bras l'un de l'autre sans se parler, s'étreignant de longues secondes dans la salle à l'étage. Severo pleurait comme un enfant, autrement dit il ne se contentait pas seulement de verser de grosses larmes ; on percevait aussi de profonds sanglots étouffés qu'il tentait de réprimer sans succès, tandis que Julia, telle une mère qu'elle n'avait jamais été, accueillait le visage de son frère sur son épaule. Elle lui caressait la joue : Hier soir, j'ai assisté à ton spectacle, murmurait-elle à son oreille ; c'est un ballet impressionnant, à bien des titres, j'y ai vu tellement de choses que tu n'y as peut-être pas mises… intentionnellement.

Peu à peu, Severo était parvenu à se maîtriser. Ils avaient pris place à la table choisie par le chorégraphe, regardaient s'éloigner le maître d'hôtel, leur disant : Prenez tout votre temps ; je repasserai lorsque vous aurez choisi. Puis, rangeant son bloc-notes, le chef de rang avait observé de loin les nouveaux clients d'un air circonspect. Il se tenait immobile dans un coin de la salle où étaient alignés, sur une tablette vernie scellée au mur, plusieurs bottins : du téléphone, équivalents espagnols du mondain, du gourmand…

La première émotion passée, Severo s'était retrouvé en face de Julia comme s'il n'était jamais rien arrivé, comme s'ils avaient l'habitude de partager toutes les semaines un déjeuner dans un restaurant de la ville pour se raconter les micro-événements de leur existence : Il y a longtemps que tu es revenue ? demandait Severo. Julia lui répondait : J'ai lu dans les journaux que toi aussi tu avais quitté l'Espagne ; moi, je me suis installée à Séville voilà plusieurs années déjà, en 1989. Severo précisait : J'ai quitté l'Espagne bien après toi, plus de dix ans ; je crois que c'est à cause de cela qu'Eleonor… Il avait fermé les yeux, il trouvait déplacé d'exhiber devant Julia la tristesse d'avoir perdu sa mère. Cependant l'émotion était aussi forte qu'au premier jour. C'était son père qu'il haïssait. Sa mère, personne ne lui avait jamais demandé de l'oublier.

Je n'ai pas su qu'elle était morte, disait Julia. On ne m'a pas prévenue ; je comptais te demander comment elle… je regrette ce qui s'est passé, sincèrement. Severo expliquait : Lorsque je suis parti, elle ne l'a pas supporté, balbutiait-il alors que les mots ne parvenaient pas tous à se former sur ses lèvres ; l'effacement d'Eleonor était légendaire, bafouillait-il, en réalité sa présence me protégeait ; je crois que, malgré les apparences, elle me comprenait mieux que la tante Laura ; les autres riaient, ils disaient : Le fils Fortuna, il veut devenir danseur ; ils s'envoyaient mutuellement de grandes claques sonores dans la main, ils roulaient des hanches en répétant : Danseuse ? si tu les avais vus ; Claudio Borreguil surtout ; il ricanait, faisait : Danseueueuze ! avec la bouche en cul-de-poule ; puis il battait des paupières, papillotait des cils avant d'ajouter : Un jour, il me faudra étudier cette histoire de près, il doit y avoir anguille sous roche ! il se marrait à s'en distendre les tripes ; je ne sais pas comment j'ai tenu le coup ; bon, je ne vais pas recommencer avec ça ; je te raconterai plus tard ; parle-moi de toi.

Julia regardait celui qui aurait pu être son frère avec un air attendri. À l'évidence, le docteur colonel Hector Fortuna était passé à côté de bien des choses. Puis elle avait ouvert la carte, proposé de choisir : Je meurs de faim ! En expert, Severo pointait son doigt sur un plat : Le poisson grillé, c'est la spécialité de la maison, disait-il en posant son autre main sur l'avant-bras de sa sœur qui lui demandait à brûle-pourpoint : Est-ce que tu accepterais de faire un entretien avec moi ? Il ne comprenait pas : Faire un entretien ? Oui, à la radio ; je travaille à la radio de Séville ; j'anime une émission : littérature, musique, danse ; est-ce que tu accepterais d'être mon invité ?

Severo avait ramené sa main sur la peau lustrée de son crâne. Il avait un visage rond, sans presque une ride. Ses yeux rieurs ne restaient jamais en place, roulaient avec une ironie sérieuse derrière les verres de ses lunettes cerclées d'or. Ses lèvres épaisses, charnues, étaient sans cesse en mouvement, sujettes à des trémulations involontaires, continues : Je n'ai jamais été très à l'aise avec ça ; en général, ça ne se passe pas très bien, tentait-il d'esquiver. Reculant sur sa chaise, il regardait à droite puis à gauche, au ciel, à ses pieds.

Severo, tu ne peux pas refuser ! se plaignait Julia sans le regarder.

Sa vue empirait, elle ne voyait pas très bien l'assiette, les couverts devant elle. En levant les yeux vers lui, les images du jour de sa communion avaient commencé à s'imprimer dans sa tête, à se succéder, moins vite que dans un film. Le diaporama mental montrait son frère Severo saignant du nez, l'imposante tante Laura le prenant dans ses bras malgré ses treize ans. À l'époque, la silhouette du garçon était toute fluette ; cela contrariait franchement son père, qui aurait voulu : Un garçon qui devienne un vrai homme, regrettait-il. On devinait les sous-entendus qui chahutaient la tête du psychiatre des armées lorsqu'il affirmait cela. Julia se rappelait Severo en train de faire semblant de s'être endormi, bercé par les bras de la robuste Laura. Puis, un peu plus tard, se sachant hors de portée du regard paternel, le garçon s'était mis à faire le pitre : Mon fils danseur, mon fils danseur ? répétait-il en imitant son géniteur, en chantonnant, en faisant des pirouettes dans la vaste salle de séjour de la villa de Castelldefels.

D'accord pour l'interview, avait accepté Severo ; je te préviens, je suis un piètre invité ; je bafouille, je n'arrive pas à m'exprimer ; je suis parfois tellement pris de panique, à ce point terrifié, que je ne comprends pas le sens des questions qu'on me pose ; on dirait du latin ; je ne sais pas dans quelle langue on me parle, j'ignore ce qu'il faut répondre ; je reste muet ; tout devient cotonneux, brumeux, blanc.

Un silence creux

Octobre 1995

Après le départ de Julia, à la radio, on n'avait pas envisagé de la remplacer à son poste. Emmanuel travaillait désormais dans les quotidiens d'actualités générales, avec un emploi du temps fixe qui lui permettait de s'organiser afin d'écrire les *Mémoires d'*.

Il rencontrait régulièrement Esther qui, vivant seule à Toulouse après la mort de Louis, venait s'installer dans l'appartement de la rue du Théâtre, que Julia avait renoncé à louer au moment de rejoindre Pierre-Alexandre : Ça met de la couleur dans mes idées noires, disait-elle.

Emmanuel l'accompagnait souvent au cinéma, au théâtre, puis ils dînaient toujours dans la même brasserie, tard le soir, prenant café-verre d'eau sur café-verre d'eau, à la fin du repas, bavardant jusqu'à la fermeture. Emmanuel lui racontait ce qu'il savait de son père. Il ne savait vraiment pas grand-chose. La maladie l'avait sans doute emporté trop tôt, onze ans auparavant, en

1984, le 13 mai, c'était un dimanche. Emmanuel n'était pas si convaincu qu'il en aurait su davantage si celui-ci avait survécu à sa souffrance.

Esther lui parlait aussi de son père à elle, qui était mort en 1937, au mois de mai également, une coïncidence, lorsque les communistes du PSUC, appuyés par la garde civile alliée aux gardes d'assaut, avaient décidé de reprendre le Central téléphonique aux anarchistes, maîtres des lieux avec les trotskistes. On ne peut pas imaginer ce qui s'est passé ; lorsqu'on le raconte, personne ne le croit ; ça semble hors norme, comment imaginer une horreur pareille ; des républicains abattant leurs frères républicains, les exterminant politiquement, physiquement ; c'est à peine croyable ; je le sais ; tout ce que montre le film est exact, expliquait Esther, tandis qu'ils marchaient dans la rue, sortant du cinéma où l'on venait de projeter le Ken Loach du moment : *Land and Freedom.*

Mon père avait quelquefois parlé de cet événement. La plupart du temps, il s'arrangeait toujours pour prendre la tangente, expliquait Emmanuel. Il évoquait vaguement un certain type de républicains *prosoviétiques* ; une bien sombre histoire de calomnies, de fratricides ; puis il se taisait ; si tu savais comme j'ai souffert de ses silences ; alors aujourd'hui c'est si difficile pour moi lorsqu'on les justifie ; au nom de je ne sais quelle réconciliation ; merde, merde, merde !

la réconciliation ce n'est pas le silence ! encore moins l'oubli ! il te reste toujours la saveur de la cendre !

Esther n'en croyait pas ses oreilles : Emmanuel, ton père était au Central ! s'exclamait-elle ; depuis le temps que nous nous connaissons, je n'en aurais rien su ?

Malgré leur stupéfaction, ils avaient continué à marcher, étaient entrés dans la brasserie. Comme il le faisait en général, par esprit de système, Emmanuel avait réservé : Une table pour deux, sur la terrasse, avait-il demandé au téléphone. En cet automne 1995, un mois d'octobre exceptionnellement chaud, celle-ci n'avait pas encore été clôturée par les grandes vitres de la devanture, façon aquarium gastronomique.

Non, il n'était pas au Central, mon père sortait de l'hôpital, le jour même ; je le revois expliquant que l'affrontement du Central téléphonique s'était passé juste après sa première série d'amputations ; il avait été blessé, en même temps que plusieurs de ses amis, sur l'île de Majorque, quelques jours après avoir débarqué.

Esther approuvait, hochait la tête, tentait de rassembler les souvenirs : J'ai entendu parler de cette bataille aux Baléares ; ça n'a jamais été bien clair dans ma tête.

Emmanuel avait depuis longtemps adopté l'attitude de son père, autrement dit le mutisme. Il attendrait de se retrouver seul, tout à l'heure, dans sa chambre, pour tenter de distendre les fils d'un tissage que le silence avait patiemment tramé, pour énumérer les prémices annonciatrices du putsch, tout en ressassant la chronologie des événements qui avaient conduit son père dans les criques de l'île de Cabrera, dans celles de Majorque. Emmanuel se remémorait l'accent de son père résonnant dans les *Mémoires d'une ombre.*

Le 17 juillet 1936, la garnison de Melilla se soulève contre le gouvernement républicain ; l'état de guerre est déclaré au Maroc espagnol ; le lendemain, les généraux Goded aux Baléares, Franco aux Canaries adhèrent au coup d'État ; ne perdant pas une minute, Franco en profite pour s'emparer du commandement de l'armée du Maroc ; dans le même temps, sur l'ensemble du territoire espagnol, des militaires, idéologiquement sensibles au putsch fasciste, prennent le contrôle de plusieurs grandes villes, parmi lesquelles Séville, Pampelune, Cadix, Oviedo, Saragosse ; le 6 août, Franco, protégé par l'aviation allemande, à la tête des troupes espagnoles du Maroc, croise le détroit de Gibraltar, s'établit à Algésiras, puis on connaît la suite ; avant cela, dès le 18 juillet, le général Goded prend le pouvoir à Majorque ; nommé commandant général des îles Baléares par le gouvernement du Front populaire espagnol qui, concrétisant sa défiance, entreprend de l'éloigner de la capitale, il rejoint le camp des conspirateurs, lance le putsch dans les îles sans rencontrer grande résistance, puis attend l'instant propice pour traverser en hydravion afin de s'emparer du commandement militaire de Barcelone ; de fait, il n'attend pas longtemps ; le lendemain même, il rejoint le général Fernández Burriel, qui a pris le commandement du soulèvement dans la capitale catalane, la troupe adoptant l'étendard franquiste se dirige au pas de charge vers la place de Catalogne, pour envahir le centre de Barcelone ; Goded échoue ; il est jugé par un tribunal républicain sur le bateau-prison Uruguay *avec plusieurs de ses lieutenants, puis passé par les armes dans la cour du château de Montjuic, sur les hauteurs de la ville ; c'est seulement quelques jours plus tard que je m'engage dans la lutte révolutionnaire, rejoignant ce qu'on appelait la* quinta del biberón, *c'est-à-dire la classe du biberon, où sont enrôlées les plus jeunes recrues de cette guerre ; le 16 août 1936, plusieurs barcasses chargées de combattants républicains pénètrent dans différentes criques de l'île de Majorque ; je me retrouve dans l'une d'elles alors qu'on attend le petit matin, les premières lueurs blanches de l'aurore pour lancer l'offensive, afin de tenter de reprendre le contrôle des Baléares aux nationalistes ; il fait une chaleur étouffante…*

Où en es-tu des mémoires de ton père ? demandait Esther à Emmanuel. Celui-ci lui avait répondu que la énième version était close, qu'il attaquait les ultimes retouches, que cela n'en finissait pas de se finir, qu'il faudrait bien se résoudre à cesser de modifier des passages que, le plus souvent, il rétablissait par la suite, puis la soirée s'était prolongée. Ils avaient abordé d'autres sujets, commandé des desserts, plusieurs cafés-verres d'eau. Ils devaient en être à leur quatrième tasse lorsque Emmanuel s'était aperçu qu'ils étaient les seuls clients attardés à la terrasse de la brasserie. Autour de leur table, les serveurs ne se déplaçaient plus du tout de la même façon. L'allure chaloupée, style ballet classique, qu'ils avaient adoptée en début de repas était devenue un ensemble de trajectoires plus sèches, plus inattendues, plus brisées, agrémentées d'angles aigus, ce qui signifiait que le restaurant devait fermer. Le garçon s'était approché d'eux : J'espère que vous avez passé une soirée sympathique, leur avait-il lancé. Il leur avait remis une coupelle contenant l'addition pliée en deux, ainsi que la sempiternelle carte de visite de la maison. Il était resté planté devant leur table, attendait le règlement pour bien montrer qu'à partir de cet instant l'heure de la fermeture était franchement dépassée.

Plus tard, marchant dans les rues presque désertes pour rejoindre la station de taxis, Emmanuel avait complété sa réponse : J'ai attaqué la dernière relecture, disait-il, c'est excessif de parler des mémoires de mon père ; il n'a pratiquement jamais rien raconté de son combat ; la mémoire des Vaincus, c'est la honte de l'avoir été, un point c'est tout ; ensuite, on entend seulement siffler le silence, poursuivait Emmanuel sans laisser parler Esther ; un silence creux, comme celui qu'on perçoit dans le fond d'une conque collée à l'oreille, une sorte de respiration sombre, infinie, l'exhalaison des abysses, le bruit de la mer ; un silence qui fige les mots ; devenue coquillage, l'histoire perfore le sable, s'enfonce dans les profondeurs de la plage.

À l'intérieur du taxi, qui filait vers le XVe arrondissement, Esther proposait à Emmanuel de boire un verre à l'appartement : Pour continuer la conversation, disait-elle ; on ne va pas finir la soirée comme ça ! Emmanuel soupirait : Je ne peux pas ; demain, je commence aux aurores à la radio.

Il était extrêmement tard lorsque le taxi les avait déposés devant le 83, rue du Théâtre. Bien déterminé à ne pas trop veiller, Emmanuel s'était cependant laissé convaincre de monter bavarder avec Esther.

En Espagne, les gens ne connaissaient pas toujours l'existence des camps français dont tu m'as parlé, disait Esther en tendant un verre de jus de fruits à Emmanuel installé dans un fauteuil du salon, juste devant la table basse en plexiglas assortie au coffre à apéritifs.

Mon père disait qu'ils étaient affamés ; il était

dans le Roussillon ; il n'y avait rien à manger à l'intérieur de ces enclos à même la plage ; lorsqu'un camion bâché arrivait pour la distribution du pain, les réfugiés se jetaient, comme des animaux, sur la ridelle arrière pour attraper ce qu'ils pouvaient, tandis que des soldats les repoussaient à coups de pied, à coups de crosse sur les mains, depuis la plate-forme.

Puis Emmanuel entendait à nouveau l'accent, à des années de distance, les *r* enrobés du ronronnement de la voix de son père, autour de la table de la grande cuisine-salle-à-manger, ce dimanche de septembre où l'on fêtait un événement important, peut-être justement l'anniversaire de celui-ci, où l'on regorgeait de nourriture. Une multitude de petits plats maison étaient disposés sur la table. Emmanuel était le seul à percevoir dans son récit les inflexions catalanes que, même en parlant français, son père n'avait jamais perdues, où les nuées de coléoptères devenaient des essaims de *papi-lions,* alors que le fléau de la balance mutait en joug de *basse-cule.*

Au début, les Français ont tellement peur de nous que certains soldats lancent carrément le pain par-dessus les barbelés ; je me souviens qu'un jour trois, quatre jeunes, à peu près du même âge que moi, la vingtaine, peut-être un peu plus, se sont couchés sur les miches de pain, pour les protéger de leur corps, menaçant tout prisonnier qui ferait mine de s'approcher; un réfugié plus âgé les sermonne, qu'est-ce qui vous prend ? leur dit-il; en peu de temps, avec une poignée de partisans, celui-ci a pris l'ascendant dans les baraquements pour organiser un semblant de vie communautaire; regardez-vous, ajoute-t-il, vous vous conduisez comme des animaux; alors quoi... protestent les jeunes avec une morgue pitoyable; ils provoquent l'homme qui est devenu un des chefs des baraquements; celui-ci ne se laisse pas impressionner; il continue à protester, un peu de dignité, leur dit-il, même vaincus, vous êtes toujours des soldats de la République; des soldats morts de faim, rétorquent les autres couchés à terre, couvrant les pains de leur corps; le chef ne lâche cependant pas l'affaire; ici, tout le monde a faim; ça n'excuse pas de se comporter comme un chien; personne ne touchera à ce pain, hurle-t-il soudain à leur adresse, je vous le garantis, ajoute-t-il en faisant un pas en avant, imité par le cercle de réfugiés qui s'est formé derrière lui; au-delà des barbelés, les soldats français regardent la scène sans bien comprendre ce qui se passe; on peut savoir ce qu'ils disent ? demande un militaire à un autre qui comprend à peu près la langue; je vais te dire, le vieux engueule les gars qui se sont jetés sur le pain, il leur interdit d'y toucher, dit un gendarme de Perpignan; un autre pandore se met à ricaner en roulant des galets dans sa bouche, en faisant siffler sa langue; peut-être qu'ils n'apprécient pas le service; un militaire balance une autre miche par-dessus les barbelés; le dirigeant espagnol hurle; cabrones*; ça, ça* *veut dire beaucoup de choses en espagnol, plaisante le gendarme qui connaît la langue; ça veut dire vieux bouc, cocu, la plupart du temps ça signifie peau de vache, salaud, salopard, connard,* tutti quanti*; des choses dans ce genre, éclate-t-il de rire; le soldat lanceur de pain devient furieux, se contient à peine; tandis que l'autre, derrière les barbelés, répète en le fixant droit dans les yeux;* cabrón*; tout seul, le soldat ne se serait jamais aventuré dans le camp; cependant les spahis montent la garde, font régner l'ordre du haut de leur monture; le dirigeant espagnol ne voit pas venir le danger, il continue à invectiver les soldats, les gendarmes français, à rabrouer ceux qui se sont d'abord jetés sur les pains, qui, cédant à la peur, ayant recouvré leur dignité, leur orgueil, optent soudain pour rejoindre le reste des réfugiés, formant un demi-cercle autour de la nourriture, sans y toucher; plutôt crever de faim que donner le spectacle de notre misère, admettent-ils; avant de nous entasser dans les camps, on nous a fouillés au corps, désarmés, cependant, même avec ça, les spahis n'osent pas toujours s'aventurer dans l'enclos, y compris du haut de leurs pur-sang arabes; certains réfugiés ne sont pas des novices, ils connaissent parfaitement la façon de procéder pour désarçonner les spahis; ils font face au cheval, agrippent la bride qui maintient le mors, s'y suspendent de tout leur poids; l'animal baisse la tête, plie les antérieurs, se couche carrément sur le flanc; le spahi vole dans les airs avec son espèce de cape, le fusil en bandoulière, parfois se retrouve sous le flanc de sa monture; cependant le jour* *du pain, ils ont choisi de faire rentrer tout le bataillon à cheval dans le camp ; personne ne bronche, je peux te l'assurer ; ils ne font pas de discours ; toi, toi, toi, un pas en avant, se contentent-ils de dire ; ils emmènent une dizaine de types, dont le dirigeant espagnol qui a organisé l'insoumission, en les escortant entre deux files de chevaux ; en plus du fusil croisé dans le dos, ils ont le sabre au clair, les salopards ; les soldats les parquent dans l'enclos de barbelés qui sert de prison, à l'entrée du camp, ils se postent en sentinelle pour attendre l'arrivée d'une estafette Renault de la gendarmerie française ; dans la soirée, ils les emmènent au fort de Collioure ; nous, qui avons eu la chance de rester au camp, sommes privés de pain pendant deux jours ; autant dire que nous sommes privés de tout, parce que, à part ça, il n'y a rien à manger, sauf des lentilles que nous faisons bouillir dans de vieilles boîtes de conserve posées sur de vieux pneus enflammés ; il faut sentir le parfum ; c'est quelque chose ; à Argelès-sur-Mer, qu'est-ce que j'ai pu avaler comme lentilles au pneu ; ce fumet de caoutchouc brûlé, du Michelin trois étoiles ; le fort de Collioure, tu ne sais pas ce que cela signifie, toi ; eh bien, on commence par prendre une bonne raclée ; pas toujours, remarque ; ça dépend de l'humeur des gars qui sont chargés de s'occuper de nous ; parfois il y a des chics types ; en revanche, on n'échappe pas au cachot ; on ne nous donne à manger que de la morue, de l'eau de mer, pendant plusieurs jours, où on ne voit pas le moindre rai de lumière, noir la nuit, le jour, juste la pénombre lorsqu'on ouvre la porte une fois dans la journée pour jeter la pitance salée; puis, lorsqu'on estime que le prisonnier a purgé sa peine, ses intestins aussi, on lui bande les yeux, on lui lie les mains, on le pousse hors de la cellule, on le conduit enfin au milieu de la cour du fort; on choisit toujours l'heure de midi, le moment où le soleil est le plus haut dans le ciel, le plus chaud, le plus éclatant; on lui retire le bandeau d'un seul coup, sans lui libérer les poignets; impossible de protéger ses yeux; la douleur est épouvantable; je ne sais pas comment expliquer ça; comme si on t'enfonçait un doigt profondément dans l'orbite, qu'on emprisonnait le globe, à la façon d'une bille, bien coincé dans l'index replié, qu'on le soustrayait à son logement; pendant plusieurs minutes, on est persuadé d'être devenu aveugle; on a l'impression qu'on nous a crevé les yeux; c'est indescriptible; le paysage autour de nous devient la douleur; on palpe les contours de la souffrance; c'est à hurler…*

C'est grâce aux rares moments de confidence de son père qu'Emmanuel a pu rédiger ces pages. Pour décrire si précisément la chose, s'est-il dit, il faut que mon père ait été lui-même détenu au fort de Collioure. Il y a été emprisonné une autre fois, en effet, pour avoir participé à un pillage — il s'agit encore de pain. Que peut-on voler dans cet endroit? Un camion est resté garé à l'entrée de l'enclos, encore à moitié rempli de miches après une première distribution. Les deux gendarmes gardant le véhicule s'en sont éloignés un instant à cause d'un artisan qui, ne comprenant pas les formalités nécessaires pour faire sortir un prisonnier du camp en lui offrant le gîte en échange d'un travail, entreprend de faire un scandale : J'ai besoin d'un bon plâtrier, moi, proteste-t-il ; si on demande à tous ces gars, comme ça, à la cantonade, qui est plâtrier, tout le monde va lever la main, saisir l'occasion pour sortir du camp ; qu'est-ce que je fais du type, moi, ensuite, si c'est un artiste peintre, un cuisinier ?

Le père d'Emmanuel ainsi que d'autres réfugiés profitent de l'incident pour commencer à délester le camion des pains. Apercevant le larcin, les gendarmes se ruent sur les voleurs qui se dispersent, s'évanouissent immédiatement sur la plage, sauf le père d'Emmanuel, qui ne peut pas courir.

Ton père avait été amputé ! voulait se faire confirmer Esther en coupant la rêverie d'Emmanuel, comme si elle avait une lecture fluide de ses pensées.

Oui, après sa blessure au pied, sur l'île de Majorque ; je te l'ai déjà dit, Esther !

Lorsque les gendarmes m'arrêtent, le jour du pain, ils m'envoient immédiatement en punition ; on commence par me retirer la ceinture, par arracher les boutons de mon pantalon, puis on me confisque les lacets des chaussures ; on me conduit à ce qu'on appelle l'hippodrome ; c'est un enclos situé à l'extrémité du camp, un carré de dix mètres sur dix, délimité par du fil de fer barbelé, au milieu duquel on a planté un poteau, en plein soleil, en plein froid, selon la saison ; le châtiment consiste à faire courir les prisonniers sur cette piste imaginaire ; une-deux, une-deux ; on est obligé de retenir son pantalon qui entrave les jambes, on perd les chaussures dans le sable jusqu'à ce que, couvert de ridicule, chancelant sous les coups de crosse, face contre plage, les sévices ne fassent plus d'effet sur nous ; alors seulement, on nous laisse en paix, on cesse de nous martyriser, on se contente de nous surveiller ; on ne nous apporte pas à boire pendant des heures ; certains quelquefois en sont crevés ; tu comprends bien que moi l'hippodrome, avec ma jambe de bois ; je dis au gars que je ne peux pas faire ce qu'il me demande, que je ne peux pas courir, en plus dans le sable ; je lui dis la chose poliment, du genre, vous imaginez, monsieur le gendarme, tenir les pantalons, maintenir la chaussure au pied, avec le pilon qui se dévisse, qui s'en va dans tous les coins, je suis désolé, je ne peux pas faire ce que vous me demandez ; choisissez une autre punition ; le type est têtu, ne veut rien entendre ; il croit que je me fous de lui ; il me dit que je le prends pour un abruti, que je vais voir ce que ça coûte de manquer de respect à la maréchaussée ; il est furieux ; je n'ai jamais vu un gars à ce point hors de lui ; il ne peut pas se maîtriser, m'envoie une grande gifle qui me fait chanceler ; le pilon reste planté dans le sable ; moi je m'écroule, sans jambe, de tout mon long, sur la plage; à ce moment, je ne sais pas ce qui se passe exactement, parce que je suis un peu sonné, les autres éprouvent cette impression hallucinante qu'il vient de m'arracher un membre; ils se mettent à lancer des projectiles, tout ce qui leur tombe sous la main, des coquillages, des bouts de bois, des galets, des boulons, soudain le gars est atteint au front par la masse d'un marteau démanché, on se demande d'où a pu surgir l'outil; en tout cas le soldat s'effondre; son sang se répand sur la plage en formant de petits agrégats, collant les grains de sable; les militaires viennent; c'est après ça que je me suis retrouvé à Collioure, traité en criminel; on a passé un sale quart d'heure, crois-moi; on a même cru qu'ils allaient fusiller le camarade qui avait lancé le marteau; il s'en tire finalement avec le nez écrasé, des os fracturés; les soldats le cachent pendant plusieurs semaines, le temps qu'il récupère de ses blessures; les officiers n'admettent pas qu'on soit frappés...

Il faut absolument que je rentre, disait Emmanuel en refaisant surface. Il avait posé les mains sur les accoudoirs du fauteuil, s'était levé en lissant son pantalon sur ses cuisses pour le défroisser, ne laissant cette fois aucune chance à Esther de le retenir. Dans une ultime tentative de poursuivre la soirée, celle-ci avait adopté un ton de confidence : J'ai eu des nouvelles de Julia, ce matin ; au téléphone ; elle vient à Paris pour plusieurs jours; au moins un mois; peut-être davantage.

Emmanuel était franchement contrarié qu'elle ne lui ait rien dit: De toute la soirée, je n'ai rien su; je suppose que c'est pour l'opération aux yeux; elle m'en a parlé, il y a des années qu'elle aurait dû; je l'appellerai demain. Puis, serrant un instant Esther dans ses bras, il l'embrasse sur les deux joues.

L'arrachement

Novembre 1995

L'interview était pratiquement terminée. On en était au dernier échange. Julia souriait à Severo avec une certaine connivence : Iriez-vous jusqu'à dire que *l'arrachement* a été votre recette du bonheur ? Severo marquait un temps d'hésitation : Je ne sais pas ; c'est difficile à dire ; il existe des contextes dans lesquels on ne peut se construire que dans l'arrachement ; s'arracher devient un devoir ; cela peut se transformer en bonheur ; oui ; je le crois ; l'idéal ce serait de savoir jouer cet arrachement ; comme les grands comédiens interprètent les tragédies ; sans forcer le trait ; je ne sais pas comment dire ; de savoir le jouer sans démontrer, avec une conviction sincère, sans chercher à être ce que l'autre attend ; de le jouer… vaporeusement, c'est ça ; être là sans sa lourdeur d'être ; *sfumato* ; c'est sans doute une façon d'éviter que le drame vous poursuive indéfiniment.

Julia venait de faire un geste en direction du

technicien. Le témoin de l'enregistrement s'était éteint. À travers les haut-parleurs, on entendait monter les roulements des percussions d'une partition sérielle. C'est fini ? avait demandé Severo. Avoue que ce n'était pas si terrible, répondait Julia. Éprouvant le soulagement qui marque la fin des interviews, Severo frottait le miroir de sa calvitie avec la paume de la main. Julia demandait : On appelle un taxi ? je ne suis pas venue en voiture. Severo plaisantait : Nous en intercepterons un dans la rue, tu as gardé tes mauvaises habitudes parisiennes. Justement j'y retourne dans une quinzaine de jours, ajoutait Julia. Tu veux dire, à Paris ? Je dois me faire opérer d'urgence ; je risque de perdre la vue. Qu'est-ce que tu racontes ? C'est sérieux, Severo ; la rétine ; un début de décollement ; ça ne date pas d'aujourd'hui ; ça s'aggrave ; je ne dois pas prendre la chose à la légère ; le professeur m'a alertée, c'est un élève du grand Joaquim Barraquer i Moner, à Barcelone ; tu en as entendu parler, je suppose. Severo ne comprenait pas : Tu as eu un accident ? tu t'es blessée ? je ne sais pas, moi ; tu t'es donné un coup ? demandait-il sur un ton incrédule. Une blessure ancienne, Severo ; plusieurs coups, oui, murmurait-elle ; je sais que l'Espagne est bourrée de spécialistes remarquables, d'excellents chirurgiens en ophtalmologie ; c'est plus fort que moi, je ne supporte pas l'idée de me faire opérer dans ce pays ; c'est incontrôlable, j'ai peur ; je panique.

Dans l'ascenseur qui les menait au rez-de-chaussée, Julia réfléchissait à cette espèce de lien primitif qui lui interdisait de subir l'intervention chirurgicale en Espagne. Son cocon, c'était la France.

Qu'est-ce qui pousse l'individu à revenir au premier nid, dès que l'orage gronde ? pensait tout haut le chorégraphe.

La France n'est pas mon premier nid, Severo ; c'est surtout celui à partir duquel je me suis lancée, à partir duquel j'ai eu la chance d'apprendre à voler, celui qui m'a recueillie, apprivoisée presque, sans s'en apercevoir, jamais à mon insu, répondait Julia ; encore enfant, c'est moi qui ai adopté ma famille, Severo ; ce n'est pas l'inverse.

Installés dans le taxi, elle avait pris la main de son frère dans la sienne, la lui serrait ; lui aussi avait souffert : Tu as dû avoir ton compte pour dire ce que tu as dit, à la radio ; on se construit dans l'arrachement ; tu le penses vraiment, Severo ? Elle le regardait dans les yeux. Le taxi était prisonnier d'un embouteillage monstrueux sur l'avenue de la Constitución, à hauteur des Archives des Indes. Comme dans tous les pays du monde, on klaxonnait à l'envi. Malgré la chaleur, on baissait la vitre pour s'invectiver. Le chauffeur leur avait proposé de les déposer là :

Pour ne pas perdre votre temps ; votre argent aussi, précisait-il. Cependant ils préféraient rester dans la fraîcheur du véhicule climatisé, à poursuivre leur discussion, avides de se connaître, de se découvrir, après tant d'années.

Nous avons su pratiquement tout de suite que tu t'étais évadée, expliquait Severo en changeant de sujet ; autour de nous, on se doutait que tu étais passée en France ; Borreguil ne s'en vantait pas, cependant ses hommes le laissaient supposer ; se disant que tu avais peut-être rejoint la famille de ta vraie mère, Borreguil avait proposé à Eleonor de te ramener en Espagne ; il savait que les autorités françaises pouvaient s'opposer à ton extradition ; en France, le socialiste Vincent Auriol était en fin de mandat à la présidence de la République ; le lieutenant-colonel Claudio Borreguil était prêt à monter une opération avec les agents du Service extérieur de la Phalange, pour te kidnapper ; influencée par la tante Laura, Eleonor s'y est opposée, la mort dans l'âme ; je crois que, dans le fond, elle t'aimait ; ton départ a été pour elle un véritable déchirement.

Julia avait bondi sur son siège : Un déchirement ? la mort dans l'âme ? tu plaisantes, Severo ! s'offusquait-elle en haussant le ton ; Eleonor n'a pas hésité un seul instant lorsque le père Salami a proposé de me conduire au couvent ; il disait que ça ferait du bien à mon psychisme, que j'étais dérangée, je ne sais quoi encore ; elle a été d'accord sur tout, comme toujours.

Severo insistait, avec une certaine douceur : Eleonor a toujours été une femme faible, Glor… Julia, je ne me ferai jamais à ton nouveau prénom.

À mon prénom tout court, Severo, il n'est pas nouveau, c'est celui que ma mère a souhaité que je porte, rectifiait-elle d'une voix parfaitement timbrée.

Severo continuait à disculper sa mère : Eleonor était sous l'influence des amis politiques de notre pè… de Fortuna ; je ne crois pas qu'elle ait elle-même cherché à t'éloigner ; sans compter que, avec son acidité habituelle, tante Laura ne cessait de lui répéter : Tu ne vas pas continuer à faire semblant, tu ne vas pas t'acharner à martyriser cette enfant, à présent qu'elle a tout découvert, elle va chercher à te fuir, tu dois la laisser s'en aller ; avec Hector, vous avez fait assez de mal comme ça.

Julia tentait de couper son frère : Ce n'est pas Laura qui m'a donnée à la garde civile.

Ce n'est pas Laura, reprenait Severo, néanmoins à ce moment-là Eleonor ne savait plus où elle en était ; tu avais failli mettre le feu à la maison ; son époux, on devrait dire son guide, que sais-je ? venait de mourir d'une maladie que personne n'a jamais su nommer ; les plus folles hypothèses circulaient après sa mort ; on disait même qu'on l'avait débranché ; c'est faux, Glor... petite sœur ; tu te souviens ?

Bien entendu que je m'en souviens ; ma rétine aussi s'en souvient ; est-ce qu'Eleonor s'est quelquefois préoccupée de savoir comment j'ai été accueillie à la caserne de la garde civile ? regarde cette cicatrice, disait-elle avec douceur, se caressant le haut de la pommette du bout des doigts.

On dirait un tilde, admettait Severo ; je sais comment tu as été reçue à la caserne, Julia ; je l'ai su à mon tour, à mes dépens aussi, quelques années plus tard ; c'est sans commune mesure avec ton histoire ; moi aussi j'ai été forcé de m'exiler au bout d'un moment.

Julia murmurait : En Allemagne, n'est-ce pas ?

Oui, en Allemagne ; il ne m'a pas fallu longtemps pour comprendre qu'Angel Salami avait mis un point d'honneur à prendre le relais de ton éducation ; cependant au début on ignorait qu'il avait l'intention de t'envoyer le plus loin possible, à l'autre bout de l'Espagne, au Pays basque, là où nous aurions toutes les difficultés du monde à te rendre visite ; de toute façon ses plans ont capoté ; tu t'es évadée pendant le trajet ; pour le reste, Eleonor a laissé faire, elle n'a jamais eu de caractère.

Julia avait ensuite demandé à Severo pourquoi toutes les lettres qu'elle leur avait envoyées de France lui étaient revenues, surlignées au feutre noir par la censure.

Laura a disparu juste après ton évasion, Julia ; un accident si stupide qu'on s'est demandé si le chauffeur de la Renault Frégate, qui l'a fauchée après être monté sur un des trottoirs bordant l'allée centrale des Ramblas, a réellement eu un malaise ; ce pouvait tout à fait être un assassinat maquillé ; Laura a été tuée sur le coup ; l'automobiliste n'a, semble-t-il, jamais été inquiété, on a dit qu'il avait eu un malaise diabétique ; après ça, Eleonor ne supportait plus de vivre parmi les ombres ; nous nous sommes installés à Madrid ; tes lettres n'ont eu aucune chance de nous parvenir, Julia.

De la part de ton père

Février 1956

À Madrid, Severo ne continue pas ses études à l'université. Après le bac, il se consacre exclusivement à son art. On ne peut pas dire que les artistes soient bien vus par le régime en place. Seuls quelques suppôts parviennent à créer en toute lumière, les autres s'exilent, parfois préfèrent accomplir leur travail de l'intérieur, dans l'ombre. C'est lors d'une de ces manifestations estudiantines qui ont émaillé la fin des années cinquante, à laquelle se mêlent parfois artistes, opposants de tous bords, que Severo est arrêté avec plusieurs membres de la troupe. On le conduit dans les sous-sols de la Direction générale de la Sûreté, à la puerta del Sol.

Avant de pénétrer dans le bureau du commissaire, on le tabasse copieusement dans une cellule de la Brigade sociale : La petite mise en bouche qu'on vient de t'offrir n'est rien à côté de la branlée qui t'attend si tu continues à fréquenter les organisations étudiantes ; tu n'es plus à l'université, que je sache ; tu as arrêté tes études, n'est-ce pas ? tu ne vas pas me raconter que tu as décidé de les reprendre, je ne te croirais pas, hurle le commissaire en lui balançant une terrible gifle qui l'assomme à moitié ; celle-là, elle est justement de la part de ton père ; je t'assure que tu peux le remercier ; si tu avais été le fils de quelqu'un d'autre, d'une racaille rouge, par exemple… Le chef de la Sûreté finit rarement ses phrases.

Severo se demande comment ils ont réussi à remonter si rapidement jusqu'à son père. Il n'y a qu'une explication : il est surveillé. Il ne sait pas encore que la raclée qu'il vient de recevoir n'est rien à côté de ce qu'ont subi les danseurs de la compagnie de ballet. L'un d'eux, celui qui s'appelle Alonso, a été frappé si fort qu'on lui a fracturé l'avant-bras d'un coup mal porté, initialement destiné à ses côtes. Le membre pend comme lorsqu'on coupe le fil à la main d'une marionnette. Alonso n'a pas hurlé. Il a tout simplement perdu connaissance.

Tu vas devoir te tenir tranquille, mon cher Fortuna, lance le commissaire au danseur, en prenant un air efféminé pour se moquer de ses manières, puis en lui balançant une nouvelle gifle soi-disant toujours de la part de son père ; pour cette fois, je vais te relâcher pas trop mal en point ; rappelle-toi que, si par hasard on vient à t'arrêter une nouvelle fois, tu te souviendras pour toujours de la puerta del Sol, explique-t-il alors que le ton de sa voix monte jusqu'à hurler le nom de la célèbre porte madrilène. Vlan ! une troisième gifle vient cingler son visage.

En revoyant le soleil briller, sur la place, Severo épouse la ferme détermination de quitter l'Espagne. C'est décidé, il se rendra en Allemagne pour rencontrer le maître incontesté de l'époque, le chorégraphe Kurt Jooss. La négociation avec Eleonor n'est pas simple. Sa mère, qui ne possède plus que de la famille lointaine à Madrid, éprouve de réelles difficultés à accepter son départ. Si l'épisode de la puerta del Sol donne raison à Severo, en revanche elle se voit mal affronter un solitaire veuvage. Elle pleure tout le jour, cela ne parvient pas à entamer la détermination de son fils.

Severo part pour l'Allemagne en promettant de retourner régulièrement à Madrid. Eleonor s'enferme dans une ténébreuse mélancolie d'où elle ne ressort jamais. Une embolie pulmonaire finit par l'emporter quelques mois plus tard, sans prévenir. Mortifié de chagrin, de remords, Severo regagne, une dernière fois, en toute hâte l'Espagne pour, aussitôt les obsèques conclues, repartir le ventre torturé.

Un lien intense

Novembre 1995

Le taxi où se trouvait toujours Julia en compagnie de Severo était enfin parvenu à destination, devant l'entrée de l'hôtel où étaient descendus les danseurs de la troupe. Elle avait passé le tourniquet vitré du hall d'entrée la première, devant son frère. Ils étaient ensuite allés s'installer sur les tabourets luxueux du bar où ils avaient décidé de déjeuner rapidement avant de prendre congé. Le chorégraphe devait quitter la ville le lendemain même, après la dernière représentation du soir, pour se produire à Grenade, avant de poursuivre la tournée dans d'autres régions d'Espagne.

Vous ne dansez jamais à Paris ? demandait Julia.

Severo rêvait : La saison dernière, au théâtre du Châtelet ; c'était plein à craquer ; un triomphe inattendu ; il ne faut plus qu'on se perde de vue, petite sœur, tu veux bien que je continue à t'appeler petite sœur, lui demandait-il en lui passant le bras autour des épaules.

Julia s'était blottie contre lui. Sans très bien savoir pourquoi, elle s'était mise à penser à Emmanuel resté à Paris. Aux *Mémoires d'une ombre* qu'il rédigeait encore, après toutes ces années. Elle se demandait ce qui l'attirait chez cet atypique spécialiste du son. Malgré la différence d'âge, un lien intense les unissait l'un à l'autre, une assourdissante fraternité. Elle aimait l'entendre parler de *son père, ce héros*... façon Victor Hugo. En ce qui la concernait, Julia n'avait jamais rien su du sien, à peine connaissait-elle l'histoire de sa mère, Angelines.

Tu rêves, petite sœur ? lui demandait Severo.

Bien entendu qu'elle rêvait. Elle devait retourner à Paris. Ce qui l'aidait à affronter l'épreuve de son intervention aux yeux, laquelle l'effrayait aux limites de l'illogique, c'était la présence d'Esther installée dans son appartement, la présence d'Emmanuel aussi devenu le petit frère protecteur, tendre, si affectueux. Pierre-Alexandre, lui... toujours occupé.

Tu rêves, petite sœur, répétait Severo en secouant légèrement le bras passé autour de son cou.

Oui, oui, s'excusait-elle ; je suis troublée par cette opération ; l'œil ; ce n'est pas banal ; je ne comprends pas pourquoi cela m'impressionne à ce point.

La pensée revenait ensuite à ses premiers linéaments, aux contours quelque peu estompés du visage d'Esther l'attendant à Paris pour prendre soin d'elle, comme elle l'avait toujours fait, comme elle le ferait encore. Y compris malgré le malheur qui lui pesait, cette terrible fuite de Louis, qui avait toujours voulu organiser lui-même son départ depuis le fond de sa mélancolie, qu'on avait retrouvé étendu de tout son long dans leur appartement, foudroyé par une embolie cérébrale, les doigts, les mains mordus par son chien qui, dans son amour primaire, animal, aurait probablement fini par réussir le tour de force de dévorer le cœur de son maître.

Le tableau que Louis était en train de peindre, ce jour funeste, faisait partie d'une série titrée *Alabandite*; les empreintes, constituant le fond de la toile, allaient du gris sombre au vert noirâtre, comme pour le sulfure de manganèse. La peinture s'intitulait *Rouge incarnat sur alabandite n° 6*. Depuis les empreintes gris-vert surgissaient de petites taches rouge de cadmium foncé rappelant les cenelles en pleine maturité d'un buisson d'aubépine. Sur l'angle inférieur droit, réservé d'ordinaire à la signature, on pouvait remarquer trois fruits plus charnus, ressemblant plutôt aux azeroles d'un azerolier de Méditerranée, peut-être, plus banalement, à trois gouttes de sang parfaitement dessinées parmi les aiguillons des épineux. Un autre rouge, couleur

nuit, aux immenses terrasses des cafés; ils bavardent, en grand tapage, tandis que le jour commence à poindre peu à peu; avec tout un groupe de miliciens, nous prenons position sur les corniches qui se dressent aux abords du port; après avoir creusé une tranchée pour nous abriter en cas d'attaque, nous nous préparons à défendre le terrain, à couvrir le débarquement de nos camarades restés dans les barcasses, éventuellement leur fuite, cependant nous n'envisageons pas sérieusement cette dernière éventualité; nous sommes venus pour reprendre les îles à l'ennemi; on ne reculera pas; pour nous, il ne peut pas y avoir d'autre issue que la victoire; vers midi, nous commençons à entendre les premières explosions dans le lointain; nous comprenons immédiatement que ce ne sont pas seulement les camarades qui tirent, nous percevons parfaitement le bégaiement sec des mitrailleuses, les détonations des canons chaque fois qu'un obus explose; en ce qui nous concerne, nous ne possédons pas de mitrailleuses, les seuls canons dont nous disposons sont ceux qui arment les bateaux restés en défense devant le port; les fusils qu'on nous a distribués ne sont pas des plus modernes, nous sommes surtout armés de mausers allemands datant de 1894, de Remington encore plus anciens; certains camarades ne possèdent qu'un pistolet, il y a surtout des Astra de calibre neuf millimètres; plus nos camarades se déploient dans le centre de l'île, plus ils rencontrent de résistance de la part des troupes fascistes qui n'ont jamais eu l'intention d'abandonner la place comme nous l'avons d'abord cru; au début, nos camarades étaient partis tout joyeux, les grappes d'anarchistes chantant...

d'épais, noirs orages agitent l'air,
des nuages sombres nous empêchent de voir ;
même si nous attendent la douleur, la mort,
contre l'ennemi nous pousse le devoir ;

le plus précieux des biens est la liberté ;
on doit la défendre avec foi, courage ;
brandis le drapeau révolutionnaire,
il guidera le peuple vers l'émancipation ;

debout peuple ouvrier, à la bataille !
on doit en finir avec la réaction !
tous aux barricades, tous aux barricades,
pour le triomphe de notre Confédération !

au bout de quelques kilomètres, le chant révolutionnaire prend soudain tout son sens ; sur les corniches, nous ne nous doutons pas de l'enfer qui s'annonce, nous sommes tranquillement installés près de la tranchée; chacun se prépare à faire la sieste; je ne sais pas d'où est sortie la guitare avec laquelle s'accompagne un des camarades ; il entonne une chanson dont le titre est Sur la place de mon village *; nos enfants viendront au monde avec le poing levé,* fredonne-t-il*; à mesure qu'il chante, la fusillade s'intensifie ; à mesure que le temps s'écoule, les explosions se rapprochent ; je n'ai pas le temps de comprendre ce qui se passe ; je n'ai* *rien vu venir; nous sentons bien que le danger approche; cependant, sans formation, nous ne savons pas comment y faire face; c'est la première fois que nous combattons; personne ne nous encadre; de toute façon nous ne tolérons aucune sorte de subordination; nous laissons les événements venir, confiants que nous saurons nous débrouiller lorsqu'il sera l'heure d'intervenir; soudain, deux obus éclatent à proximité de la tranchée, puis je ne me souviens plus de rien; je me retrouve dans un bateau transformé en hôpital, c'est le* Marqués de Comillas, *il y a deux chirurgiens d'Amérique latine, des Péruviens, je crois; lorsque je reviens à moi, on me dit qu'un éclat de mortier a emporté la moitié de mon pied; c'est un de mes camarades qui, gravement blessé, criblé de multiples impacts dans le dos, me traîne sous la mitraille jusqu'à une barcasse, qui, à son tour, nous conduit ensuite au navire-hôpital; si j'ai la vie sauve, ce jour-là, c'est grâce à mon camarade Pepe, il était né à Tarrasa lui aussi; nous nous sommes retrouvés en France par la suite, quelques années après notre sortie du camp d'Argelès-sur-Mer; quelques heures plus tard, on m'installe sur une civière; je m'évanouis une deuxième fois; à demi inconscient, j'entends qu'on s'affaire autour de moi; je perçois le crissement de plusieurs instruments chirurgicaux qu'on frotte l'un contre l'autre, qui tintent dans le fond des haricots en émail; encore aujourd'hui, ces cliquetis glacés de pinces, de seringues sont insoutenables; ils ravivent à ce point les souvenirs que… regarde ma jambe! j'ai perdu une grande quantité de sang; le chirurgien décide de me faire une transfusion; ce n'est pas facile de trouver quelqu'un du même groupe; il y a un donneur universel sur le navire; les infirmières ne vont pas chercher midi à quatorze heures; elles lui demandent de se coucher sur la civière qui jouxte la mienne, pour pratiquer une transfusion directe; à l'époque, on fait avec les moyens du bord; dans le bateau qui mouille devant le port de Porto Cristo, on nous branche carrément l'un à l'autre; c'est à ce moment-là que le bombardement a lieu; nous entendons d'abord le bruit lancinant, un peu creux, du moteur d'un avion, puis quelqu'un se met soudain à hurler... un hydravion; un chasseur léger; les Italiens; une bousculade indescriptible se produit autour de nous; nous sommes sanglés à nos civières, l'un comme l'autre inconscients, bien incapables de bouger; les fascistes ont demandé l'aide de Mussolini pour ne pas perdre l'île; le Duce comprend l'aubaine; pour lui, c'est inespéré; l'archipel, que les Anglais ont jadis contrôlé, est un point stratégique en Europe, un des postes de contrôle de tous les échanges en Méditerranée du Nord-Ouest; un certain comte Rossi est chargé de venir en aide aux franquistes que les républicains tentent de déloger, ce n'est vraiment pas un tendre; il prend sa mission à cœur, ne reculant devant rien; personne n'a encore conçu un tel acharnement, une telle riposte; les armes leur sont parvenues à foison; plusieurs hydravions ont même repris du service; il s'ensuit un feu nourri, orgiaque; la poudre, la mitraille dégueulent de partout; nous aussi; il y en a même qui se font dessus; je suis étendu sur ma civière, à pomper le sang de mon camarade ; soudain, tout se met à trembler sous l'effet des explosions ; la mer commence à s'agiter en tempête ; les chirurgiens, les infirmières décident de quitter la pièce pour se mettre à l'abri ; de son côté, le capitaine donne l'ordre de lever l'ancre, il manœuvre comme il peut le* Marqués de Comillas *qui vient d'être pris pour cible ; il y a une petite batterie antiaérienne autour de laquelle s'agitent deux des nôtres qui finissent par taper dans le mille ; un des chasseurs est abattu ; c'est inattendu, cela suffit à éloigner les deux autres appareils, qui reviendront, on peut y compter ; lorsque les médecins péruviens regagnent la vaste cabine où nous nous trouvons, qui a été transformée en salle d'opération, mon camarade a perdu connaissance ; il est resté trop longtemps branché ; il s'est vidé de tout son sang, sans bien s'en rendre compte, sans sentir venir l'instant où il s'est évanoui ; il est nécessaire de le transfuser à son tour ; lorsque, enfin, on peut s'occuper de mon pied, de plus en plus de blessés affluent vers le navire-hôpital ; parfois, comme pour moi, l'urgence veut qu'on les transporte à dos d'homme ; oubliant un moment le cas de ma jambe, les médecins commencent à s'occuper d'un camarade de la CNT, jugé plus mal en point, dont tout le bras a été emporté ; je ne souffre pas vraiment ; j'ai des fourmis dans tout le membre, j'attends que ce soit mon tour en me disant… si je sors de ce mauvais pas, j'irai faire brûler un cierge à la Vierge noire de l'abbaye de Montserrat ; va savoir pourquoi je pense une chose pareille, à ce moment-là ; la lueur des lampes tournoie à toute vitesse au-dessus de ma tête, la houle de la mer les balance, les secoue, j'ai extrêmement froid, un vent glacial souffle dans mon crâne, mes os sont de givre, une sueur froide dégouline sur mon front, je perçois une sorte de rumeur ouatée, moi aussi je commence à devenir la tempête...*

Esther avait déposé les feuillets qu'elle était en train de lire sur la table du salon. Elle se servait un café resté encore chaud dans le bol de l'appareil électrique. Elle avait enfilé un gilet pardessus sa robe légère. Il faisait cependant plutôt chaud dans l'appartement. Sans doute l'émotion, peut-être ses propres souvenirs lui faisaient froid dans le dos au point de subir la métaphore au pied de la lettre. S'agissant d'un récit émanant d'un autre qu'Emmanuel, elle aurait refusé de le lire.

Maintenant elle se rappelait une nouvelle fois son interminable emprisonnement dans ce terrible couvent. Elle pensait à son père, qu'elle n'avait connu que deux ans, mort au Central des téléphones comme tant d'autres. Il avait tout à fait pu connaître le père d'Emmanuel. Ils étaient du même bord, tous les deux à Barcelone en 1936. Coupant court à toute tentative de romancer ce qu'elle ne saurait jamais, elle était retournée s'asseoir sur le canapé du salon.

Julia lui avait demandé de mettre l'appartement en ordre de marche avant son retour, autrement dit d'ouvrir longuement les fenêtres, de remplir le réfrigérateur, d'acheter du thé, le lait, du café frais, toute chose qu'on apprécie de trouver en revenant dans les lieux familiers qu'on a quittés depuis des mois. Esther s'acquittait volontiers de cette tâche. Enfin Julia était de retour. Elle ne pouvait plus tenir, avait même envisagé d'aller elle-même lui rendre visite à Séville. Patientant avant le retour de son amie qui devait arriver par l'avion du soir, elle s'était replongée dans les *Mémoires*.

Puis je me retrouve à l'hôpital Sant Pau de Barcelone ; là où le Marquésde Comillas *a débarqué tous ses blessés ; autour de Porto Cristo, les combats ont été meurtriers, d'autant plus criminels, monstrueux que les fascistes ont décidé de ne faire aucun prisonnier ; ils achèvent les blessés à coups de baïonnette ; encore vivants, ils les arrosent d'essence, enflamment les corps meurtris ; on entend les cris des misérables qui implorent, pleurent, hurlent ; si Pepe ne m'avait pas conduit jusqu'au bateau, j'aurais fini en fumée ; il y a une odeur épouvantable dans cette chambre d'hôpital ; je dis à l'infirmière, que se passe-t-il ? il y a un chat mort, un chien crevé dans cette pièce ; elle me répond que non ; quelques minutes plus tard, je recommence, ça pue la viande pourrie dans cette chambre, la chair en décomposition ; soyez gentille ; fermez la fenêtre ; ça vient de l'extérieur, je ne me sens pas bien ; à ce moment-là, je ne comprends pas que la gangrène commence à ronger mon pied; j'ai une fièvre de cheval, il faut attendre la visite du docteur pour qu'on m'éclaire quelque peu sur mon état, tu as une vilaine blessure, mon gars; il va falloir t'opérer; ensuite, tu iras mieux; à cette époque, on ne dit jamais la vérité aux malades; on ne décrit pas ce qu'on envisage de faire pour soigner la blessure; je me souviens qu'ils sont venus me prendre le lendemain matin pour me conduire au bloc opératoire; je ne suis plus très conscient parce que j'entends à un moment l'infirmière fredonner sur l'air de l'hymne de la République espagnole…* Reste calme, radieux, sois courageux, plein d'audace *; je vois son visage à travers une sorte de brume, tandis que deux hommes m'allongent sur un brancard pour traverser l'hôpital; lorsque je rouvre les yeux, l'infirmière n'est plus là, j'ai le sentiment qu'il a neigé dans les longs couloirs menant au bloc opératoire; quand je me réveille ensuite, plusieurs personnes en blouse blanche se trouvent autour de mon lit, on a planté dans mon bras une perfusion de ce qui doit être de la morphine; je reconnais le chirurgien qui est venu me rendre visite à mon arrivée à l'hôpital; c'est lui qui m'a opéré, comment te sens-tu ? me demande-t-il; rien n'a vraiment de sens autour de moi; je me contente de répondre que je me sens bien; j'ai un vrai désir de guérir, d'oublier; j'ai l'impression confuse qu'on va pouvoir rembobiner le film, revenir en arrière, sur la corniche, que cette fois je vais me tapir au fond de la tranchée avant que les deux obus n'explosent, que la mitraille passera au-dessus de mon corps, sans* *me toucher; ton pied était vraiment dans un sale état, m'explique le chirurgien; le bas de la jambe, au-dessus de la cheville, commençait à être touché; les deux infirmières, autour de lui, observent je ne sais quoi à travers mon visage tout froid, transparent, gris comme la glace, je ne parviens pas à accrocher leur regard; un long silence envahit la pièce; le chirurgien pose ses yeux immobiles sur moi; que se passe-t-il ? finis-je par lui demander; mon regard va du visage du chirurgien à celui des infirmières; personne n'ouvre la bouche; on ne pipe pas; je hurle littéralement, que se passe-t-il ? qu'y a-t-il, nom de Dieu ? il y a quelque chose que vous ne dites pas ? je commence à comprendre; oui, c'est ça; depuis le début, je sais ce qui peut m'arriver, jusque-là j'ai refusé de voir la vérité; je vis dans le mirage du retour vers le passé, dans l'illusion d'avant la blessure; à présent, rien ne va plus; on a lancé la roulette; le numéro est sorti, le treize, impair, manque; la voix du médecin s'est enrouée; il murmure à mon oreille; je suis au tapis; les larmes me brûlant les yeux, je comprends ce qui se passe, je n'ai plus de pied; vous m'avez coupé le pied, n'est-ce pas ? dis-je; pour toute réponse, le chirurgien soulève le drap; dessous, à la place du pied, il y a un long emmaillotage, façon sucre d'orge dans une papillote tortillée; je ne savais pas encore que ce ne serait pas la dernière opération, que, la gangrène ne s'arrêtant pas, le chirurgien serait forcé de m'amputer plusieurs fois, la dernière en avril trente-sept, encore le 13, deux, trois semaines avant la prise du Central téléphonique, suivie de la chasse aux anarchistes, aux trotskistes menée par les bolcheviques espagnols ; à cette époque, j'ai réintégré l'hôpital à cause d'une vilaine rechute ; le chirurgien décide alors de couper au milieu du fémur ; je souffre d'une sorte de dépression ; je m'interroge sur ce qu'est devenu le capitaine qui nous commandait après le débarquement à Majorque, l'échec contre la Phalange, la méchante défaite des révolutionnaires catalans ; il se passe des années avant que je ne découvre que le fameux capitaine mexicain Bayo, qui est aussi poète, a rejoint Cuba pour devenir, avec Che Guevara, le plus proche conseiller de Fidel Castro concernant les arcanes de la guérilla…*

Le téléphone venait de sonner sur un des rayonnages de la bibliothèque. Esther avait posé les feuillets sur la table basse pour aller décrocher : L'avion a pris du retard, je suis encore à l'aéroport, annonçait Julia.

En progressant dans la mer

Décembre 1995

Cette première nuit, Julia ainsi qu'Esther avaient décidé de ne pas déplier le canapé du salon. Elles dormiraient ensemble dans le lit de la chambre. Les deux femmes ne s'étaient pas revues depuis le Noël précédent, la première avait organisé un réveillon auquel avaient participé Emmanuel ainsi que plusieurs amis. Submergé de travail, Pierre-Alexandre n'avait pas eu la possibilité de se joindre à la fête qui s'était déroulée dans le petit appartement de la rue du Théâtre.

Ce Noël-là, Emmanuel avait eu l'occasion d'expliquer que l'avancement de son récit l'avait conduit à effectuer des recherches sur l'année trente-huit à Barcelone, pour tenter de comprendre ce qu'avait pu ressentir un jeune combattant de dix-neuf ans juste après qu'on venait de l'amputer d'une jambe.

Lorsque Emmanuel est enfant, les effets, les conséquences de la terrible intervention chirurgicale subie par son père demeurent secrets, parfois mystérieusement effleurés. La plupart du temps, si cela a lieu, on tente immédiatement de donner un tour peut-être moins sensible à la conversation.

Ce sont toujours les mêmes choses, les mêmes phrases qui se disent, souvent d'un air gêné. On explique, par exemple, que le père d'Emmanuel a souffert d'une extrême solitude à l'hôpital Sant Pau, que, n'ayant plus de mère, il l'appelle dans le vide, que cela devient déchirant, que le père de l'amputé, autrement dit le grand-père d'Emmanuel, va convoler pour la deuxième fois alors que le fils est à l'hôpital, qu'il en a bien le droit, cependant que la date est si maladroitement choisie que perdre une jambe, à ce moment-là de sa vie, c'est d'une certaine façon être privé d'une hardiesse, d'une audace qu'on a à peine eu le temps de connaître. À cette occasion, les mots *hardiesse, audace* sont juste susurrés.

Il y a quelques années, Emmanuel avait bataillé ferme pour rencontrer Zacarias, un des amis d'infortune de son père, témoin de ses adversités barcelonaises. Après s'être fait copieusement prier, celui-ci avait fini par lui raconter, en se laissant tirer les vers du nez, de quelle façon le jeune blessé avait vécu sa soudaine infirmité.

Je suis allé le voir tous les jours, dans sa chambre d'hôpital, à Sant Pau, expliquait Zacarias ; j'ai bien cru que ton père finirait par... c'est difficile à dire, par se supprimer ; il ne supportait pas l'idée de vivre sur une seule jambe ; lorsque nous étions seuls dans la chambre, en toute intimité, il me confiait : Ma vie est foutue, Zacarias ; dans mon état, plus une fille ne voudra de moi ; je n'ai même plus la possibilité d'en inviter une à danser ; qu'est-ce que je peux faire ?

Zacarias était mal à l'aise, il tentait cependant d'adopter un ton admiratif, arquait les sourcils avant de continuer : Avant Porto Cristo, ton père était un excellent danseur, Emmanuel ; il me disait : Je sais, ça peut te sembler un peu tordu, néanmoins la chose la plus difficile pour moi, c'est la perspective de ne plus mettre les deux pieds sur une piste de bal ; c'était incroyable d'entendre ça ; la chose la plus insupportable pour ton père, c'était de penser qu'il ne pourrait jamais plus se lancer sur le parquet de danse du club de son quartier ; à sa sortie de Sant Pau, on lui avait rendu son arme, surtout pas les balles qui allaient avec ; il avait protesté ; un responsable du POUM, sans chercher à dissimuler, lui avait dit craindre qu'il ne parvînt pas encore à se maîtriser tout à fait ; la franchise de l'argument semblait l'avoir calmé ; de toute façon, s'il avait décidé de se tirer une balle dans la tête, on n'aurait pas vraiment pu l'en empêcher.

Zacarias reprenait son souffle, regardait Emmanuel en se demandant s'il avait le droit de poursuivre l'évocation de ces premiers instants après l'amputation de son ami de combat. Devant le regard implorant d'Emmanuel, il continuait ainsi : Le responsable lui avait donné du travail, il avait été affecté à l'intendance, peu à peu, ce n'était pas si évident au début, il avait repris goût à la vie ; à son nouveau poste du comité local, juste en face de l'hôtel Falcón, ton père rencontrait constamment du monde ; puis les camarades étaient prévenants ; il ne se sentait pas seul, il discutait avec Pierroupaul, fréquentait les filles du Parti qui travaillaient avec lui ; il me semble que, avant la débâcle, avec l'une d'entre elles ; je ne suis sûr de rien ; c'est ce qu'on disait ; lui, il ne m'en parlait jamais, piquait de vraies colères lorsque je tentais d'aborder le sujet ; moi, j'avais bien senti qu'il était plus gai ; c'était incroyable, alors que les événements devenaient de plus en plus dramatiques, il avait une espèce de joie de vivre qui ne le quittait plus ; la seule chose qui semblait le préoccuper, c'était que sa satanée jambe en moins l'avait éloigné des pistes de danse ; tout ce qui s'ensuit ; je ne sais pas très bien comment expliquer ça ; tout ce que je peux dire, c'est qu'il avait perdu sa jambe, que nous étions en train de perdre la guerre, qu'enfin tout ce qu'il trouvait à dire c'était : Ce que je regrette le plus, c'est que je ne pourrai jamais l'inviter à danser.

Zacarias souriait franchement, regardait ses mains dont il avait entrecroisé les doigts, avalait un peu de salive. Maintenant, il semblait joyeux : Je ne sais plus comment elle s'appelait, je me souviens seulement que les militants se moquaient de son prénom ; un prénom composé, je crois ; qui avait quelque chose à voir avec les bondieuseries ; María-quelque-chose, il me semble, elle avait aussi un petit nom, un diminutif digne d'une bonne sœur ; pour une trotskiste, ça faisait plutôt sourire ; presque tous les soirs, ils repartaient ensemble du comité local, après leur journée de travail ; ils distribuaient les fusils, les cartouchières, la solde des combattants ; nous n'avons jamais su ce que cette jeune fille est devenue.

Zacarias toussait, s'éclaircissait la voix : Je me souviens que le 26 janvier 1939, lorsque nous sommes repassés au comité avant de prendre le chemin de la France, les nationalistes venaient de pénétrer dans Barcelone, remontaient déjà les Ramblas, ton père avait rendez-vous avec elle dans l'entrée de l'hôtel Falcón ; elle n'y était pas ; un gars nous a expliqué qu'elle était certainement déjà partie pour la frontière, qu'elle avait dû profiter d'un camion rejoignant le Perthus, que nous nous retrouverions en France ;

nous l'avons cherchée pendant des jours, pendant des semaines, des mois, ton père l'a cherchée durant des années, personne ne l'a jamais revue ; elle s'est évaporée ; personne ne se souvient de l'avoir vue monter dans un camion ; c'est incompréhensible.

Zacarias se grattait la tête, continuait dans un murmure gêné : À Argelès-sur-Mer, il n'a jamais voulu l'admettre, ton père a essayé de disparaître, en progressant dans la mer, en s'éloignant tout droit vers le large, l'eau était glacée ; sans sa jambe, il n'avait aucune chance de s'en sortir ; le pilon s'enfonçait dans le sable gorgé d'eau ; lorsqu'un gars de chez nous l'a ramené sur la plage, ton père a soutenu mordicus que c'était un accident, qu'il n'avait pas tenté de… nous n'étions pas dupes.

Toujours ce Noël-là, Emmanuel avait révélé plusieurs autres épisodes de la vie de son père. Malgré la cruauté des récits, l'ambiance demeurait à la fête, dans la maison de la rue du Théâtre. Les trois amis, heureux de se retrouver, vivaient des moments d'exaltation que seul le départ de Julia, devant reprendre son travail, avait réussi à ternir.

Aujourd'hui, presque un an plus tard, tous trois étaient à nouveau réunis pour entourer Julia, juste avant l'intervention qu'elle avait refusé de subir ailleurs qu'à Paris. Elle avait dit: Ailleurs que dans ma ville. Emmanuel avait désormais révisé les épreuves des *Mémoires d'une ombre*, on attendait la parution. Esther avait décidé de quitter Toulouse, s'était mise en quête d'un appartement dans le XVe arrondissement pour ne pas demeurer loin de ses amis. Cette fois non plus, Pierre-Alexandre n'avait pas eu la possibilité d'accompagner Julia à Paris, il s'en voulait de ne pas être auprès d'elle. Les urgences conjuguées à plusieurs projets l'avaient retenu à Séville. Il serait là le 24 décembre, jour de l'intervention chirurgicale. Il avait négocié, avec le responsable de l'agence d'architectes, de rester ensuite auprès de sa compagne, le temps d'une franche convalescence.

Demain, c'est moi qui vous invite à mon appartement, annonçait à présent Emmanuel à ses deux amies. Julia avait immédiatement réagi, ne s'était embarrassée d'aucun prétexte pour dire qu'elle préférait ne pas sortir pendant les quelques jours qui la séparaient de son hospitalisation: Tu nous invites ici, Emmanuel; je t'en prie, proposait-elle à son tour; tu l'as fait autrefois; tu prépares le repas ici, ensuite on s'installe à table.

D'abord contrarié, le garçon avait réfléchi plusieurs secondes, puis s'était incliné: Dans ce cas, c'est toi qui prends l'initiative du menu, concluait-il, c'est à toi de choisir ; quel genre de plat aimerais-tu que je mitonne ?

Julia savait qu'elle pouvait demander les mets les plus compliqués à Emmanuel, pour qui la cuisine était plus qu'un instrument de musique, violon, n'importe quoi d'autre, presque une passion. Ce qui l'émerveillait, le fascinait dans son for intérieur, c'était cette sorte de deuxième voix qui s'installait, tandis qu'il cuisinait, avec laquelle il pouvait converser pendant plusieurs heures, selon le rythme des cuissons, la difficulté de la recette, une parole libre de toute suggestion, parlant sans retenue depuis sa sensibilité à lui, depuis ses émotions les plus intimes, luttant pour ne pas polir sa pensée.

Il y a bien une chose dont j'ai envie, proposait Julia ; voilà des années que je n'en ai pas mangé ; je n'en ai vu nulle part, en Espagne ; Marceline était experte en la matière ; je n'en ai jamais trouvé de plus succulents, y compris chez les meilleurs traiteurs ; un vol-au-vent, lâchait-elle tandis qu'Emmanuel était pendu à ses lèvres.

La pensée d'Esther prenait le chemin caillouteux des souvenirs, à travers les vignes argileuses de l'Aude. Marceline, c'était incontestable, faisait de son vivant les meilleurs vol-au-vent financière de tout Villerouge, de tout le département, de toute la France, de tout ce qu'on voudra. C'était une cuisinière hors pair, un vrai cordon-bleu comme on dit, qui confectionnait son mets avec une sensibilité, sans doute même une sensualité, qui se voyait, dont on pouvait respirer, palper l'arôme lorsque ses mains effleuraient, caressaient, manipulaient, flattaient la nourriture pour combiner les ingrédients entre eux avec une maîtrise, une justesse qui tenait plus de l'orfèvrerie, de la chimie, de l'alchimie même, que de la gastronomie de haute volée.

Dans une autre vie

Juin 1975

Les deux femmes ne s'étaient jamais tout à fait remises de la disparition de Marceline, au milieu des années soixante-dix. Elles venaient à peine de fêter l'anniversaire de ses quatre-vingts ans. Julia était venue de Paris, Esther de Toulouse avec Louis. Ils avaient déjeuné tous les quatre dans l'immense cuisine qui sentait bon la suie de l'imposante cheminée languedocienne, puis était venu le moment de souffler une vaste constellation de bougies plantées sur une tarte aux cerises extra, extra-large : Pourquoi avez-vous installé toutes ces bougies ? rouspétait Marceline. Pour un peu, on croirait que je suis déjà morte.

Des amis étaient passés ensuite, Jacques avec Jean, qui furent les fameux relais de Peio à Céret, il y avait plus de vingt ans à présent. On avait échangé quelques anecdotes à propos du caractère survolté, *surtrempé* même, de la cousine qui avait refusé qu'un camarade du Parti la conduisît au point de ralliement pour la simple raison que : Les affaires de famille se règlent à la maison, avait-elle décrété à l'époque. Sachant qu'Esther avait autant de mal que Julia à évoquer ces temps douloureux, on était rapidement passé à des choses moins personnelles, puis on s'était quitté dans la soirée pour aller prendre le train à Narbonne.

Quelques semaines plus tard, alors que les pluies du printemps s'éloignaient pour plusieurs mois des Corbières, Julia avait reçu un appel téléphonique. C'était Esther qui avait finalement réussi à la contacter à la radio, on n'était pas parvenu à la joindre à son appartement de la rue du Théâtre, c'était urgent. Une voisine de la cousine avait appelé de Villerouge. Ce matin, Marceline n'avait pas ouvert ses volets de bonne heure, comme longtemps elle l'avait fait. Dans le village, on avait attendu jusqu'à dix heures, jusqu'à dix heures trente, puis on avait commencé à s'inquiéter.

Albertine, c'était le nom de la voisine, était allée chercher du secours auprès du maire qui travaillait à la vigne, en profitant des heures plus fraîches de la matinée. Celui-ci, serrurier à ses heures, était passé à la remise récupérer un immense jeu de clés toutes attachées à un même anneau de fer immense, style geôlier

Louis XVI. Il avait réussi à ouvrir la porte de Marceline. Ensuite, Albertine avait pris le commandement des opérations : Reste ici, monsieur le maire, avait-elle dit. Puis elle s'était précipitée dans la chambre où reposait encore Marceline : Le visage drôlement détendu, avait-on plusieurs fois répété au cours de la veillée funèbre.

Pendant son sommeil, la vieille dame était passée. En délivrant le certificat de décès, le médecin, qui était venu de Carcassonne, avait assené sa conclusion d'un seul mot sonore, sec, orphelin : Infarctus. Elle était morte dans la nuit, n'avait sans doute rien vu venir. Elle était morte comme elle avait toujours voulu mourir, sans souffrances dans son lit, dans la bonne humeur d'une existence droite, parfaitement remplie.

Quelqu'un avait regretté l'absence d'un curé pour assister le funeste événement, la voisine était allée le quérir au presbytère. Il se trouvait dans le jardin, en soutane, sabots de marronnier, occupé à repiquer des plants de laitue. Albertine était arrivée à bout de souffle : Monsieur l'abbé, monsieur l'abbé..., insistait-elle ; la pauvre Marceline. Elle ne parvenait pas à finir la phrase. Eh bien quoi, la pauvre Marceline ? demandait le curé en poursuivant son repiquage. Marceline, monsieur l'abbé, répétait la femme en s'étouffant. Le curé avait fini par se redresser, poser son plantoir sur la brouette : Calme-toi, Albertine, je ne comprends rien à ce que tu dis. Elle est morte, monsieur l'abbé, il faut venir, réussissait enfin à lâcher la voisine. *Oh, milo diou !* va devant, Albertine, j'arrive, s'exclamait alors l'abbé Ribaute.

Il s'était dirigé vers la porte du presbytère : Il faut que je me change, marmonnait-il dans sa barbe. Sans même monter à l'étage, se retroussant l'habit, il avait retiré sa soutane par le haut, comme un lièvre qui s'autodépouillerait, s'était retrouvé en pantalon de ville, en marcel par-dessus lequel il avait rapidement passé une chemise de gros coton à carreaux rouges, noirs, style Far West, peut-être façon prêtre-ouvrier, avec une petite croix discrète, presque invisible, piquée dans le revers du col. Puis, troquant ses sabots de bois contre ses chaussures de messe, il avait balancé sa veste, sans l'enfiler, par-dessus son épaule, il était sorti dans la rue, se dirigeant à grands pas vers la maison où demeurait Marceline. Le voyant arriver habillé de la sorte, autrement dit en civil, une bigote sans âge avait lâché : Marceline a fini par emporter le morceau ! J'étais persuadée qu'il défroquerait devant elle ! avait ajouté une autre grenouille. Le curé n'avait que faire de ce que pensaient les punaises de sacristie. Il était venu par amitié pour Marceline, dont il n'avait jamais partagé les idées politiques, pour laquelle il avait cependant un respect singulier, indescriptible, une tendresse aussi.

Il se considérait de sa tribu. Elle lui rappelait on ne savait trop quoi d'intime, qui le ramenait à son adolescence, à sa famille, à ses premiers engagements. Il la respectait comme elle était, c'est-à-dire profondément laïque, anticléricale jusqu'à la pointe de la faucille, dissociant toujours l'individu de son sacerdoce. Le curé l'admirait pour l'altruisme dont elle avait toujours fait preuve : en 14, lorsqu'elle était jeune fille, en 39 lorsqu'elle avait fait sortir plusieurs républicains espagnols des camps du Roussillon, en 40 lorsqu'elle avait caché les jumelles d'une famille juive dans l'arrière-boutique de son épicerie, qu'elle avait ensuite tenu tête aux gendarmes français venus fouiller sa maison pour le compte des Allemands, on sut plus tard que ces derniers ne leur avaient rien demandé, puis en 53 enfin, lorsqu'elle avait recueilli Julia en compagnie d'Esther. Il émanait de Marceline une telle autorité naturelle que rien ne semblait pouvoir lui résister.

L'enterrement avait été le plus spectaculaire qu'on ait vu dans la région depuis des années. Les gens étaient venus des quatre coins du pays. On se demandait comment elle avait pu connaître tant de monde, surtout de quelle façon, par qui tous ces individus avaient été prévenus de sa disparition. Jacques accompagné de Jean, les deux inséparables militants étaient là, bien entendu, tenant qui son chapeau mou, qui sa casquette bleu marine de capitaine, dans ses mains croisées devant ses cuisses, en signe d'impuissance, de résignation face à la mort avec qui on ne négocie rien. Ils avaient apporté une gerbe de fleurs offerte par la Fédération : *À notre camarde de lutte*, disait l'inscription avec une superbe coquille de circonstance.

Le Parti avait voulu rappeler qu'à l'époque de la résistance elle avait combattu, main dans la main, avec les communistes qui avaient organisé le maquis dans la région. Il y avait aussi un troisième homme, environ la cinquantaine, fumant sans arrêt, ne lâchant pas les militants d'une semelle, semblant ne connaître personne d'autre dans l'assistance, se contentant de demeurer muet auprès d'eux.

Les agents de la mairie, qui devaient s'occuper de la mise en terre, avaient placé le cercueil sur la plate-forme arrière d'une camionnette, une vieille 203 Peugeot gris souris appartenant aux services municipaux, puis le cortège s'était formé, derrière le véhicule, en direction du cimetière, à pas lents, d'abord dans un silence vertigineux, insondable, tandis qu'on traversait les rues, les ruelles du village, peu à peu la rumeur était montée, alors qu'on atteignait la limite du faubourg, qu'on traversait les vignes argileuses menant en pente douce vers le vieux cimetière aux cyprès majestueux, dont une fine tramontane balançait le plumet minable de la cime.

Alors qu'on longeait la campagne embrasée des Corbières, le curé était en grande conversation avec le maire du village. L'atmosphère s'étant détendue, ils n'hésitaient plus à parler fort, à rire, à agiter les bras pour agrémenter la conversation de gestes larges, expressifs. On n'en revenait pas du culot de cet abbé : Quel toupet ! D'abord, il avait accepté de bonne grâce de ne pas officier pour la mort de la mécréante, puis il avait renoncé à son habit d'Église pour assister en simple camarade à l'enterrement civil de Marceline, sous les ordres de laquelle il avait servi pendant la résistance.

Immédiatement derrière le cercueil, Julia, Esther au bras de Louis ne parlaient pas. On arrivait à hauteur des grilles du cimetière, fraîchement peintes d'antirouille vert, la mort reprenait ses droits, le silence était à nouveau tombé vertigineusement dans l'abîme de chacun qui commençait à entrevoir que cette promenade arrivait à son terme. Dans quelques minutes, on prendrait conscience que Marceline était bien partie, qu'elle n'apparaîtrait plus que dans le souvenir, lorsqu'on convoquerait son fantôme bienfaisant pour renouer avec son existence nourrie de secrets jamais révélés.

Alors que le corps avait été descendu dans la fosse, que chacun venait jeter la rose au fond du trou béant, les yeux foncés d'Esther avaient une nouvelle fois croisé ceux de l'étrange inconnu qui accompagnait Jacques ainsi que Jean, depuis le début de la cérémonie, leurs regards s'étaient aimantés. Julia avait remarqué le manège : Qui est-ce ? demandait-elle à Esther. On se connaît, impossible de me rappeler, répondait Esther. L'inconnu s'approchait des deux femmes, une Celta coincée entre ses lèvres : En tout cas, moi, je vous reconnais, élucidait-il en arrivant à leur hauteur. Puis, baissant d'un ton, il s'était mis à murmurer, avec une inflexion chantante dans la voix, le poème que les deux femmes n'avaient jamais oublié : *On le vit cheminer entre des fusils / le long d'une rue infinie, / atteindre la campagne glaciale, / encore tout étoilée, en cette aurore. / Ils ont tué Federico / tandis que pointait la lumière.*

Les mains de l'inconnu avaient fouillé, comme vingt ans auparavant, dans leur chevelure. Peio ; ce n'est pas possible ; je n'y crois pas, faisait Julia en se jetant à son cou. Esther renchérissait : Tu as perdu tous tes cheveux, je ne t'aurais jamais reconnu ! Ne comprenant pas bien ce qui se passait, les gens s'étaient tournés vers eux, certains l'air sévère, choqués par les effusions en pareil lieu. Qu'est-ce que tu fais ici ? demandait Esther ; qui t'a prévenu ?

Un sourire entendu aux lèvres, Jacques s'était approché des trois complices en compagnie de Jean. Rompus à la clandestinité, les deux militants avaient cet air de ne pas y toucher qu'on adopte d'instinct lorsqu'on en sait plus qu'il ne faut.

En réalité après la fameuse soirée qui avait

suivi le rendez-vous devant les arènes de Céret, puis dans le hangar aux cerises, Jacques, Jean, Peio, Marceline également, ne s'étaient jamais perdus de vue. Mieux encore, ils avaient continué à travailler ensemble, à passer en toute clandestinité les publications du Parti communiste, interdites en Espagne. Ils avaient aussi acheminé des choses bien plus illicites ; personne ne parlait de cela. Armes, explosifs restaient des sujets qu'on n'abordait pas. D'un côté comme de l'autre de la frontière, on risquait gros à se lancer dans de telles luttes. D'un côté surtout, on risquait tout simplement la mort, on ne le savait que trop.

Peio, dis-moi comment va Celedonia ? demandait Esther tandis qu'on reprenait l'allée centrale pour quitter le cimetière, toujours sous la même canicule. Peio avait fait son sempiternel triple signe de croix, cette fois sans le dissimuler : Elle devient très vieille, elle aussi, expliquait-il ; elle est à peu près de la même génération que Marceline ; elle est triste, inconsolable ; Mateo l'a quittée, il y a seulement quelques mois ; il était très affaibli, depuis longtemps ; Celedonia vit toute seule dans cette immense ferme ; elle me parle souvent de vous : Je me souviens du passage à la Bisbal de mes deux tendres fugitives, dit-elle.

Nous ne sommes jamais retournées en Espagne, Peio ; pour nous c'est trop dangereux, regrettait Julia; je me souviens de ses yeux, c'était si étrange lorsqu'elle me regardait; vingt ans plus tard, je m'en souviens encore; j'avais l'impression qu'elle fouillait dans mon visage, comme si je lui rappelais je ne sais qui.

Peio remettait son chapeau sur sa tête, Jacques l'imitait, tandis que Jean époussetait sa casquette de capitaine. Elle s'est beaucoup attachée à toi, pendant ces quelques jours, Julia, poursuivait Peio; aujourd'hui encore, elle te décrit avec une précision étrange: Cette petite cicatrice sous l'œil, comme une coquetterie de jeune fille, tu te souviens, Peio, me dit-elle toujours; dans une autre vie, j'ai déjà rencontré cette gamine; elle ne le sait pas; ce serait tellement long.

Les yeux de Julia étaient noyés de larmes: Nous ne pouvons pas retourner en Espagne, Peio; tu le vois bien, regrettait-elle; la répression est terrible après l'attentat contre Blanco; Carrero Blanco. Je sais, faisait Peio en secouant la tête. Je ne voudrais pas que nous nous perdions à nouveau de vue, poursuivait la journaliste alors qu'ils retournaient au centre du village, longeant à rebours le chemin brûlant qui serpentait entre les vignes; je te donnerai mon adresse à Paris; j'aimerais tellement revoir Celedonia, un jour. Dis-lui que nous pensons à elle, ajoutait Esther. Je possède déjà vos adresses, répondait Peio; depuis longtemps même, précisait-il, un tantinet conspirateur; la pauvre Marceline. Il s'était triplement signé une nouvelle fois, avait proposé : Si nous dînions ensemble ?

Julia avait quitté Villerouge le lendemain, en même temps qu'Esther. L'une retournait à Toulouse, l'autre regagnait Paris.

Insolite

22 décembre 1995

Tu places les ris dans une casserole, tu les recouvres juste d'eau, expliquait Emmanuel en finissant de rincer le thymus du veau sous le robinet. Julia se tenait en retrait du garçon, dans la cuisine exiguë de l'appartement de la rue du Théâtre, l'observant en train de préparer le festin qu'ils s'étaient promis de faire en cette veille d'admission à la clinique.

Le lendemain serait journée de diète, de mise en condition physique, Julia entendait bien profiter de ce dernier dîner d'avant l'intervention : Je suis morte de frousse, avouait-elle tandis qu'Emmanuel portait lentement les ris à ébullition pour laisser frémir l'eau environ deux, trois minutes, pas davantage. Ensuite il les rincerait une deuxième fois pour en retirer la graisse, les déchets, puis les égoutter : Je ne savais pas que ta cousine Marceline avait lié des relations d'amitié avec ce Peio dont tu m'as si souvent parlé, lançait Emmanuel en réservant les ris de veau dans une assiette creuse qu'il était ensuite allé ranger dans le réfrigérateur.

Je ne l'ai pas su tout de suite moi-même ; en réalité, je l'ai découvert le jour de l'enterrement de Marceline ; nous ne l'avions jamais revu depuis notre passage à Céret ; il avait disparu de notre vie de façon aussi soudaine que la providence l'y avait fait entrer ; le devoir accompli, il s'était évanoui dans le passé de notre histoire ; je crois qu'il faut prendre cela pour une délicatesse ; j'avais tout de suite compris qu'il n'était pas question pour lui d'entretenir des relations ; à l'époque, c'est une coutume chez les passeurs, leur mission exécutée, ils s'évaporent ; on n'entend plus parler d'eux. Abandonnant sa recette, Emmanuel s'était essuyé les mains. Il ne perdait rien des explications de Julia : Le jour des obsèques de Marceline, nous avons bavardé pendant des heures ; puis nous avons décidé de dîner ensemble ; Jacques ainsi que Jean, dont je t'ai quelquefois parlé, s'étaient joints à nous ; ce sont eux d'ailleurs qui avaient proposé l'adresse du restaurant où nous étions allés, dans la garrigue environnant Carcassonne ; notre repas de retrouvailles avait été des plus singuliers, à la fois triste, noir, extrêmement gai, empli d'une nostalgie joyeuse, mêlée à une émouvante mélancolie ; Esther puis moi étions soudain devenues les ombres de notre passé ; tellement les événements que nous avions traversés nous semblaient lointains, irréels, nous n'étions même plus sûres d'avoir existé avant notre passage en France ; ce n'était pas, à proprement parler, de l'oubli ; d'une certaine façon, nous avions cantonné notre souffrance d'enfant dans un recoin de la mémoire, un endroit douloureux lorsqu'on le touche, d'où les souvenirs ne filtrent plus.

Emmanuel s'était remis au travail. Il avait entrepris de nettoyer la cervelle de bœuf, les amourettes, pour les plonger dans l'eau salée, vinaigrée, bouillant dans une casserole. Les ingrédients replacés à feu moyen, il surveillait la cuisson pour retirer le tout de la plaque à induction, juste avant l'ébullition. Il les laisserait ensuite refroidir dans leur jus : Il ne faut même pas les laisser frémir une minute, précisait-il.

Tout en parlant, munie d'un carnet, d'un crayon, Julia notait les étapes culinaires à mesure qu'elles se déroulaient devant ses yeux.

Mon père connaissait un de ces passeurs dont tu parles, disait Emmanuel ; il venait quelquefois chez nous assister à ces réunions qui, lorsque j'étais enfant, avaient lieu le dimanche, à l'occasion desquelles j'avais fait la connaissance de Dionisio ; tu te souviens, le réfugié andalou revenu de Mauthausen, rescapé du zyklon B, celui dont les poignets étaient tout recroquevillés sur eux-mêmes ? Julia faisait oui avec la tête, précisait : Le triangle bleu !

Puis elle avait serré le carnet sur sa poitrine en

poursuivant son récit, un œil rivé sur la recette : En réalité Peio avait repris contact avec Marceline juste après mon départ pour Paris, en 1969, je n'ai appris la teneur de leur entrevue qu'il y a quelques mois, en août. Emmanuel retirait à présent le ris de veau du réfrigérateur. Il était temps de le faire dorer avec une noix de beurre : Du beurre ; tu t'es vraiment mis à cuisiner au beurre ? s'offusquait Julia. Elle l'avait regardé faire fondre la matière grasse dans la marmite. À mesure que la discussion avançait, Julia sentait croître sa complicité avec Emmanuel.

Peio m'a raconté, disait-elle, que Marceline l'avait reçu comme un homme d'État, il m'a expliqué : Je ne savais pas où me mettre ; Peio par-ci, Peio par-là ; tu prendras bien un verre de rivesaltes ; pourquoi pas du banyuls ; comme un coq en pâte, je te dis ; j'aurais pu me goberger chez elle pendant plusieurs mois qu'elle n'aurait rien trouvé à redire !

Julia avait éclaté de rire : Je ne sais pas d'où il sortait un français aussi décalé.

Emmanuel avait mis à dorer rapidement, sur feu vif, un oignon finement haché, accompagné d'une carotte débitée en rondelles fines ainsi que des déchets du ris de veau. Il avait ensuite ajouté une cuillerée de concentré de tomate, puis deux verres de vin blanc, un demi de madère, bien entendu le bouquet garni, le sel, le poivre. Il avait enfin plongé le ris dans cette espèce de court-bouillon, puis il avait entrepris de laisser mijoter une vingtaine de minutes à petits glouglous.

Julia s'était penchée sur la casserole en cuivre pour humer la vapeur des sucs.

Tu dis que les passeurs ne font pas ça d'habitude, cependant vous étiez si jeunes ; exceptionnellement, Peio avait sans doute voulu prendre de vos nouvelles auprès de Marceline ; au fond, il ne vous connaissait pas ; il vous avait sauvées, ça ne suffisait pas pour vous connaître ; il ne savait rien de vous ; pour lui, vous étiez des enfants, c'était différent, vous n'étiez pas des réfugiées comme les autres.

Sans s'en douter, Emmanuel venait d'atteindre l'endroit sensible de Julia. Elle avait sursauté, s'était brusquement écartée du garçon dans une incompréhensible réaction de défense. Elle avait soudain décidé de dévier le cours de la conversation, de lui reparler autrement de Peio, en modifiant les circonstances : Peio était toujours resté en contact avec Celedonia ainsi qu'avec Mateo, à la ferme de la Bisbal ; c'était un peu leur fils spirituel, l'enfant que ces vieux si charmants n'avaient jamais eu ; il s'était beaucoup occupé d'eux, surtout au moment où Mateo était tombé malade ; un cancer foudroyant qui l'avait emporté en moins de trois mois ; Celedonia ne s'en était jamais remise, elle s'était enfermée dans une mélancolie qui la terrassait à petit feu ;

les souvenirs l'avaient longtemps rongée, elle aussi, surtout une mystérieuse promesse qu'elle avait faite lors d'un séjour à la prison Modelo de Barcelone, dont elle parlait rarement, au moment de la défaite ; après le décès de Mateo, Peio passait tous les jours rendre visite à Celedonia ; vers la fin, je crois qu'il avait rapporté ses affaires, s'était carrément installé à la ferme ; c'est lui qui, par la suite, a hérité des biens du couple.

Julia avait pris la cuillère en bois des mains d'Emmanuel, elle s'était mise à tourner la préparation lentement, se passant la langue sur les lèvres. Emmanuel l'avait laissée faire un instant, puis anxieux il s'était approché pour diriger à nouveau les opérations.

Laisse frémir tout seul ; patience ; c'est presque prêt, murmurait-il en récupérant sa cuillère.

Julia semblait réfléchir, hésiter encore un instant : J'ai revu Peio à Séville, avait-elle fini par lancer de but en blanc ; lorsqu'il a su que je m'y étais installée avec Pierre-Alexandre, puis que j'y avais retrouvé Severo, mon grand frère truqué, il a pris le premier train, sans rien me demander ; il voulait qu'on parle de vive voix ; au téléphone ce n'était pas possible ; c'était urgent ; Celedonia était morte depuis cinq ans environ, à quatre-vingt-quinze ans ; sur son lit de mort, il lui avait fait une promesse dont il ne s'était jamais acquitté ; il fallait qu'on se rencontre ; il voulait me parler d'elle ; il avait une révélation à me faire, insolite, c'est l'adjectif qu'il avait utilisé ; il était venu dîner un soir à la maison, avait profité de l'absence de Pierre-Alexandre ; il voulait qu'on se voie en tête à tête, que notre rendez-vous demeure un secret.

Emmanuel s'était éloigné des casseroles, il ne tenait plus en place, demandait à Julia : Un secret ? Julia avait hésité un instant, avait lancé mystérieusement : S'il n'y avait pas eu ce crayon ; un crayon… Puis elle lui avait tout raconté.

Un crayon

Octobre 1939

Celedonia vient d'avoir quarante-six ans lorsqu'on la jette en prison, dans une des cellules de la Modelo. La garde civile la rafle lors d'un contrôle de routine sur l'avenue Diagonal, au cours duquel Celedonia accumule faute sur faute, bourde sur bourde, maladresse sur maladresse. Elle n'a pas de papiers d'identité sur elle, ce qui n'est pas le plus grave, en revanche elle répond aux policiers en catalan, c'est la suprême insulte envers les forces de l'ordre dont on dit qu'elles ont versé leur sang pour l'unification de l'Espagne. Celedonia ne comprend pas la raison pour laquelle on l'arrête, elle le dit tout fort : Que pouvez-vous bien vouloir à une paysanne comme moi ? messieurs de la garde civile, de toute mon existence, je n'ai quitté que deux fois la Bisbal pour me rendre à Barcelone, il faut que ça me tombe dessus !

Elle est conduite en prison, sans possibilité de prévenir Mateo. Après seulement une volée de coups portés sans distinction un peu partout, elle réussit à éviter de justesse un de ces sinistres interrogatoires dont on lui a quelquefois parlé. On cesse de la molester. On l'enferme dans une geôle où règne une atmosphère étrange.

Le lieu ne ressemble en rien à ces vastes cellules où s'entassent parfois plusieurs dizaines de prisonnières. Il s'agit d'une salle isolée, toute proche de l'infirmerie, sans doute l'ancienne pharmacie vidée de ses médicaments, transformée en pièce à vivre, si l'on peut dire. Les étagères des placards où étaient jadis rangés les bocaux de potions, de drogues, les boîtes de remèdes en tout genre sont restées scellées dans les murs. Leur vacuité libère une atmosphère lourde, d'impuissance, de désolation. Cela ressemble à une sorte de purgatoire qui ne promet que le zéro, le néant, toujours dans les cris, la douleur, la souffrance.

Une jeune femme est prostrée sur une chaise, dans un angle de la cellule aveugle, sans fenêtre, sans autre ouverture que la porte, un banal panneau de bois fermant à clé, qu'on n'a même pas pris la peine de renforcer, comme si l'on s'était dit que, dans son état, cette femme était incapable d'envisager une évasion. La détenue que Celedonia découvre dans cette cellule est enceinte de plusieurs mois, au moins huit, peut-être même à terme, pouvant accoucher dans l'instant, apparemment sans autre assistance que celle de sa toute nouvelle codétenue.

Celedonia s'approche de la fille dont le premier geste est de défendre son ventre.

Je t'en prie, n'aie pas peur, la rassure Celedonia ; tu n'as rien à craindre ; les phalangistes m'ont arrêtée sur la Diagonal ; regarde comment ils ont mis mes jambes. Elle soulève sa jupe, montre ses cuisses couvertes de bleus. La jeune fille étouffe un cri. Celedonia comprend que celle-ci est en train de subir une série de contractions : Je peux t'aider, lui propose-t-elle. La fille l'observe avec un regard effrayé, puis à sa voix se mêle un râle étouffé : Ça fait plusieurs jours que j'ai les douleurs ; l'enfant ne vient pas ; c'est comme si, au dernier moment, il ne voulait plus ! j'ai réussi à chiper un reste de cahier, est-ce que tu as de quoi écrire ? n'importe quoi, un crayon ; quelque chose pour écrire, supplie-t-elle. Celedonia tire à elle la seule chaise restée libre. Elle s'assoit en face d'elle. D'un geste lent, elle lui prend les mains dans les siennes : Il faut que tu te détendes, petite ; bien sûr que ton bébé va venir ; je t'aiderai ; maintenant je comprends pourquoi ce type m'a demandé si j'avais déjà aidé une femme ; à la Bisbal, on m'appelle l'accoucheuse ; quand vient le moment, on ne se pose pas de questions, on sait où se rendre, on va chercher la Celedonia.

Cependant la fille est nerveuse. Elle ne s'en laisse pas conter. Elle reprend ses mains, se les pose sur le ventre qu'elle caresse avec fermeté, comme si elle étreignait déjà son bébé, avant la naissance : Est-ce que tu as de quoi écrire ? insiste-t-elle sur un ton de supplique.

Celedonia la regarde sans répondre. Elle se dit qu'il n'y en a plus pour longtemps, que le bébé va arriver : Quel âge as-tu ? J'ai dix-neuf ans ; toi, est-ce que tu as un crayon ? Celedonia s'attendrit : C'est merveilleux d'avoir un enfant… ! dix-neuf ans, tu es si jeune… ! de toute ma vie, je n'ai jamais fait qu'accoucher d'autres femmes que moi ; je n'ai jamais eu d'enfant ; c'est un regret profond.

La détenue ne tient plus en place, se penche en avant, tombe sur Celedonia, entrecoupant ses protestations de sanglots : Ne dis pas que c'est merveilleux ! hurle-t-elle avec des trémulations d'angoisse dans la voix ; sais-tu seulement comment on traite les femmes enceintes après qu'elles ont accouché, dans cette prison ? on attend que leur bébé soit sevré, puis ; zzzasss, mime la jeune femme avec son doigt transversalement sur la gorge, comme elle l'a vu faire tant de fois à toutes les gardiennes, aux nombreuses bonnes sœurs qu'elle a déjà croisées à l'intérieur des murs.

À qui veux-tu écrire, petite ? tu as de la famille, dehors ; dans ce cas, dis-le-moi, j'irai les voir, murmure Celedonia en se passant les index sur les paupières.

Je veux qu'un jour mon enfant sache qu'elle a été désirée aussi fort que nous nous sommes aimés avec son père ; nous nous sommes perdus au moment où les troupes franquistes entraient dans Barcelone, je me suis fait arrêter dans une petite rue, tout près des Ramblas ; les phalangistes raflaient tout le monde, là-bas ; ça n'a jamais cessé à ce que je vois, dit-elle en regardant Celedonia dans les yeux.

Tu es si sûre que c'est une petite fille ? il ne faut pas te mettre ça en tête ; si c'était un garçon !

Ce sera une fille !

J'ai un crayon sur moi, petite, une chance ; les gardes civils m'ont tout pris, la monnaie que j'avais, les bijoux ; mon alliance, ma chaîne en or, ils m'ont laissé le crayon avec lequel je fais les comptes ; je sais seulement compter ; je n'ai jamais appris à écrire ; c'est mon Mateo, mon homme, qui m'a enseigné à ajouter les chiffres, à savoir combien il reste ; les autres opérations, il ne sait pas très bien les faire ; on se débrouille ; regarde, je le mets toujours là, pour pas le perdre.

Disant cela, Celedonia passe sa main droite sous son chemisier, à l'intérieur de son soutien-gorge, en tire un morceau de crayon minable de quelques centimètres de longueur. Il a été coupé pour en faire plusieurs bouts. C'est un crayon rouge à la mine de charbon toute plate, dont le bois lui-même semble avoir été aplati, comme un crayon de charpentier qu'on se place derrière l'oreille en sifflotant des airs tandis qu'on cloue, qu'on scie, mortaise, cheville. Celedonia le tend à la jeune femme enceinte : Tiens, prends-le, lui dit-elle ; c'est un certain Manuel qui me l'a donné, il le tenait de je ne sais plus, qui lui-même le tenait de ; je ne sais plus ; ainsi de suite ; tu peux y aller, la mine est solide. La jeune femme lui arrache le crayon des mains : Merci, merci, merci ; je ne sais comment te remercier ; merci, Dieu, qui n'existe pas, ne pourra jamais te le rendre, merci. Celedonia sourit : Ma conscience en est déjà flattée ; ma conscience ? surtout ma lucidité. Fouillant dans ses vêtements, la femme enceinte en tire un reste de cahier auquel on a déchiré presque toutes les pages. Sans plus attendre, elle l'ouvre. À partir de cet instant, rien d'autre n'existe pour elle que les mots dont elle charbonne la page. Celedonia ne bouge pas, elle l'observe en train de surmonter la douleur des contractions, tout en rédigeant…

Il n'y a pas d'autre façon de pardonner

Mai 1942

Ne perdant rien du récit de Julia, Emmanuel nettoyait les champignons de Paris pour ensuite les couper en quatre, les faire rapidement sauter avec une grosse noix de beurre. Je m'en occupe, lançait la journaliste en lui reprenant des mains la palette de bois. Pendant un instant, ils se disputaient le manche de la poêle, les commandes du festin. Alors je me charge de la truffe, disait Emmanuel, abandonnant la partie. Eh bien, ces vol-au-vent, ils sont prêts ? lançait soudain Esther qui venait de pénétrer en trombe dans l'appartement, les bras chargés de courses pour le dessert, une boîte en carton contenant un saint-honoré dans une main, des bouteilles à l'autre bras, champagne, vins pour le dîner.

Ce ne sont pas des vol-au-vent, ma chère ; c'est un vol-au-vent, répliquait Emmanuel.

Je me demande où tu trouves des choses pareilles ; monsieur se fait fabriquer son vol-au-vent sur mesure, par la boulangère, vingt-deux centimètres de diamètre, pas un millimètre de plus.

Il sera prêt vers sept heures, précisait Julia mi-admirative, mi-moqueuse.

Emmanuel ne répondait pas, continuait à couper finement une truffe pour l'ajouter, accompagnée de son jus, aux champignons. Puis il incorporait le ris baignant dans son espèce de court-bouillon, les amourettes, la cervelle débitée en dés, plusieurs rondelles épaisses de quenelles, des olives vertes dénoyautées, un autre demi-verre de madère, le bouillon de cuisson du ris ainsi que du poivre : Ça mijote encore dix minutes, puis c'est fini, on réchauffera l'ensemble tout à l'heure, en même temps que le feuilleté ; on ne le garnira qu'au moment de servir. Si avec tout ça je n'oublie pas les misères qui m'attendent, concluait Julia.

Quelques minutes plus tard, les trois amis passaient à table, attaquant directement le vol-au-vent avec un Château Patache d'Aux, choisi pour sa rondeur, pour son côté agréablement épicé. Triste, nostalgique d'on ne sait quel passé rêvé, en verve de souvenirs diffus, vivant ce soir-là douloureusement la cassure irréductible avec ses racines, Esther avait déclaré, après avoir reposé l'extrémité des couverts sur le bord de l'assiette : Louis était le même genre d'homme que mon grand-père. Jusqu'ici, elle n'avait jamais évoqué l'existence du père de son père, peut-être une fois à Julia, celle-ci ne s'en souvenait pas. Je ne vais pas vous ennuyer avec ça, se reprenait-elle. Tu ne nous ennuies pas, Esther, disait Emmanuel ; tu nous avais bien raconté que tu avais été arrêtée en mai 1940 avec ta mère, à Barcelone, n'est-ce pas ?

Oui, j'avais quatre ans passés à l'époque, je m'en souviens encore très bien ; lorsque mon père a été tué, deux ans plus tôt, nous sommes toutes les deux, avec ma mère, allées habiter dans le grand appartement de mon grand-père paternel qui, lui, était déjà veuf ; c'est comme si les frêles survivants que nous étions devenus voulaient se rapprocher les uns des autres pour se toucher, pour se persuader que la famille existait encore, maigre famille, c'est sûr ; je n'ai jamais connu mes grands-parents maternels ; ils étaient originaires d'Alicante, à aucun moment nous n'avons su ce qu'ils étaient devenus ; j'étais si jeune, il me serait impossible de retrouver la trace de gens dont j'ai seulement entendu parler, que je n'ai jamais vus.

Emmanuel resservait le médoc en faisant tourner la main droite, qui tenait la bouteille, pour éviter la goutte sur la nappe.

Pendant les premiers temps de notre incarcération, mon grand-père venait nous rendre visite dans la prison-couvent où nous étions enfermées, je devais avoir six, sept ans, puis un jour, n'ayant plus aucune nouvelle de lui depuis plusieurs semaines, ma mère avait demandé à sœur Catalina pour quelle raison il ne venait plus ; la religieuse lui avait répondu qu'on l'avait conduit *en promenade*; ne comprenant pas ce que cela signifiait, ma mère avait d'abord pensé que la religieuse se moquait ; il m'a fallu plusieurs années, ma mère avait déjà été exécutée, pour comprendre ce que signifiaient les fameuses *promenades* assassines.

Julia tentait d'orienter la conversation différemment, le festin ne devait pas être gâché par l'évocation sinistre de ces exécutions sommaires : Ce vol-au-vent est sublime, s'extasiait-elle en coupant la parole à son amie ; Marceline n'aurait pas fait mieux, chaque ingrédient diffuse indépendamment sa saveur dans la bouche, ris de veau, cervelle, légumes ; le mariage s'opère sous le palais, l'alliance se consomme doucement sur les papilles, on croit rêver.

Pour quelle raison ont-ils exécuté ton grand-père ? demandait Emmanuel. On ne s'embarrassait pas de raison, les choses se faisaient comme ça, on t'arrêtait pour un oui pour un non, une dénonciation, une jalousie, mon grand-père possédait un vaste appartement près des Ramblas, le peu de famille qui lui restait était en prison, son fils était un Rouge que les communistes avaient abattu lors de la prise du Central téléphonique, il suffisait de l'arrêter, de le conduire en prison, puis de l'emmener en *paseo*, avec d'autres détenus, sur un terrain vague, à la sortie de Barcelone, pan, une balle dans la nuque à chacun, l'affaire était dans le sac ; les corps abandonnés dans un grand trou ; il ne restait plus qu'à occuper l'appartement ; qui sait combien de titres de propriété ont été falsifiés, à l'époque ? Esther, tu ne vas pas, tentait à nouveau Julia. Cependant Esther ne s'arrêtait plus : On m'a dit que plusieurs enfants, petits-enfants également, de ces *paseados* tentaient de retrouver les fosses où sont ensevelis les membres de leur famille, père, oncle, grand-père, cousin, pour leur donner une sépulture digne, pour que les survivants recouvrent une mémoire plus apaisée de notre guerre ; il n'y a pas d'autre façon de pardonner ; ces fosses, la plupart du temps anonymes, ont souvent été creusées par les suppliciés eux-mêmes ; dans les villages, on connaît depuis toujours l'endroit exact où elles se trouvent, on ne les foule jamais, on fait un détour ; mon Louis était le même genre d'homme que mon grand-père, je voulais dire : physiquement le même homme ; bien entendu.

Le cahier

23 décembre 1995

Le lendemain, il était trois heures quinze de l'après-midi lorsque Emmanuel avait engagé la Twingo sur la place de la Bastille pour rejoindre la rue de Charenton, où se trouvait le centre d'ophtalmologie des Quinze-Vingts. Le rendez-vous était fixé à seize heures trente, cependant les deux amis préféraient arriver avec une confortable avance, attendre plutôt que subir la nervosité suscitée par les délais trop courts qu'on craint de ne pas tenir, qui vous empoisonnent l'instant. La voiture garée, puis le dossier d'admission fin prêt, ils s'étaient retrouvés, côte à côte, dans le salon d'attente de l'hôpital.

Hier, au début de la soirée, tu me parlais de la visite de Peio à Séville, puis Esther a dérivé sur Louis, sur son grand-père, sur l'association pour recouvrer la mémoire des disparus de cette guerre.

L'ARMH, l'Association pour la récupération de la mémoire historique, précisait Julia.

Je ne serais pas étonné qu'elle finisse par retrouver le fantôme de son grand-père, poursuivait Emmanuel en portant la main à plat sur son front ; j'y suis ! explosait-il en se pinçant le visage, puis en laissant glisser les doigts de haut en bas jusqu'au menton, ce qui avait pour effet d'allonger sa figure, genre portrait du Greco, en moins hâve ; je comprends à présent pourquoi tu disais en parlant d'Esther : Il lui reste aussi quelques fantômes à inviter à sa table.

Cette fois, c'est le garçon qui insistait pour changer de sujet. Il voulait que Julia termine le récit que Celedonia avait fait à Peio avant de mourir, autrement dit ce récit-là :

Alors, je me suis bien gardée de déranger la jeune prisonnière enceinte, je me suis contentée de l'observer ; il y avait quelque chose de magnifique dans sa façon de se pencher sur le cahier, comme si elle se courbait sur son ventre, tirant la langue en signe d'application ; je ne sais pas comment le dire, on aurait cru qu'elle habitait la calligraphie, elle caressait le corps de la page, elle vibrait de l'intérieur comme si les mots entraient en elle plutôt qu'ils n'en sortaient, je ne sais pas, moi, comme si les mots la pénétraient, prenaient possession du refuge, du terrier où se blottissait sa progéniture ; de temps à autre, captant un appel au fond de ses entrailles, elle passe la main sur la caverne de son ventre, c'est étrange, juste à l'endroit où elle sait que son enfant peut déceler sa présence, nouer le contact, vivre, lui parler ; il ne lui faut pas moins de deux heures pour remplir les quelques pages restées cousues au cahier ; puis elle se rappelle soudain ma présence ; elle lève les yeux vers moi : Est-ce que je peux garder le crayon ? me demande-t-elle avec une certaine anxiété ; au cas où je devrais rajouter quelque chose ; je crois avoir tout mis ; on ne met jamais tout ; on ne peut jamais tout mettre ; si je me souviens encore d'un détail, je pourrai ; bien sûr, je lui dis ; tout de suite après, nous entendons une clé tourner dans la serrure ; la jeune femme s'affole, enfourne le cahier sous sa robe ; lorsque la gardienne entre, le crayon a également disparu ; elle nous apporte le repas ; je n'ai jamais vu ça ; je suis étonnée, je trouve étrange qu'on nous apporte une nourriture aussi correcte ; rien à voir avec les vomitifs qu'en général on sert en cellule ; la gardienne est à la limite de la courtoisie, en tout cas elle n'a pas le comportement grossier que je lui ai connu tout à l'heure, avec moi, avec les autres détenues, avant qu'on m'enferme dans l'ancienne pharmacie ; lorsque le repas est fini, je vais me coucher sans attendre ; je me suis levée de bonne heure ; la journée a été longue ; elle a été rude ; j'imagine l'état dans lequel doit se trouver mon Mateo ; ça me fait peur ; demain il essaiera de me retrouver, il va se rendre dans tous les commissariats, quartier par quartier, peut-être dans les prisons ; il viendra d'abord ici, à la Modelo, c'est la plus grande, la plus connue ; j'ai peur qu'il se fasse arrêter lui aussi ; je pense que personne ne le soupçonne ; on ne sait jamais ; voilà tout ce que je me dis avant de m'endormir, exténuée, le corps endolori, l'esprit embrouillé, tout désorienté ; vers quatre heures du matin, j'entends un hurlement terrible ; la terre qui s'ouvre ; le monde qui se crevasse ; c'est la jeune femme ; elle est en pleine crise, elle vient de perdre les eaux ; elle ne sait plus ce qu'on lui a recommandé de faire quand cela surviendra ; je me précipite à son chevet ; je lui dis de rester allongée ; la jeune femme a l'impression de se vider, elle a en même temps le sentiment que le bébé ne viendra jamais ; je lui retrousse la robe ; la jeune femme tente de cacher le cahier ; je lui demande de me le confier ; elle refuse ; les premières fortes contractions la tétanisent ; elle se tord ; je tente de lui retirer la robe ; je n'y parviens pas ; la jeune femme ne veut pas lâcher le cahier ; je lui dis : Je vais devoir appeler de l'aide ; les gardiennes vont venir, confie-moi ton cahier, tu n'as rien à craindre, je te le rendrai lorsque tout sera fini ; alors, le visage de la femme enceinte s'éclaire ; elle comprend enfin que je suis sincère, que je veux vraiment l'aider ; les contractions la font terriblement souffrir, elles sont de plus en plus fortes; elle finit par s'essouffler: Comment tu t'appelles? me demande-t-elle dans un soupir; je lui réponds: Celedonia; alors Celedonia, me supplie-t-elle, je te confie mon cahier; après la naissance de mon bébé, je sais que ce sera une petite fille, moi, je vais être surveillée le jour, la nuit, sans arrêt, on ne me quittera pas d'une semelle, jusqu'au sevrage de la petite; ensuite; on sait très bien ce qui va m'arriver; je me sens prête; en revanche, il ne faut pas qu'on découvre le cahier, il est pour elle; j'aimerais que tu réussisses à le lui remettre; un jour; seulement lorsqu'elle sera devenue une adulte; une femme; libre, j'espère; je veux qu'elle sache qu'on s'est aimés avec son père; aimés vraiment; charnellement aimés aussi; de tout notre corps; de tout notre esprit; de toute notre tête; de toute notre douceur; de tout notre même naufrage; un fabuleux naufrage; c'est tout ce qui me reste; de tout notre être; si, un jour, elle devait retrouver son père; je sais qu'il est en France; il ignore qu'elle existe; tu le lui diras, n'est-ce pas? tu lui diras ce qui s'est passé, que tu m'as rencontrée, tu lui décriras cet instant; j'espère qu'il se souviendra encore; une nouvelle contraction secoue tout son corps; je saisis le cahier qu'elle me tend, je le cache du mieux que je peux sous ma robe, personne ne le trouvera; je lui dis: Ne crains rien, petite, te bile pas, je te promets de faire ce que tu m'as demandé.

Emmanuel n'en croyait pas ses oreilles: C'est Peio qui est venu te raconter tout ça, à Séville? demandait-il à Julia, alors qu'une infirmière en tenue de travail venait d'entrouvrir la porte du salon d'attente pour les inviter à la suivre: Votre chambre est prête, je vais vous y conduire. Julia avait emboîté le pas à la blouse blanche, puis Emmanuel à Julia. Ils avaient ensuite pénétré dans une chambre d'hôpital dont la banalité impose une description à minima: murs blancs, draps blancs, lit chrome, table de nuit faux acajou, petite table blanche contre le mur, table de lit chrome avec dessus acajou, chaise, fauteuil de skaï gris, diverses prises dans le mur, oxygène, poire pour les appels d'urgence...

La salle de bains se trouve dans l'angle, précisait l'infirmière. Puis, avant de sortir pour leur permettre de s'installer, elle avait lancé, dans un futur indéfini, à la cantonade: Monsieur devra s'en aller dans une demi-heure, les visites sont terminées, les patients ont besoin de repos, il pourra revenir demain vers neuf heures, avant qu'on vous conduise au bloc opératoire; l'intervention est programmée à dix heures. Emmanuel regardait Julia. Tous deux avaient entendu la porte de la pièce se refermer, puis avaient éclaté de rire. Julia avait ensuite défait la valise, rangé le contenu dans le placard jouxtant la salle de bains. Ensuite, elle s'était assise sur le bord du lit tandis qu'Emmanuel, resté debout, lui faisait face : Finalement Peio m'a tout avoué, disait-elle, il m'a expliqué que lorsque nous étions arrivées, avec Esther, à la ferme de la Bisbal, Celedonia m'avait immédiatement reconnue : C'est elle, j'en suis sûre, elle ressemble comme deux gouttes d'eau à sa mère, avait-elle murmuré à l'oreille de Mateo ; ça fait plus de treize ans, pourtant je m'en souviens comme si c'était aujourd'hui ; Peio m'a alors dit que la fermière était rongée de remords parce que, après l'accouchement d'Angelines, Celedonia avait tout de suite été libérée par ses geôlières sans l'intervention de Mateo ; on lui avait assuré que si on l'arrêtait une nouvelle fois, elle ne ressortirait pas de sitôt : En tout cas bien plus mal en point qu'aujourd'hui, lui avait-on promis en guise d'au revoir ; Peio m'a aussi dit que Celedonia voulait nous recueillir à la ferme, que c'est Mateo qui s'y était opposé : Un jour, ça finira mal, avait-il décrété ; alors Celedonia avait chargé Peio de ne jamais perdre le contact avec moi, en France ; parce qu'un jour, elle aurait quelque chose à me remettre.

Tu veux parler du cahier, n'est-ce pas ? demandait Emmanuel qui n'en croyait pas ses oreilles.

Sans même frapper, le chirurgien venait d'entrer dans la chambre, accompagné de l'infirmière : Vous êtes de la famille ? s'était renseigné le professeur. Nous sommes de très vieux amis, avait répondu Julia, de très très vieux amis, genre frère-sœur, avait-elle plaisanté. Emmanuel s'était penché sur elle, l'avait embrassée sur les deux joues, puis s'était dirigé à reculons vers la porte de la chambre en saluant l'infirmière, le chirurgien : Je serai là demain à neuf heures, avant l'opération, avait-il lancé avant de sortir.

Il était ensuite allé rejoindre Esther. De façon compulsive, celle-ci avait refusé d'accompagner son amie à l'hôpital : Je ne peux pas, avait-elle prétexté ; je suis sûre que je m'évanouirais. Puis elle avait évoqué : Les murs blancs, l'ambiance particulière qui me rappellerait ; bref. Le plus difficile pour Esther, à l'hôpital, c'était de réentendre des bruits impossibles à identifier : les portes qui s'ouvraient, se fermaient indépendamment de sa volonté, les longs couloirs aussi, parfois les cris, les plaintes : Tout cet univers de gémissements, disait-elle en répétant qu'elle préférait rester rue du Théâtre à les attendre tous les deux, à attendre que tout fût fini, que Julia eût enfin recouvré la vue ; en plus, c'est demain mon anniversaire, avait-elle conclu.

Recette du souvenir

24 décembre 1995

Le lendemain, à l'heure dite, Emmanuel se présentait à l'hôpital des Quinze-Vingts. Évitant les ascenseurs, il s'était lancé dans l'escalier menant à la chambre de Julia. L'opération devait avoir lieu dans moins d'une heure. Le chirurgien avait rassuré la journaliste en lui garantissant qu'il avait entière confiance. Les choses se présentaient bien, l'intervention qu'il allait pratiquer sur la rétine pour réduire le décollement ne pouvait être qu'un succès. De telle façon que, lorsque Emmanuel était entré dans la chambre, il avait trouvé Julia détendue. Elle était allongée sur le lit blanc, le drap ouvert en triangle sur un côté. Forçant sa vue défaillante, elle lisait un roman de Manuel Vázquez Montalbán. Nous avons les mêmes goûts, avait lancé Emmanuel en lui prenant le *Quintette de Buenos Aires* des mains. Puis il en avait lu tout haut quelques lignes : « Il plongera ensuite sa fourchette dans le riz qui aura le goût de l'exil, comme s'il y manquait un ingrédient pour qu'il soit pareil au plat de sa mémoire. » L'histoire se répète ; on dirait la recette du souvenir, tu ne crois pas ? blaguait-il. Je n'ai pas le droit de me lever, avait répondu Julia ; le brancardier ne va pas tarder à venir pour me conduire au bloc. J'ai beaucoup pensé à tes confidences de ces deux derniers jours, Julia, lui avouait Emmanuel en changeant de sujet ; je veux parler de Celedonia aidant ta mère à accoucher, je veux aussi parler de ce cahier qu'on devait te remettre ; ton père, est-ce que tu sais ce qu'il est devenu ? tu l'as quelquefois cherché ?

Si Julia avait blêmi, ce n'était pas à cause de la crainte d'avant l'intervention. Elle ne pouvait continuer à retenir l'incroyable révélation : Il y a une chose que tu dois savoir, Emmanuel, ma mère avait précisé à Celedonia que le jour de son arrestation, dans une petite rue menant aux Ramblas, elle avait rendez-vous avec mon père, dans l'entrée de l'hôtel Falcón, en face du comité local du POUM, pour le retrouver, pour passer ensemble en France, par le Perthus ; bien entendu, elle ne savait pas encore qu'elle était enceinte ; il y a aussi autre chose ; ceci, Emmanuel, lançait Julia alors que le brancardier frappait à la porte de la chambre. Tirant de sous son drap un cahier malmené auquel il ne restait que quelques pages, elle l'avait tendu à Emmanuel.

Celui-ci était resté à ce point abasourdi par ce qu'il découvrait tout à coup qu'il n'avait pas vu le brancardier quitter la chambre. Lorsqu'il avait repris ses esprits, il ne restait plus que les murs nus, blancs.

Alors que l'homme à la blouse guidait Julia le long des couloirs labyrinthiques de l'hôpital, Emmanuel s'était laissé choir de toute sa hauteur dans le fauteuil de skaï. Il avait ouvert le cahier, puis avait commencé à en déchiffrer les mots charbonneux, taillés à la serpe, la lettre à Julia.

Une caresse de soie

24 octobre 1939

Ma chère Julia,

Je savais qu'il était dans sa chambre, qu'il m'attendait ; c'est lui qui avait voulu que notre rendez-vous se déroule ainsi ; il y avait des semaines que ça nous trottait dans la tête, jusqu'ici c'était impossible, insurmontable pour lui ; je le comprenais ; le pas à franchir était d'une intimité abrupte ; il fallait absolument que j'y mette toute ma tendresse ; alors j'avais entrebâillé la porte avec précaution, difficile de faire plus doux, les paumelles avaient chuinté en pivotant sur leur gond ; la pièce se trouvait dans une pénombre limpide, les claires-voies des volets filtraient le soleil blanchi de l'automne ; je l'apercevais au milieu du lit, assis, les couvertures traînant par terre, seulement protégé par le drap qui remontait jusqu'aux épaules ; il me souriait ; j'étais entrée ; j'avais refermé la porte en silence, en calculant chacun de mes gestes ; je m'étais approchée, m'étais assise sur le bord du lit, je lui tournais le dos, immobile, je ne disais rien ; je me souviens qu'il y avait d'abord eu ce silence, long, vibrant, extrêmement chargé, lourd, ramassé sur lui-même, au bord de l'explosion ; puis j'avais senti sa main se poser sur mon épaule, par-dessus mon chemisier de tissu fin ; elle était demeurée là, figée, plusieurs secondes, plusieurs minutes, l'éternité, avant que je ne perçoive un lent glissement des phalanges en direction de ma nuque ; j'avais compris qu'il attendait un signe ; j'avais alors posé ma main sur la sienne, lui offrant toujours la vue de mon dos, nos doigts s'étaient entremêlés un instant, comme pour donner le sésame qui ouvre la porte à des caresses plus habitées, épaississant la chair, la faisant vibrer ; puis il avait frôlé la base de mon cou à deux mains, était remonté vers mes joues, avait tourné mon visage vers le sien ; j'avais dû faire pivoter tout mon corps pour lui permettre de poser ses lèvres sur les miennes ; comme tous nos baisers l'avaient été jusqu'à présent, lorsque nous n'avions pas encore entrepris de nous enfermer tout seuls dans cette chambre, c'était un baiser désespéré, chaud, les langues s'étaient caressées tantôt avec lenteur, tantôt avec la frénésie d'un dard ; sa main était venue sur ma poitrine, avait tenté de passer la barrière du chemisier, avait glissé dans l'échancrure, pris mes seins ; une caresse de soie, ma tête s'était envolée, c'était la première fois, l'émotion avait pris le pas sur la curiosité ; nous étions restés de longues minutes dans la même position, lui effleurant mes seins tantôt du bout des doigts, tantôt les moulant, les pressant à pleine main tandis que nos respirations s'accéléraient, moi lui démêlant consciencieusement les cheveux qu'il avait laissés pousser à sa sortie de l'hôpital, nos bouches s'étaient à nouveau unies; il m'avait attirée davantage contre lui; j'avais fini par m'installer sur le lit; j'avais retiré le chemisier; il pleuvait des gerbes de désir; le paysage de la chambre s'était troublé; je t'aime, nous formons un couple si mal assorti, disait-il; je m'étais insurgée, j'avais protesté, lui avais répondu qu'il n'avait pas le droit de dire une chose pareille; je l'avais serré fort contre ma poitrine nue; j'avais alors senti une main descendre sur mon ventre, ma peau se hérissait, mon corps tout entier frissonnait, ma tête bouillonnait, lorsque les doigts avaient progressé davantage, j'étais déjà devenue une autre femme, le ciel de la chambre s'était entrouvert, j'avais aperçu des sommets que je n'imaginais pas, mon esprit avait chaviré, je me retenais à ton père qui me caressait toujours, j'avais plaqué ma main sur la sienne, je crois qu'il avait pris ça pour une résistance; alors je lui avais dit à l'oreille, c'est l'obscurité qui m'avait poussée à chuchoter, la pudeur devant ce plaisir jusqu'ici inconnu, je lui avais murmuré que j'étais prête à l'accompagner où il le voudrait; à mon tour, j'avais passé ma main sous sa chemise ouverte, suivant le dessin de son torse, modelant ses mamelons d'homme qui durcissaient entre mes doigts, les saisissant entre mes incisives, passant ma langue sur sa poitrine lisse; je sentais que sa main, en franchissant le passage étroit de ma ceinture, se coulait sous ma jupe, s'attardait sur les fossettes des reins; mon être s'évanouissait, je perdais la connaissance de tout ce que je savais précédemment, il n'y avait plus que lui qui existait, notre amour que la guerre n'avait pas pu détruire ; je creusais mon ventre pour lui faciliter le passage, puis, entrant dans le lit, je dégrafais les boutons qui nous gênaient encore ; j'aurais voulu lui ôter à son tour la chemise, il aurait été forcé de retirer sa main qui me caressait à présent franchement les fesses ; je voulais tirer le drap vers le bas ; je sentais sa réticence, il préférait que nous restions couverts dans la chambre aux claires-voies que le soleil blanc argentait ; plusieurs rais de lumière parallèles s'étaient posés sur le volume de nos corps qui s'épousaient sous le tissu blanc ; il est sans doute indécent de faire ces révélations à sa fille, tu n'es plus une enfant, tandis qu'aujourd'hui tu me lis, tu es devenue une femme ; je l'ai bien recommandé à Celedonia ; si elle t'a remis ce cahier, c'est que tu peux entendre notre amour avec ton père ; même si je ne suis plus là, depuis longtemps, je veux que tu saches de quel monde de douceur tu viens ; à ce moment-là, dans cette chambre aux dimensions diffuses, je flottais, je rêvais une fabuleuse apocalypse, notre lit était devenu la mer, ses vagues se succédaient en rythme ; le goût du sel s'était posé d'abord sur ma langue, puis avait envahi ma bouche, je n'en pouvais plus de désir, je finissais de me dévêtir, moi aussi je voulais lui caresser le ventre, saisir sa verge que je sentais battre contre ma cuisse, elle était douce comme je ne savais pas encore l'imaginer, il s'était enfin détendu, couché sur le dos, il s'abandonnait, je faisais aller puis venir ma main sur son sexe qui coulissait, je l'entendais soupirer, frissonner, il se liquéfiait ; j'avais compris qu'il ne supporterait pas ce régime longtemps, alors je m'étais entendue lui murmurer, je t'aime; j'étais venue sur son torse, allongée, poitrine contre poitrine; reprenant l'initiative, il me faisait rouler sous la vague de son corps; je sentais peu à peu l'océan traverser mon temple féminin, pénétrer dans mon ventre, il avait plongé dans mon territoire de femme, il me peuplait tout entière, des milliards de particules tournoyaient autour de moi, brillaient dans ma tête; au fond de cette bonne tempête, mon sexe était devenu la grotte où se love l'amour, le nôtre, celui qui ne s'imagine pas, celui qu'on brandit contre l'intempérie, je voulais que tout mon être ne soit plus que ce don de lui en moi, puis l'inverse de moi en lui qui l'accueillais; nous étions entraînés dans un doux naufrage; tout explosait dans les abîmes de nos corps, nous étions devenus le même tourbillon, la même convulsion, l'indéfinissable éternité de l'instant où chacun s'habite soi-même dans le tréfonds de l'autre; je ne veux pas me présenter à toi avec une pudeur hypocrite, ma tendre Julia, ce jour-là, avec ton père, nous nous sommes aimés pour la vie, si courte pour moi, tu viens de là, tu as su ensoleiller ma captivité, jusqu'à ce que je tressaille dans les limbes de cet autre monde depuis lequel je pense à toi, à ton père qui, par pudeur de ne pas exhiber la jambe qu'un éclat de mortier lui avait cisaillée aux Baléares, avait tenté de rester sous la blancheur des draps pour cette première, pour cette unique fois où nous nous sommes charnellement aimés; ma belle Julia, j'espère que tu sauras, à ton tour, habiter cet amour que je n'ai pu continuer à vivre; il m'a suffi d'une seule fois pour découvrir qu'il se tapit en chacun de nous, à l'affût de l'être qui doit inéluctablement passer, qui passe, à l'affût de celui qu'il faut soudain savoir reconnaître ; ma douce Julia, que les mille baisers de celle qui a été si brièvement ta mère t'accompagnent la vie durant...

Angelines.

Emmanuel était figé dans le fauteuil de skaï. Un rideau de brouillards accumulés était tombé derrière le voile de ses paupières. Les yeux clos, il entendait à nouveau la voix de Zacarias, l'ami de son père venu le réconforter à l'hôpital Sant Pau, murmurer à son oreille : Tu comprends, Emmanuel, à son nouveau poste du comité local, juste en face de l'hôtel Falcón, ton père rencontrait constamment du monde ; les camarades étaient prévenants ; il ne se sentait pas seul, il discutait avec Pierroupaul, fréquentait les filles du Parti qui travaillaient avec lui ; il me semble que, avant la débâcle, avec l'une d'entre elles ; je ne suis sûr de rien ; c'est ce qu'on disait ; le 26 janvier 1939, ton père avait rendez-vous avec elle, dans l'entrée de l'hôtel Falcón ; elle n'y était pas ; un gars nous avait expliqué qu'elle était certainement déjà partie pour la frontière.

Remerciements

Je remercie tout particulièrement Ricard Vinyes, Montse Armengou ainsi que Ricard Belis, dont le livre *Los niños perdidos del franquismo* a été, entre autres, une précieuse source de documentation.

JULIA, ESTHER

GLORIA

EMMANUEL

DU MÊME AUTEUR

Aux Éditions Flammarion

QUATRE CAHIERS SUR LA MORT DE LIRA, 1980

DIX RÊVES D'IO, 1983

GOYA, 1986

Chez d'autres éditeurs

LES PLAGES DU SILENCE, *Ombres*, 1991

LE LIVRE DES RIVES, *Le Serpent à Plumes*, 1995

LA LUMIÈRE ET L'OUBLI, *Denoël*, 2009 (Folio n° 5271)

Composition Utibi
Impression Maury-Imprimeur
45330 Malesherbes
le 5 juin 2011.
Dépôt légal : juin 2011.
Numéro d'imprimeur : 164987.

ISBN 978-2-07-044080-1. / Imprimé en France.

178861